허공록

허공록 6
민학기 판타지 장편 소설

초판 1쇄 찍은 날 § 2005년 3월 9일
초판 1쇄 펴낸 날 § 2005년 3월 19일

지은이 § 민학기
펴낸이 § 서경석

편집장 § 문혜영
편집책임 § 김규진
편집 § 장상수 · 김민정 · 최하나

펴낸곳 § 도서출판 청어람
등록번호 § 제1081-1-89호
등록일자 § 1999. 5. 31
어람번호 § 제1-0587호

주소 § 경기도 부천시 원미구 심곡1동 350-1 남성B/D 3F (우) 420-011
전화 § 032-656-4452   팩스 § 032-656-4453
E-mail § eoram99@chollian.net

ⓒ 민학기, 2003

값 8,000원

ISBN 89-5831-459-1 04810
ISBN 89-5505-814-4 (SET)

민학기 판타지 장편 소설

허공록

虛空錄

6 완결

대반전

도서출판 청어람

대반전

제7장 질풍노도(疾風怒濤)

『…〈전략〉…때문에 대륙은 폭풍에 휩싸인 조각배처럼 흔들렸다. 당시를 기준으로 지난 200년 동안 일어난 사건보다 8012년 하반기부터 8013년 상반기까지 일어난 사건을 다룬 서적이 오늘날 더 많은 실정이니, 사학자들에게 있어 당시는 그야말로 손꼽는 시기라 할 수 있었다.

남대륙을 가르는 두 개의 강대국 중 하나인 카밀 왕국의 수도가 무너져 내리는 이른바 대붕괴(大崩壞), 대륙 유수의 시프 길드와 용병 길드의 몰락, 귀족 계층의 소멸, 민란, 그리고 대평원 회전(會戰). 아울러 마스터들의 전면적인 등장.

질풍노도. 역사학자들이 이 시기를 들판을 달리는 미친 바람과 같다 하여 붙인 이름이었다. …〈후략〉…』

창세력 제3기 156년, 통일력 156년
격동의 역사 대회전 편. 박커스 일리어스 저

제17장 질풍노도(疾風怒濤)

창세력 제2기 8013년 4월 3일. 크라인 왕국 수도 시스만.

영광된 왕국의 수도. 수백 년의 영화가 자리잡은 곳. 남대륙에서 가장 축복받은 장소에 자리잡은, 고귀한 혈통이 전 대륙을 통치하는 곳. 대륙에서 가장 아름다운 삼대 도시 중 하나. 그 모든 것이 시스만을 가리키는 단어였지만 지금은 아니었다. 매일 들리는 사람들의 절규와 신음성, 철저하게 무장한 병사들의 군화 소리, 그리고 적막.

성인 남성 대다수가 징집된 것도 모자라 이제는 젊은 여성들을 주축으로 징벌하여 물자를 만들기 시작하였다. 누구의 아이디어인지는 알 수 없었으나 커다란 공장 안에 모인 여성들은 저마다 군복을 만들고 화살을 다듬었으며, 심한 경우 쇳덩어리를 지고 날랐다.

그중 일부 아름다운 여성들은 수도 경비대에게 강제로 징집당해 피폐해진 군인들의 욕구를 푼다는 명목으로 유린당했다. 그것이 전쟁 발발 후 지난 2개월 동안 자행된 모습이었다.

전쟁은 참혹했다. 선전 포고와 동시에 시작된 대치 6개월. 그 엄청난 군대를 유지시키는 것만으로 나라가 휘청거렸다. 도저히 산출할 수 없는 천문학적인 액수의 국고와 인적 자원이 낭비되었다. 상대 카밀 왕국도 마찬가지. 그러나 무턱대고 전쟁에 돌입할 수 없는 것이 그들이 대치하고 있는 장소는 탁 트인 개활지.

누구 하나 잘못 걸리면 군대가 전멸당하기 딱 좋은 곳이었다. 그 사실이 두려운 지도부 측에서는 섣불리 전쟁 개시를 명령하지 못했고, 덕분에 군단은 그 개활지에서 반년을 보내야만 했다.

계속된 병력 증강과 산발적인 국지전. 도저히 이해할 수 없을 정도로 기이한 광경이었다. 오죽했으면 크라인 왕국군 수뇌부 중 일부마저 이 같은 상황을 납득할 수 없을 정도였다.

감당할 수 없는 전비에 결국 귀족들의 재산마저 하나둘 징벌당하기 시작하였다. 차용증이라는 이름 아래―그 차용증에는 전후 그 모든 것을 두 배로 갚아주겠다는 내용이 첨부되어 있었다―하위 귀족들의 재산이 압류당하였다.

그리고 전쟁이 터지기가 무섭게 이번에는 귀족들이 죽어가기 시작했다. 귀족이라는 계급이 몰락하기 시작한 것이 지금으로부터 200년

전이라고 하지만 이처럼 무차별적 암살 앞에서는 그 속도가 급가속 된다. 암살의 공포, 그리고 압류. 전쟁은 평민, 귀족 할 것 없이 모든 것을 쓸어가기 시작하였다.

　마차는 어둠을 뚫고 달리고 있었다. 하얀 달이 밤하늘을 가로지르는 야심한 시각이다. 통금령이 떨어진 지금 이 시간에는 그 누구도 시내를 거닐 수 없다. 하나 마차의 주인은 예사 인물이 아니었다. 무장한 기병 수십의 호위를 받으며 유유히 도로를 달리고 있었다.
　두두두―
　단단한 화강암으로 마감한 대로를 거침없이 질주하는 통에 상당히 시끄러웠다. 당연히 항의받아 마땅하나 상대는 귀족이다. 그것도 백작급 이상의 귀족. 하지만 마차의 내부 사정은 순찰을 하던 순찰조의 예의까지 받아가며 거침없이 달리는 모습과는 많이 달랐다.
　하얗고 빼빼 마른 체격, 멋들어지게 콧수염을 기른다고 한 것이지만 오히려 성기게 나 볼품없어 보이는 콧수염. 본디 금색이었는지 갈색이었는지 분간조차 할 수 없을 정도로 탈색되어 버린 모발. 눈 밑에 짙게 그려진 검은 그늘. 크라인 왕국 오대 백작가 중 하나로 명망 높은 아슈타인 백작가의 가주 게볼그 아슈타인의 모습이었다.
　그는 연신 이마를 손수건으로 훔쳤다. 이마에서 끊임없이 식은땀이 흘러내린 탓이다. 얼마나 초조한지 쉴 새 없이 창문을 가리고 있던 커튼을 걷어 바깥을 내다보고 다시 손톱을 물어뜯었다.
　"제길, 제길, 제길!"
　게볼그 아슈타인은 연신 눈동자를 굴렸다. 현재 나이 쉰. 삼십 년 전

사교계 최고의 눈빛으로 꼽히던 그의 눈동자 색깔도 탈색해 버리고 하얗기 그지없던 흰자위도 누렇고 붉게 충혈되어 있었다.

"어떡한단 말인가!"

게볼그 아슈타인 백작은 연신 중얼거렸다. 하위 계급의 귀족을 중심으로 시행되던 재산 압류가 처음으로 고위 귀족에게 날아온 것이다.

그 시작이 바로 아슈타인 백작가. 재산 중 일부를 헌납하라는 공문이었지만 그것이 그의 가문 전체를 집어 삼키는 괴물이 될 것은 보지 않아도 알 수 있었다. 실제로 그가 그렇게 하위 귀족의 재산을 압류하였으니. 차용증은 말 그대로 차용증. 절대 신용할 수 없는 것이다. 전쟁에서 패하면 재산 증발. 이겨도 그 막대한 전비를 감당할 수 없다.

후에 재산의 두 배를 돌려받는다 해도 최소한 수십 년이 걸릴 터였다. 그때쯤이면 한 가문이 몰락하여 평민 계층에 동화되기 족한 시간이었다.

절대 그럴 수는 없었다. 압류란 곧 사형 선고. 지상에서 아슈타인 백작가를 없애 버리겠다는 선고였다. 부(富)란 바로 힘이고 가문이다. 재산이 있어야 국가가 망해도 가문이 존속할 수 있다. 재물이 없는 귀족은 몰락한다. 그것이 토지 귀속법이 시행되어 영지라는 개념이 사라져 버린 지난 200년 동안의 법이었다.

절대 인정할 수 없었다. 용납할 수 없었다.

"빌어먹을. 이번에는 빼돌리지도 않았단 말이야."

백작가의 가주라는 신분은 그리 녹록한 것이 아니다. 작게는 가문의, 크게는 전 귀족층 사이에 벌어지는 치열한 두뇌 싸움에서 그의 신분과 가문을 방어하고 이끌어 나가야 했다. 더군다나 수재라고 소문난 그였다. 사태의 심각성은 전쟁 초기 때부터 느껴왔다.

때문에 그는 뭔가 꼬투리 잡힐 수도 있다는 생각에 압류한 재산을 빼돌리지 않고 고스란히 국가에 바쳤다. 오점을 남겨서는 안 된다. 작은 실수라도 했을 시 파멸의 구렁텅이에 빠질 상황이었다. 그는 요 몇 달을 그렇게 조마조마한 심정으로 외줄을 타고 있었다.

한데 위원회 측에서 참으로 억지스러운 답을 내놓았다. 국가 위기에 근거한 귀족의 의무. 높은 신분에 상응하는 도덕적인 의무.

노블리스 오블리제.

참으로 어이없었다. 그 같은 의무는 귀족 계층에서 저버린 지 오래다. 그런 말을 하는 귀족은 이미 정신 나간 취급을 받았다. 일부 생각이 있는 귀족만이 스스로 행했을 뿐 강요할 수는 없었다. 자신도 행하지 않으면서 남에게 강요하는 것. 그것같이 억지스러운 것도 없다.

하지만 그들은 귀족이었다. 스스로 더러운 짓을 행하며 남을 비난할 수 있는 자들. 그에게 재산을 압류당하여 앞으로 몰락의 길을 걸을 수많은 귀족들이 느껴야 했던 심정을 게볼그 아슈타인 백작은 통렬히 알아버렸다.

웃으면서 찌를 수 있는 것, 그것이 바로 귀족이었다. 품위와 격식이라는 허울 좋은 가면은 전쟁과 전비(戰費) 앞에서 박살나 버렸다. 모두 재산 압류라는 칼날을 다른 쪽으로 돌리기 위해 안간힘을 쓰고 있었다. 그리고 그 칼날은 그를 내려쳤다. 사실상 그는 고위 귀족의 첫 희생자인 것이다.

 하지만… 저항할 수가 없었다. 전쟁 개시와 동시에 가지고 있던 가병들은 전부 국가에 귀속되었다. 영지라는 개념도 사라진 지금, 미약한 무력 수단마저 없는 마당에 국가에 반항할 수 있는 수단은 없었다. 군수 통제권은 후작과 공작급 귀족과 왕가가 차지했다. 그중 가장 핵심의 것은 왕과 왕자들이 차지했다. 실제로 셋째 왕자는 지금 전선에서 전군을 지휘하고 있었다.

 스스로를 방어할 무력이 없으니 직접 부딪쳐야 했다. 그는 달변가였다. 귀족의 싸움은 대부분 언쟁이다. 그는 지금 언쟁에서 승리해야만 했다. 꾸물거릴 수는 없었다. 언제 병사들이 그의 저택으로 들이닥칠지 알 수 없기 때문이다.

 그렇기에 이 시각 그는 마차를 타고 미친 듯이 궁으로 내달리고 있는 것이다.

 "아직 멀었는가!"

 쉴 새 없이 손톱을 물어뜯던 그는 자신의 마차를 몰고 있는 그의 기사를 향해 소리쳤다.

 "다 와갑니다, 주군!"

 쉴 새 없이 말을 채찍질하던 기사는 속으로 울화를 삼켰다. 기사는 명예로워야 한다. 그 이름에 걸맞게 행동해야 하며, 그 명예에 걸맞게 행동해야 한다. 하지만 이게 뭔가. 천하기 그지없는 마부 일. 아무리 급하다지만 그의 가신 한 명에게 마부의 일까지 시킨단 말인가.

 '제길!'

 생각할 때마다 참을 수 없는 모욕감이 온몸을 감쌌다. 하지만 어쩌랴. 상대는 그가 충성의 서약을 행했던 당사자. 그가 평생을 모셔야 할 주군이었다.

그리고 또 한 가지. 그가 이토록 모욕적인 일도 감내해야 하는 이유, 그것은 바로 암살이었다. 수개월 전부터 시작된 귀족 계층을 향한 위협의 손길. 명문가의 가주가 죽어가고 일가족이 몰살당했다. 화장실에서 볼일 보다 변을 당한 경우도 있고, 외도를 하다가 정부의 배 위에서 죽은 자도 있었다. 집으로 돌아오다 머리에 쿼럴이 박혀 죽는 경우도 있었다. 가지각색의 죽음. 죽음의 손길이 재림한 것이다.

'어쎄신.'

시프 길드의 유일한 무기인 그들이 다시 나타난 것이다. 그 위협을 피하기 위해 귀족가에서는 그토록 애를 써보았지만 요지부동. 가뜩이나 그 권위가 쇠락해 가는 귀족들은 요즘 죽음의 위협 속에서 더욱더 몰락해 가고 있었다.

"이랴!"

짝!

괜한 심정에 그는 채찍으로 더욱 말을 후려쳤다. 백작급 이상만이 탈 수 있다는 사두마차는 더욱 미친 듯이 내달렸다.

이윽고 익숙한 지형지물이 나타났다. 왕성이 얼마 남지 않았다는 뜻. 그는 천천히 고삐를 당기며 속력을 줄였다.

"워워!"

말들이 가볍게 걷는 정도로 속력이 떨어지자 그는 그의 주군을 불렀다.

"주군, 이제 곧 왕성입니다."

하지만 대답이 없었다. 아까 그토록 재촉했던 백작이었다. 한데 왜 아무런 대답이……?

"아! 제커스! 마차를 열어봐!"

그는 동료 기사의 이름을 외쳤다. 마차의 속력에 따라 가볍게 말을 몰고 있던 제커스는 고개를 돌려 마부라는 고약한 일을 하는 동료를 보았지만 어두웠던 터라 그의 표정을 볼 수 없었다. 하지만 목소리로 느껴지는 긴박감은 뭔가 이상하다는 것을 느끼기에 부족함이 없었다.

그는 고삐를 당겨 마차 곁으로 붙였다. 제커스는 마차의 문을 열기 위해 손잡이 부근으로 손을 뻗었다.

"백작님, 실례하겠습니다."

아무리 가신이라 할지라도 마차 안은 개인 공간이다. 당연히 양해를 구해야 했다. 하지만 늘상 들려올 답이 들리지 않았다. 뭔가 고민이 있는 것인가 생각하던 그는, 그러다 이상한 것을 발견하였다.

"어?"

마차의 창문 안쪽에 드리워진 커튼이 펄럭이고 있었다. 귀족에게 있어 마차는 재력과 권위를 상징한다. 고귀한 몸을 옮기는 수단이니 결코 소홀히 할 수 없는 것이다. 아슈타인 백작가의 마차 또한 이와 다르지 않아 실내에는 탑승자의 편의를 위한 온갖 장치가 안배되어 있었다. 가령 외풍을 차단하기 위해 문틈에 차폐 마법을 시전하여 외기의 침입을 최소한으로 줄인 것이 그렇다. 그런 마차의 창문 안쪽에 드리워진 커튼이 펄럭인다?

자세히 보니 유리창에 구멍이 나 있었다. 주먹만하게 뚫린 구멍 사이로 바람이 밀려 들어가 커튼을 펄럭이게 한 것이다.

제커스는 다급히 마차의 문을 열어젖혔다.

"흡!"

짙은 혈향이 코를 찔렀다. 은은한 조명 사이로 보이는 게볼그 아슈타인 백작은 왼쪽 눈에 강철 쿼렐을 박은 채 좌석에 기대어 쓰러져 있었다. 얼굴에 온통 피칠을 한 채 게볼그 아슈타인 백작은 그렇게도 고귀한 피를 펑펑 흘려댔다. 죽음과 동시에 풀려 버린 근육은 게볼그 아슈타인 백작의 하체를 오물로 적셨다.

향내와 혈향과 오물 냄새가 뒤섞여 이루 표현할 수 없는 악취가 풍겼다. 제커스는 얼굴을 일그러뜨렸다.

"맙소사……."

마차 안을 들여다본 기사들은 이윽고 고개를 떨구고 말았다.

숨 막히도록 깊은 밤, 게볼그 아슈타인 백작은 저격당했다.

절망하는 기사들로부터 수백 야드 떨어진 곳에서는 두 사람이 어둠 속에서 미소를 짓고 있었다.

"잘했어!"

가우스는 아내 카리나의 어깨를 두드리겨 말했다. 실로 놀라운 솜씨.

"어떻게 달리는 마차 창문에 드리워진 커튼을 걷는 백작을 맞출 수 있는 것인지……."

백작이 커튼을 걷어 얼굴이 드러난 그 순간 카리나가 석궁으로 맞춘 것이다. 그것도 질주하는 마차에서. 그러니 가우스가 혀를 내두르지 않겠는가.

"당신이 인도했잖아요."

"아무리 그래도 그렇지. 내 마누라라지만 괴물… 큼, 대단해."

카리나의 사늘한 눈빛에 가우스는 재빨리 말을 바꾸며 엄지를 내밀었다. 가우스가 정령으로 만들어놓은 바람의 길을 탄 쿼렐은 석궁이 발휘할 수 있는 사거리를 훨씬 넘어 날아갔다. 제아무리 가우스가 정령으로 쿼렐의 방향과 사거리를 연장했다 할지라도 엄연히 카리나의 사격 솜씨에서 기인한다. 따지고 보면 모든 조건을 동일하게 만들어놓고 다른 석궁수에게 쏘아보라고 하면 백이면 백 빗나갔을 것이다.

덕분에 놀란 것은 그들을 지원하던 시프 길드원이었다. 맨눈으로 보면 마차가 엄지만하게 보이는 거리다. 아무리 적게 잡아도 대략 700야드. 도대체 어떻게 수백 야드 밖에서 석궁으로 달리는 마차에 탄 백작을 쏴 맞춘 것인가? 그것도 커튼을 걷어 얼굴이 드러난 그 찰나의 순간에!

그저 멍하니 입만 벌린 길드원에게 싱긋 웃어준 카리나는 가우스의 등을 두드리며 걸음을 옮겼다.

"자자, 가자고요."

멍하니 서 있던 길드원은 문득 정신을 차리고는 가우스의 소매를 잡고 말했다.

"시력이 엄청나게 좋은 모양이군요. 댁은 절대 바람 못 피우겠수."

"……."

상당히 엉뚱한 쪽으로 머리가 돌아가는 길드원이었다.

시프 길드는 끈질겼다. 경비대가 제아무리 대대적으로 토벌할지라도 그들은 결코 잡히지 않았다. 상금을 노린 밀고자에 의해 운 좋게 은신처를 알아낼지라도 급습해 보면 보이는 것은 황량한 빈 공간. 진작 그곳을 떠난 흔적만이 남아 있을 뿐이다.

그냥 그것뿐이라면 다행이다. 시도 때도 없이 급습해 오는 어쎄신들. 두 달 전부터 갑자기 활동을 개시하더니 이제는 경비대의 인력 유지가 벅찰 정도로 죽어나갔다. 덕분에 야간 경비는 모두가 꺼리게 되었다. 움직일 때도 최하 다섯 명이 분대를 이루어 다녔다. 덕분에 인적, 물적 손실이 어마어마했다.

최근 새롭게 발동된 계획에 의해 귀족들에 더한 암살이 시작된 이후 가우스와 카리나는 당분간 쉬었지만 오늘은 놀라운 솜씨를 발휘하여 감쪽같이 대상을 죽였다.

무려 700야드를 넘어선 거리에서 만들어낸 기적. '700야드의 기적'이라 하여 순식간에 시프 길드 비밀 지부 내에서는 그러한 사실을 모르는 자가 없을 정도였다.

그들이 지나가면 모두가 웃으며 혹은 경탄하며 엄지를 꼽곤 하였으니까. 카리나와 가우스도 만족하였다. 게볼그 아슈타인 백작은 용병 길드의 후원자였다. 특히 그 빌어먹을 길드장—제프만의 원수—의 전격적인 지지자이니 그의 연줄인 백작을 죽인다는 것은 여러모로 통쾌한 일이었다.

"자네 마누라는 참으로 대단하이, 가우스."

단단한 체구의 대머리 노인이 가우스에게 다가서서는 그의 어깨를 두드렸다.

퍽퍽—

　도저히 칠십 먹은 노인네라고 생각할 수 없는 힘. 순간 숨이 탁 막혀왔다. 가우스는 자기도 모르게 온몸을 뒤틀고 말았지만 노인은 여전히 호탕하게 웃으며 가우스의 어깨를 두드렸다. 고작 5피트(약160㎝) 남짓한 신장에 불과하였지만 가우스의 몸은 마치 폭풍에 흔들리는 조각배 같았다.

　"으아걱! 고만 좀 때리라니까요! 내 마누라가 한 것인데 왜 날 때리냐고요?"

　"흠흠. 많이 아프나? 젊은 친구가 말이야, 너무 약해서야. 쯧쯧. 그리고 연약한 카리나를 때리면 되겠나?"

　연약해? 카리나가?

　'무슨 날조냐!'

　누가 봐도 그녀는 건강이 넘쳤다! 거기에 가우스 자신은 그리 약하지 않았다. 약골로 바뀌어 버린 가우스는 기가 막힌다는 듯 노인을 보았다.

　"아니, 시라이 4세님. 교황 예하께서는 너무 심하게 건강하다고 생각하지 않으십니까?"

　노인은, 시라이 4세는 머쓱한 듯 헛기침을 터뜨렸다. 그 모습을 본 카리나는 슬며시 웃고 말았다.

　시라이 4세. 전통적인 5대 교단에 이어 새로이 발견된 신이라 칭하는 휘라인을 섬기는 신흥 교단. 지난 이백 년 전 느닷없이 발현된 그들의 신성력은 정녕 놀라웠다. 그 어떤 마법보다 뛰어났으며 현란했다. 마법까지 포용하는 그들의 교리는 마침내 마법 학파의 일부 지류까지 흡수할 정도였다.

그런 대종교의 교황이다. 우두머리이다. 교단을 배신했다던 하이 프리스트 하이단 마르티어스에 의해 가슴이 박살나는 중상을 입어 남대륙 전역에서 살아가는 휘라인 교단의 신도들을 걱정에 빠뜨렸다더니, 얼마 전에 쾌차했다는 것이 믿겨지지 않을 정도로 정정한 모습이었다.

하긴 그가 시프 길드의 비밀 계획의 전폭적인 지지자이자 주모자인 사실에 비하면 그리 놀라운 것도 아니었다. 폭풍의 신관 혹은 바람의 폭력이라 칭하는 하이단 마르티어스가 배신했다는 소문 또한 그가 날조했다는 사실이 놀라웠다.

'그 누가 몸뚱어리에 그리 큰 상처를 내겠느냐고……'

날조된 거짓을 사실로 인정받기 위해 제 몸에 상처를 냈다고 하지만 칠십 먹은 노인네가 직접 자기 몸을 그렇게 단들었다는 사실이 카라나에게는 더 놀라울 따름이었다. 그러고도 저렇게 아무렇지도 않게 나아서 활보하는 것도 그렇고.

왜 그가 그러한 일을 벌였는지는 알 수 없는, 뒤죽박죽 섞여 있는 진실이었지만 시라이 4세의 모습과 행동은 우울증에 빠졌던 가우스의 모습을 완전히 날려 버렸다.

'스승님의 향기를 맡은 게지.'

시라이 4세의 행동은 가우스의 스승을 떠올리게 했다. 가우스의 지표이자 신념이었던 스승. 칼밥을 먹고사는 구제불능의 떠돌이 삼류 용병을 놀라운 힘을 발휘하는 정령사로 탈바꿈시켜 주신 인물. 그가 그토록 존경하는 스승과 비슷하였다.

물론 전혀 달랐다. 시라이 4세와 제프만의 나이는 꽤 차이가 났다.

하지만 두 사람이 가우스도 몰랐던 친한 사이라는 것을 알았을 때 가우스의 표정은 잃어버린 옛것을 되찾은, 바로 그것이었다.

그렇게 가우스와 시라이 4세가 옥신각신하고 있는 사이, 시프 길드 길드장 타슈가 그녀를 향해 손을 흔들어 보였다.

"여! 700야드의 기적의 주인공께서 납셨군요."

카라나는 기가 막히다는 표정을 지었다.

"아니, 얼마나 되었다고 벌써?"

"직업인걸요, 뭘."

가볍게 응수한 타슈는 이제는 무성하게 자라 버린 구레나룻을 긁으며 턱으로 카라나가 등에 메고 있는 석궁을 가리켰다.

"와우! 그게 700야드의 기적을 만들었던 주인공이군요. 좀 봐도 될까요?"

"전 유부녀입니다만……?"

"……."

무기하고 유부녀하고 도대체 무슨 관계냐! 전혀 연관성없는 단 한마디로 타슈를 패닉 상태로 몰아버린 카라나는 타슈를 툭툭 치며 그를 지나쳤다.

"전사의 무기는 생명이랍니다."

"나, 나는……!"

겨우 충격에서 벗어나 뭐라 말하려 했지만 카라나는 이미 그를 지나쳐 그녀의 숙소로 향해 버린 뒤였다. 멍하니 서 있는 타슈 곁으로 그들의 이야기를 들었던 길드원이 애써 참는 듯한 억눌린 웃음소리가 이곳 저곳에서 흘러나왔다.

그리고 그 한가운데는 삐딱한 포즈로 타슈를 째려보고 있는 가우스와 혀를 차는 시라이 4세가 있었다.

"여! 타슈. 지금 내 마누라한테 작업 거는 거였수? 그럼 남편인 나한테 허락을 받아야지?"

"남의 아내를 탐하는 것은 매우 큰 죄악이라네. 본 성경에도 친절하게 적혀 있다네, 카미유 군."

"……."

타슈는 처음으로 저 부부가 상상을 초월하는 강적이라고 생각했다.

가우스가 카리나가 지난 몇 달 동안 공들인 성과에 따라 케샤크 용병 길드의 길드장 카스터는 착실히 '망해가고' 있었다. 뭐, 국가에 친절하게 모든 용병들의 신상 명세와 계약증서를 넘겨 귀족 권리까지 획득한 것까지는 좋았으나 그의 기반이 하나둘 무너져 내리기 시작한 것이다.

대표적으로 그의 전속 호위이자 가장 큰 무력 수단이라 할 수 있는 네 명의 친위대 중 두 명이 사망하였으며, 그와 맞닿은 정계에서 교묘한 압박이 들어와 연줄이 하나둘 잘려 나가고 있었다. 용병 길드장으로서 가장 권위롭다 할 수 있는 검도 잃어버렸으며, 인장은 압류당했다. 국가는 그 인장을 사용할 수 없다는 원칙 때문에 크라인 왕국에서는 용병을 영구적으로 자국의 병력으로 사용할 수 없다.

하지만 전쟁이 끝나면 어떨까. 사실상 그는 국가가 용병에 대한 강제 소집을 해제함과 동시에 그 용병들을 다시 길드 소속으로 되돌릴 수 있는 구속구를 잃어버린 셈이다.

물론 자유로워야 할 용병들을 기가 막힌 수로—카스터 그 자신도 그 술수가 자신의 머리에서 나온 것이라고 믿겨지지 않을 정도였다—옭아매어 국가에 강제로 귀속시켜 보다 큰 직위를 획득하였지만, 전쟁이 끝난 후 그를 지지할 수단을 사실상 소멸시켜 버린 것이다. 그의 손으로!

그리고 가장 최근에는 그의 자금을 관리하고 불려주던 고위 귀족인 게볼그 아슈타인 백작이 암살당했다. 바로 오늘 새벽에. 그것이 아침에 일어나자마자 그의 집사에게 들어야 했던 첫 번째 소식이었다.

"으아아아악!"

기분 나쁘고도 기분 나쁜 하루의 시작이었다. 카스터는 최근 얻어버린 두통이 머리를 울리는 것을 느끼며 자리에서 일어났다.

"내 돈이… 돈이……."

최근 일어난 재산 압류 열풍에 의해 카스터는 용병 길드장 시절부터 열심히 축적해 놓았던 그의 피와 노력의 결정체를 은밀히 숨겨야 했다. 다른 이들보다 쉽게, 그리고 보다 많게 피땀 흘려 모은 재산이기에 그의 애착은 더했다. 때문에 그는 그 재산의 일부를 차용해 주는 대가로 은닉했다. 그도 모르는 곳에.

정확히 표현하자면 찾을 방법은 있으나 그로서는 찾을 길이 사라져 버린 것이다. 수많은 승인 문서가 필요하기 때문에 카스터 같은 칼밥 먹고사는 이는 절대로 이루지 못할 꿈이었다.

다른 사람에게 맡길 수도 없었다. 만일 원한다면 찾는 과정에서 그의 재산을 홀라당 먹고도 뒤탈없는 '권리 양도' 부분까지 그의 손에서 떠나 여러 형태로 쪼개져 있기 때문에 섣불리 다른 이에게 맡길 수도 없는 것이다.

"아니지. 아직 비선(秘線)들이 있었지."

그의 재산 축적에 일조했던 영리한 집단. 제 머리가 모자라니 남의 머리를 빌리자는 심보로 똘똘한 아이들을 골라 회계학을 가르쳤는데, 의외로 대단한 성과가 있었다. 누구 한 놈 편히 놀려둘 수 없다는 생각 아래 왕국의 행정부에 침투시켰는데, 그곳에서도 두각을 나타내고 있었다. 그는 게볼그 아슈타인 백작에게 은닉을 부탁했던 재산의 실마리를 서로 나눠 가지고 있었다. 그 비선들이라면 그의 재산을 도로 환수할 수 있을 것이다.

하지만… 그걸로 끝이 아니었다.

"아울러 비선 중 한 명이 음독 암살당했습니다."

"……."

잠시 후 그의 저택에서 요란한 비명 소리와 무언가 깨지는 소리가 울려 퍼지기 시작했다. 참으로 시끄러운 아침의 시작이었다.

같은 시각 가우스와 카리나는 달콤한 잠에서 깨기 시작했다. 비교적 아침잠이 없는 카리나가 먼저 몸을 일으켰다. 하지만 밤새 뛰어다니며 어둠 속에서 눈을 부라렸던 피로가 있었던지라 그녀의 눈은 느슨히 풀려 있었다. 반쯤 감긴 눈을 억지로 비벼 뜬 카리나는 남편 가우스를 깨우기 위해 고개를 돌렸다.

"여보, 가우스, 해가 중천이다. 이제 일어… 어?"

가우스는 깨어 있었다. 이불을 꼭 껴안고 매우 음흉한 시선으로 아침 햇살에 눈부신 그녀의 어깨선과 가슴선을 바라보고 있었다. 카리나는 작게 한숨을 내쉬고는 가우스를 깨우기 위해 들었던 손으로 그의 얼굴 한복판을 내려쳤다.

짝!

"악!"

고통에 침대를 이리저리 뒹굴던 가우스는 얼굴 전면에 큼지막한 손도장이 찍힌 채 벌떡 일어나 소리쳤다.

"왜 때려! 이렇게 귀엽고 깜찍한 날 왜 때리는 거야!"

"…뭐 잘못 먹었냐, 짐승아?"

언제 침 발랐는지 눈가를 촉촉하게 만든 가우스의 면상에 딱딱한 나무 목침을 던져 버린 카리나는 속옷을 입고는 겉옷을 걸쳤다. 발가벗은 채 방구석에서 열심히 괴로워하던 가우스는 벌겋게 부어오르는 이마를 문지르며 침대에 걸터앉았다. 물론 조그맣게 투덜거리는 것을 잊지 않았다.

"쳇… 재미없는 마누라."

"뭐라굽쇼?"

레더 아머를 걸치던 카리나가 웃으며 반문했다. 웃는 그녀의 눈썹이 씰룩거리고 있었다. 가우스는 어색한 웃음을 지어 보이고는 그 또한 옷을 입기 위해 몸을 일으켰다. 하지만 옷이 사방에 널려 있던 탓에 가우스는 속옷을 찾느라 헤매야만 했다.

"내 팬티 어딨어?"

"거기 서랍 근처에 봐봐."

"어라? 이게 왜 여기 걸려 있지?"

"자기가 멋대로 벗어 던져 놓고는."

“나한테 먼저 달려든 사람은 누구?”

딱!

주먹 한 방으로 가우스의 입을 봉해 버린 카리나는 달아오른 얼굴을 애써 가라앉히며 말했다.

“제발 아침에는 조용히 시작하자. 우리가 발정난 쥐야?”

“간밤에는 자기가 더 설쳐 놓고는…….”

“뭐야?!”

초치는 말에 발끈해 버린 카리나를 싹싹 빌어 진정시킨 가우스는 방을 나섰다. 그리고 그들의 방문 앞에 누군가가 서 있는 것을 발견했다.

로운이었다. 몇 달 전부터 그들 부부를 쫓아다니며 제자로 받아달라고 청하던 아이. 다소 특이한 장신구—엘프의 향기가 배어 있는 장신구였다—때문에 편하게 대해줬건만, 그것을 무조건적인 호의로 받아들여 제자가 되기를 원했던 아이. 아직 누구를 가르친다는 것을 생각해 본 적이 없는 가우스이기에 더욱 부담스러웠다. 덕분에 로운은 요즘 그의 거리낌 중 하나가 되어버렸다.

“여, 로운이었냐? 잘 잤나?”

“네. 간밤에는 좋으셨어요?”

“…….”

잘 잤냐는 뜻으로 물었건만 상대가 받아들이는 뜻은 그게 아닌가 보다. 시뻘겋게 달아오른 카리나가 뜨거운 숨을 씩씩 내뿜자 로운의 얼굴이 살짝 굳었다. 뭔지 모르겠지만 그들의 심기를 건드렸나 보다. 뒷골목 출신의 아이답게 눈치 빠른 로운은 얼른 인사하고 그 자리를 피했다.

"킥킥킥!"

애써 웃음을 참은 가우스가 카라나의 어깨를 두들기자 그녀는 어깨를 으쓱이고 말았다. 애한테 화내서 무엇 하랴. 필시 그저 좋은 뜻으로 건넨 말일 것이다. 단지 그녀가 곡해해서 들었을 뿐. 사소한 것에는 무척 대범한 그녀는 조금 전 일을 빠르게 머리 속에서 지워 버렸다. 로운이 알았다면 두 손 들고 만세를 불렀을 것이라.

"자자, 카라나. 미팅이 얼마 남지 않았다고. 어서 가지?"

고개를 끄덕거린 그녀는 기나긴 복도를 지났다.

그들의 아지트는 반지하의 건물이다. 지상에 나 있는 건물은 다 허물어져 가는 어느 슬럼가 가옥과 비슷했지만 지하는 굉장히 넓고 깊었다. 언제 지하에 이런 규모의 시설을 마련했는지는 몰라도 이 정도 규모의 건물을 만들려면 필시 많은 시간이 걸렸을 것이다. 그들로서는 상상도 못할 오랜 세월이 걸렸을 수도 있다. 건축학에 몸담은 사람이라면 상당히 흥미를 느꼈을 이 건물은, 그러나 두 사람에게는 별다른 감흥이 없었다. 그저 크다는 감상뿐. 너무도 무덤덤한 커플이었다.

부지런히 걷는 그들이 꺾인 통로를 지나자 사과를 으적으적 씹어 먹고 있는 타슈가 보였다. 타슈는 그들에게 왼손을 들어 흔들었다. 시원하게 한가득 베어 문 타슈가 우물거리며 애석하다는 듯 말했다.

"이런, 이런. 미팅은 진작에 끝나 버렸습니다요."

"이런……."

허탈하다는 듯 어깨를 늘어뜨린 가우스는 회의장을 나서는 시라이 4세를 발견할 수 있었다. 그는 토스트를 씹고 있었는데, 버터를 발라

구웠는지 꽤나 구수한 냄새를 풍기고 있었다. 당연히 아침도 먹지 못하고 헐레벌떡 이곳으로 달려온 카리나와 가우스로서는 배가 진동할 판이었다.

침을 꿀딱 삼키는 가우스의 모습을 본 시라이 4세가 남은 토스트를 한 입에 털어 넣더니 씨익 웃으며 말을 건넸다.

"뭐 했기에 이리 늦었나. 이미 다 끝났다네."

"쳇. 치사한 영감님."

"흐음. 몇 개 더 챙겨왔건만 아쉽군."

시라이 4세는 애석하다는 듯 혀를 차며 품속에서 종이로 싼 꾸러미를 꺼냈다.

"존경해 마지않는 교황 예하, 제발 좀 주세요. 한 입만."

"……."

생각보다 열렬한 반응이라 시라이 4세는 일을 다물고 말았다. 가우스는 그의 손에 들린 토스트 꾸러미를 뺏다시피 낚아채 입에 우겨 넣으며 신세 한탄을 하였다.

"보다 원활한 2세 생산 전선에 뛰어들고자 그 위대한 역사적 과업을 치르기 위해 전투를 치뤘죠. 덕택에 기운은 없고, 더군다나 아침 보급도 없……."

"…닥치지 못해?"

"네, 마님."

쓸데없는 말을 한 대가는 비쌌다. 그의 손에 들린 토스트 중 대부분이 카리나에게 압수당해 버렸고, 가우스는 손바닥에 올려진 한 조각의 토스트를 보며 눈물을 떨궈야만 했다. 한 편의 막간극 같은 장면을 보며 사과를 먹던 타슈는 씨까지 씹어 삼킨 다음 손을 털고는 말했다.

"아, 오늘 보고가 몇 개 올라왔는데요. 좋은 소식 하나와 나쁜 소식 하나가 있죠. 어느 것 먼저 들으실래요?"

가우스에게서 강탈한 토스트를 오물거리며 먹던 카리나가 입에서 버터 기름을 닦으며 말했다.

"나쁜 것이요."

타슈가 활짝 웃으며 말했다.

"좋아요. 좋은 소식부터 알려 드리지요."

"…왜 물어봤어요?"

"재밌잖아요?"

당연한 듯 대꾸하는 타슈의 말에 카리나는 간신히 가라앉힌 울화가 다시 치솟는 것을 느꼈다. 그러나 그녀의 자제력은 꽤나 탁월한 편이다. 선천적으로 타고난 것도 있었지만 무엇보다도 '가우스'라는 요소 때문이다. 스승 제프만에게 고혈압이라는 지병을 선물했을 만큼 타고난 그 무언가를 지닌 가우스의 행태를 그녀는 가장 가까이에서 겪었다.

"어서 말하세요."

웃는 얼굴이 더 무섭다. 그리고 타슈는 그 격언을 오늘 몸으로 깨달았다. 타슈는 서둘러 입을 열었다.

"좋은 소식은 말입니다. 그간 군 내 내분 작전으로 인해 몇 개의 군단이 독자적인 작전을 펴기 시작했다는 겁니다. 상호 공조 체계가 점차 무너지고 있다는 증거지요. 실례로 아군 간의 전투가 계속 벌어지고, 보급 부족으로 주둔 지역 주변의 강제 수탈이 이어지고 있습니다. 민란이 일어날 수 있는 근거가 마련된 거지요. 급보에 의하면 이미 일부 남부 지역을 중심으로 대대적인 반란이 일어나 그쪽 지방에 파견되었던 행정관들이 교수형당했다네요."

물론 더 골 때리는 사건도 있었다. 라이벌 가문의 두 귀족이 결투라는 명목으로 그들이 이끌고 있는 군단끼리 전쟁을 벌인 것이다. 그렇지 않아도 이미 두 군단 사이에 소규모지만 몇 번의 오인 교전이 일어났었다. 본인끼리 치고 받으면 좋겠지만 밑밥을 뿌려놓은 것은 시프 길드의 공작원이었다. 물론 크라인 왕국의 통일되지 않은 복장 탓도 있었지만 말이다.

이 희극적인 사태의 결말은 그 전장 한가운데 다른 한 개 군단이 난입하여 뜯어말림으로써 종결됐다. 물론 군단장인 두 귀족은 직위 해제되어 수도로 압송되었다. 보고서에 의하면 이 충돌로 대략 2,000여 명이 죽어났다던데… 그중 70퍼센트가 싸움을 뜯어말리기 위해 다른 한 군단이 난입했을 때 발생했다고 한다. 셋이서 치고 받았다나 어쨌다나?

"아, 또 후방에서 대기하고 있던 카밀 왕국의 병력이 물러났습니다. 정확히 말하자면 후방에 대기하고 있던 병력 중 일부가 전선을 크게 우회하여 남쪽 해안선을 따라 크라인 왕국 쪽으로 진격했습니다. 물론 크라인 왕국에서는 이러한 사실을 모릅니다. 소식통을 우리가 접수했거든요. 다른 이유로는 워낙 병력이 많아 통제가 어렵고, 전선이 산맥 때문에 제한되어 그랜드 플랜 대평원에 한정된 탓이지요. 뭐, 그밖에 말할 게 많지만 대충 이 정도네요. 아, 카스터의 저택에서 이른 아침부터 고함 소리가 터져 나왔다는 소식도 있군요."

마지막 대목에 카리나는 미소를 지어 보였다. 일부 꼬인 사람 대부분이 하는 말이 '남의 불행은 나의 행복이다' 지만 카리나에게 있어 원수인 카스터의 몰락은 숙원이었다. 당연히 만족하지 않을 리가 없잖은가!

"나쁜 소식은요?"

카리나가 나쁜 소식을 묻자 타슈는 약간 곤란한 표정을 지어 보였다.

"그게 말입니다. 북대륙의 패자 카이나에서 묘한 움직임이 보입니다. 백만 대군이 관문 너머에 집결한다는 소문이 포착되었습니다."

"……?"

하지만 카리나는 그것이 왜 나쁜 소식인지 이해하지 못했다. 솔직히 회의에 참관했던 시라이 4세마저 그게 왜 나쁜 소식인지 몰랐다. 이해할 수 있는 사람은 타슈뿐. 그래서 그는 골치가 아파왔다.

그가 고개를 저으며 돌아서려 하자 한 조각의 토스트를 야금야금 먹어치운 가우스가 그를 불렀다.

"근데 타슈 씨, 뭐 하나 물어볼 게 있는데 말입니다."

"무엇을 말입니까?"

"갑자기 생각난 건데요. 병력만 이백만에 달하고, 그 보조 인력들까지 합치면 수백만에 달한다고 했잖아요."

"그렇습니다. 남대륙에 거주하는 남성 인구 대부분을 차지하죠."

"지금 전쟁이 거의 반년이 넘게 이어졌잖아요. 그럼 그 많은 식량은 누가 감당했죠?"

타슈는 질문의 요지를 이해할 수 없었다. 솔직히 저 인간의 정신 세계는 누구도 파악할 수 없을 것이라고 타슈는 생각했다. 타슈는 조금씩 피어오르는 짜증을 애써 억눌렀다.

"그야 농민들이 감당했죠. 나머지 여분은 북대륙 카이나에서 수입했다는 것은 가우스도 알지 않습니까?"

"수입하고 농사지었다라……. 뭐, 여자들이 농사를 지었다 치죠. 근데 어떻게 민란이 일어난 거죠?"

순간 타슈는 가우스가 질문한 이유를 파악할 수 없었다. 왜 민란이 일어났냐고? 그야 모조리 징벌해 갔으니까. 그들이 먹을 것, 입을 것, 심지어 파종할 씨앗까지 말이다.

"당연한 걸 왜 물으십니까. 그야 모조리 빼앗아갔으니 들고일어난 거죠."

"그럼 누가 들고일어난 거죠?"

"……."

타슈는 입을 다물고 말았다. 누가 들고일어난 거냐고? 그야 백성들이 들고일어난 것이다. 저마다 무기를… 무기를?

"아!"

타슈는 이제껏 간과했던 것을 깨달았다. 그렇다. 징벌해 간 것은 물건뿐이 아니다. 사람까지 징벌해 갔다, 그것도 무자비하게. 사내라는 사내는 모조리 징집했다. 그렇다면 무기를 들고 일어난 것은 여자인가? 말도 안 된다.

전쟁이란 인간에게 매우 가혹하다. 그 가혹한 환경을 이겨내고 묵묵히 전쟁을 수행하는 것은 남자에게 매우 유리하다. 특히나 남성은 신체적으로 전투를 치르기에 여자보다 월등했다. 우수한 근력 때문만은 아니었다. 이밖에도 여러 가지 복합적인 요인 때문에 전쟁은 남성들이 치르게 되었다. 역사에서도 이를 증명했다.

"맙소사……!"

타슈는 뭔가 심각한 오류에 빠졌다는 것을 알아챘다. 뭐가 잘못된 것인가? 민란을 주도하고 있는 사람들은 누구인가? 전쟁을 치르고 있는 사람들은 누구인가?

자료에도 없던 수백만 명이 갑자기 생겨났다. 타슈는 민란을 주도하기 위해 떠났던 친구 록이 떠올랐다.

창세력 제2기 8013년 4월 5일. 그랜드플랜 대평원 빅토리아 구릉지.

그 넓다는 그랜드플랜 대평원이지만 고저차가 없을 수는 없다. 대평원을 형성하는 그 지형이 과거에도 평평하다는 보장은 없는 것이다. 아득한 세월의 풍상으로 산맥이 깎여 나가고 계곡이 메워졌어도 그 흔적은 남기 마련이다. 때문에 대평원 곳곳에는 고저차가 존재한다.

심지어는 해발 200미터의 굉장히 넓은 구릉지가 존재한다. 마치 거대한 산맥 하나가 통째로 깎여 나간 듯 저 높은 상공에서 본다면 구불구불한 것이, 매우 비만인 뱀 모양의 구릉지였다. 물론 그 상공에서 고저차를 구분할 수 있는 놀라운 성능의 눈을 가져야 하겠지만 말이다.

때문에 성진은 볼 수 있었다. 2,000미터 상공에서 감상하는 지상의 모습은 평소와는 사뭇 다르다. 모든 물체가 축소되어 한눈에 들어오는 기분. 그래서 미니어처가 사람들에게 사랑받는 것이다. 한 손에 모든 것을 아우르는 기분. 모든 것을 창조했다는 착각에 빠지게 한다.

성진은 고공에서 몰아치는 강풍을 몸으로 느꼈다. 온몸을 스치는 바람, 그리고 그 속에 한껏 배어 있는 대자연의 숨결. 그 기운을 느끼며 호흡하던 성진은 눈을 감고 그가 느끼는 모든 것을 시각화했다.

개방된 감각으로 그 모든 것이 인지되었다. 숲도, 나무도, 풀도, 바람도. 심지어 조그마한 벌레까지도. 성진은 그 모든 것 중 인간형을 분류하여 재구성했다.

세상이 검게 물들었다. 그리고 그 가운데 땅은 회백색으로 빛나기 시작했다. 그 속에서 붉은 빛이 하나씩 떠올랐다. 어느덧 땅을 가득 메운 붉은 빛. 이루 헤아릴 수 없는 숫자에 대지는 붉은색으로 물들어 있었다. 그것은 생명의 기운. 인간을 뜻하는 빛이었다. 하지만 그 가운데서도 붉은 빛과는 다른 노란 빛이 있었다.

저것이 무엇인지는 본 적이 있었다. 느낀 죄이 있었다. 분명 칼과 하이단의 근간. 혼이 없는 인간. 새로이 생명을 부여받은 인간. 극을 넘어선 네크로맨시의 걸작. '카르노'가 선보인 법칙을 거스르는 존재.

'무혼(無魂)의 존재.'

인간이 아니되 인간인 자들. 생명의 근간이자 인간임을 증명하는 영혼이 없으면서도 생각하고 느끼고 사랑할 수 있는 자들. 가혹하게 표현하자면, '살아 있는 언데드'였다.

의외로 그 노란 빛은 꽤나 많았다. 주로 크라인 왕국군 쪽에 분포하고 있었다. 노란 빛 말고도 찬란하게 빛나는 붉은 빛도 있었다. 마치 신성(新星) 같아 주위의 붉은 빛을 압도하며 퍼져 나가는 빛. 극도로 활성화된 생명의 빛이자 육체의 노래라 표현할 수 있는 오러였다. 저 빛은 오러 유저가 뿜어내는 생명의 빛이었다. 그 수는 양 진영을 포함해서 대략 삼십. 어마어마한 수였다. 남대륙에 존재하는 오러 유저 중 80 퍼센트 이상이 이 전쟁에 참전한 것이다.

그리고…….

'마스터.'

대지로부터 쏘아진 빛의 기둥이 아득한 창공을 향해 마치 폭풍처럼 회오리치며 오르고 있었다. 세상을 아우르는 힘의 소유자들. 그런 자 몇 명이 저 병사들 무리 속에 숨어 있었다. 성진이 그들을 알기 위해 감각을 좁히려 하자 별안간 뿜어져 오르던 강렬한 파동이 사라져 버렸다. 아마도 성진이 주시했다는 것을 깨달았나 보다.

'혹시 마스터 오웬이 말했던 이들인가?'

멸절자의 인자에 감응하여 자신을 잃어버린 마스터 오웬. 끝내 성진의 손에 소멸한 마스터. 그의 말대로라면 완전체에 가까운 두 멸절자가 저 속에서 그를 기다릴지도 몰랐다. 숨어 있는 마스터의 수를 파악하기도 전에 모두 숨어버렸으니 아무래도 위험 요인이 커졌다.

홀로라면 당당히 저 대군을 뒤집어엎으며 걸을 것이나 그에게는 딸린 이들이 있다. 그가 아무리 강하더라도 짧은 시간에 발현되는 다른 마스터의 '권능'을 막기에는 힘들다.

'권능'이란 말 그대로 법칙을 뛰어넘는 힘이자 그 마스터를 증명하는 증표와도 같은 것이다. '권능'이란 어찌 보면 이미 알고 있는 정답과도 같은 것이다. 성진이 제아무리 강하더라도 몇 명의 마스터가 한꺼번에 권능을 발휘해 그를 공격한다면 그의 목숨도 위태하다. 신의 할아비라도 그 앞에서는 무력할 따름이었다.

만약 모든 것을 원래대로 회귀시킨다는 '무위'라는 권능과 모든 것

을 속박하는 권능, 모든 것을 자르는 권능이 동시에 발휘된다면 그 조
합은 설사 신이라 할지라도 막아낼 수 없다. 속박의 권능을 깨뜨리기
위해 몸부림치는 동안 무위를 통해 그의 모든 힘을 한순간 해체시키고,
육신과 영혼을 갈라 버리는 절삭의 힘이 그를 강타하는 것이다.

성진이 그 어떤 마스터보다 강하다고 하지만 그것은 어디까지나 성
진의 무한대에 가까운 용량 탓일 뿐, 순간적으로 발휘할 수 있는 능력
은 여타의 마스터를 압도하지 못한다. 아주 단순하게 비유하자면 다른
마스터들은 1.2V의 2000mA의 충전지라면 성진은 3V짜리 태양 전지인
셈이다.

'물론 편법은 있지만…….'

사실 그에게는 여타 마스터는 절대 펼칠 수 없는 이른바 '필살기'가
있다. 일전에 있었지 않은가. 다크 엘프와 네거티브 플레인의 연결 고
리를 박살 내어버린 '의지의 검'. 하지만 그 의지의 검을 펼치고 거의
걸레가 되어버린 그의 상태를 생각해 볼 때 결코 경솔하게 펼칠 수 있
는 것이 아니었다.

성진은 상념을 털어내 버리기 위해 고개를 저었다. 단순히 강함으로
우열을 가리는 것은 어리석은 짓이다. 세상에 천적(天敵)이 존재하듯
힘의 역학 관계에서도 천적이 존재한다. 그뿐만 아니라 상황에 따라서
도 우열이 달라진다.

상황만 제대로 주어진다면 그 전능하다는 신이라 할지라도 마스터
에게 죽어나갈 수 있는 것이다. 사실 신들이 지상에 쉽게 그 힘을 보일
수 없는 이유도 지상에 함부로 강림할 수 없는 제약도 있지만 마스터
에게 살해당할 수 있다는 아주 미약한 확률 때문이기도 하다. 신이란

완전한 상황에서 확신이 설 때 가장 완벽한 힘을 발휘할 수 있는 존재이니 말이다.

그때도 그랬다. 자신과 그들이 처음 대면했을 때. 그때도 그들은 자신을 분명히 제압할 수 있다는 자신감 때문에 그렇게 현신했을 것이다. 그렇지 않았다면 결코 몸을 드러내지 않았을 것이다. 전혀 생각지 못한 그의 반격 때문에 일이 틀어져 버렸으니 얼마나 분개했을까. 그리고 그가 깨어난 이후 그들은 한 번도 모습을 드러내지 않았다. 지금도 저 하늘 너머에서 기회를 엿보며 기다리고 있을 것이다.

성진은 웃었다.

'실컷 기다려 봐라. 어리석은 자들.'

스스로의 자부심에 젖어 신성(神聖)을 잃어버린 자들. 성진도 이제 만 년에 걸친 사건의 경위를 깨달아가고 있었다. 어느 날 갑자기 그들에게 나타난 권한. 오랜 세월 동안 그들이 누려온 권력. 그 권력에 젖어 태초에 약속된 것을 잊어버렸다. 한 세계의 관리자라는 신분을 잊어버리고 있었다. 우습게도 이제 나아가 더 큰 것을 얻으려 하고 있다.

완전한 신이 되기 위해.

"하지만 그렇지만은 않을 것이야."

성진은 강풍을 맞으며 중얼거렸다. 그의 심정. 심정은 말이 되어 강풍을 타고 사라졌다. 아무도 들을 리 없었다. 듣는다면 오직 세계. 그분이 만들어놓은 세계와 그분이 새겨놓은 법칙, 그리고 그분이 엮은 아카식 스트림만이 들을 것이다.

"이미 너무나도 많은 변수가 생겼어. 예언도 여러 가지로 해석할 수 있다는 것을 알아야지. 어리석은 양반들."

그래서 예언이라는 것이 어렵다. 이루 헤아릴 수 없이 많은 변수로 인해 미래를 예측한다는 것은 지극히 불투명하다. 예언이란 미래를 예측하는 것이 아닌, 지극히 수많은 갈래 중 하나를 집어내는 것에 불과하다. 그래서 예언의 문구는 지극히 추상적이고 두루뭉술하다. 절대 명확하지 않다.

더군다나 이곳, 아카식 스트림이 구축한 세계는 두 번째 멸망이 세상을 휩쓸기 전에는 지극히 완전했다. 지극히 완전해 단 하나의 길만이 존재했다. 때문에 그 전까지는 없었던 예언자라는 또 다른 미래를 짚어내는 사람이 태어났다.

성진은 천천히 떨어졌다. 기실 그가 이 같은 까마득히 높은 상공에 떠 있는 이유는 정찰 때문이었다. 높은 곳은 확실히 보다 많은 것을 보게 하니 말이다.

성진이 땅에 내려서자 그를 기다리고 있던 샤이라가 물었다.

"봤나요?"

성진은 고개를 끄덕였다.

―그런데… 칼과 하이단 같은 존재들이 좀 많더군요.

―…혼이 없는 이들 말이군요.

성진은 고개를 끄덕였다. 예상보다 훨씬 많다. 살펴보니 약간의 과장을 섞어보면 거의 반절이다. 인간과 똑같이 생각하고 살아가는 이들. 자신에게 혼이 없는지조차 모르는 이들. 그 점만 뺀다면 완벽한 인간. 과연 카르노는 놀라운 것을 선보였다.

성진은 짧은 순간 생각했고 판단했다. 그리고 결론을 도출했다. 확실한 것은 저들로 인해 아카식 스트림에 뭔가 영향이 미쳤을 것이다.

그것이 좋든, 나쁘든 확실한 것은 저들로 인해 아카식 스트림에 무슨 일이 생길 것이라는 것.

　아무 말 없이 성진과 샤이라가 서 있는 것을 본 칼과 하이단은 대충 눈치를 챘다. 그들과 여행한 지 몇 개월이다. 저렇게 아무 말 없이 묵묵히 있다는 것은 전의법으로 서로 이야기를 나누고 있다는 뜻. 솔직히 그렇게 오랫동안 더불어 여행하며 이 정도도 눈치 채지 못했을 리 없다.

　"뭔가 비밀 이야기를 나누고 있나 보네요."

　칼은 하이단의 옆구리를 찌르며 조용히 속삭였다. 칼의 말에 하이단은 고개를 끄덕였다. 어차피 저렇게 둘이 숙덕(?)대다가 알려줄 것은 알려준다. 그들로서는 기다리기만 하면 되는 것이다. 물론 모든 것을 알고 싶지만 저 두 마스터가 저렇게 정보를 여과하는 것은 어디까지나 일행을 위한 것. 예전 하이단의 질문에 성진이 답했던 것을 떠올린다면 믿어도 좋을 것이다.

　거의 모든 정보는 그대로 나누고 있습니다.

　'거의'라는 단어가 약간 거슬리기는 하지만 마스터의 입에서 나오는 이야기는 무척 신뢰할 만하다. 가장 진실에 근접한 정보이기 때문이다. 해서 칼과 하이단은 그저 그들의 입에서 과연 어떤 말이 나올지만을 기다리고 있었다.

　성진과 잠시 동안 말 없는 대화(?)를 나누던 샤이라가 그런 그들을 향해 웃으며 말했다.

"자! 밤에 가기로 하죠!"

사실 수십만 대군이 대치하고 있는 전선의 외곽에서 야영한다는 것은 미친 짓이다. 보는 눈만 몇천이다. 거기에 수시로 상대방의 동태를 파악하기 위해 정찰대가 설친다. 풀 쪼가리 하나도 시야에 방해된다는 이유로 모조리 불태워 버린 곳이 전선이다.

그들이 있는 빅토리아 구릉지는 정확히 전선의 외곽이지만 그렇다고 경계가 덜 삼엄한 것은 아니다. 물론 풀들이 정강이까지 미치는 잔디 종류라 불태워지지는 않았지만 순찰대가 다니는 것은 마찬가지였다.

이제 막 어둠이 깔리는 초저녁이었지만 초원의 밤은 밝다. 아직 저 지평선 너머로 빛이 사라지지 않았다. 일행은 그저 바닥에 모포를 깔고 제각각 누워 휴식을 취하고 있었다. 그러면서 간간이 지나가며 탐색하는 순찰대나 그네들끼리 부딪쳐 툭탁거리는 장면을 보는 것은 시간 보내기에 아주 좋았다. 특히나 한창 바쁘게 움직일 두 청소년에게는 더했다. 칼부림 장면은 다소 거북했지만 이번 여정에서는 그보다 더한 것도 봤다. 그간 걸었던 그들의 길은 그야말로 고난의 길. 심성이 단련되기에는 부족함이 없었다.

"와아아아. 이번에는 15야드(약 13m) 곁으로 지나갔어."

바닥에 깐 모포 위에 엎드린 타키안이 무척이나 따분한 표정으로 말했다. 역시나 옆에서 엎드린 채 턱을 괴고 있던 길리언이 고개를 끄덕였다.

"왜 모를까……."

"글쎄……. 열네 번째 바보 순찰대인가?"

카밀 왕국의 유명하다는 레인저 출신인 그 순찰대원들이 들었다면 경기를 일으킬 만한 소리를 타키안은 잘도 해댔다.

기실 카밀 왕국의 레인저는 그리 녹록하지 않다. 그들은 산악 지형에서 가장 강력한 힘을 자랑한다. 그렇다고 평야 지형에서 힘을 못 쓰는 것 또한 아니다. 다만 그들이 대단위 전투에 부적합한 경무장을 해서이지 그들 자체의 무력이 떨어진다는 것은 결코 아니다.

카밀 왕국의 순찰대와 크라인 왕국의 순찰대가 만난 것은 지금까지 다섯 번이었지만 그중 네 번을 별 피해 없이 이긴 것은 레인저의 무력이 월등히 뛰어나다는 증거였다.

15야드란 이들에게 지척이나 다름없다. 그런 그들이 일행의 자취를 결코 찾을 수 없는 이유는 일전에 세르피아의 귀에 걸어놓았던 인지의 장애와 비슷한 것이었다. 다만 그 범위가 귀에서 꽤나 넓은 공터와 여러 명의 사람으로 바뀌었을 뿐 원리는 같은 것이다.

"흐음. 아무리 생각해도 세이진님은 신기해."

"이제 알았냐?"

"흐음. 진작에 알았지만 말이야… 근데 조금 춥지 않냐? 모닥불을 피웠으면……."

"이보게나, 친구. 춥다는 건 변명이고 실은 머시 멜로우가 먹고 싶어서가 아냐? 스승님 말 못 들었어? 스승님 가라사대, '모습과 흔적은 지울 수 있지만 향기는 지우지 못한다. 특히나 범위를 벗어나 멀리 퍼지는 냄새는 더 더욱' 이라는 말. 모닥불에서 익어가는 머시 멜로우의 달콤한 향기가 저 굶주린 수색대 아저씨의 복창을 뒤집어엎게 되리라는 걸 모른단 말이야?"

"쳇. 예리한 놈."

몇 달 전보다 한껏 커버린 두 청소년의 잡담을 들은 칼은 웃음을 참다가 닦던 검에 하마터면 손을 베일 뻔했다. 아니, 손이 잘려 버렸을지도 모른다. 실제로도 여러 번 베였기 때문이다. 아무튼 반쪽으로 갈라져 버린 천을 잠시 바라본 칼은 한숨을 내쉬고는 배낭에서 다른 천을 꺼냈다.

"그게 수양이 덜 되었다는 증거야. 쯧."

"신경 끄쇼. 예?"

칼의 뾰로퉁한 대답에 하이단은 혀를 내보였다.

"싫다네."

"……."

칼의 마음속에서 뭔가가 울컥 치밀어 오르자 손 안에 놓여 있던 검에서 사늘한 예기가 느껴졌다.

'어이쿠!'

칼은 애써 마음을 진정시켰다. 샤이라가 선물로 준 검. 그것을 성진이 다시 한 번 재련했다. 본인 말로는 대장장이 기술이 아닌 과학 기술을 접목하여 검을 손봤다고 하지만 샤이라가 처음 건네줬을 때와 성진의 손을 거쳤을 때의 상태는 천지 차이였다.

무엇보다도 놀라운 것은 소유자의 마음 상태에 따라 예기가 달리 뿜어진다는 점. 진정한 명검일수록 주인의 뜻에 보다 충실하다는 그의 설명을 처음에는 믿지 못하였지만 성진의 시범에 칼은 입을 다물고 말았다.

검 위에 놓인 풀잎이 성진이 '벤다' 라는 마음을 먹는 순간 반쪽으로 쪼개지는 모습. 그 경이로운 모습에 칼은 뭐라 표현할 수 없는 감격을 느꼈다.

자신의 뜻, 그리고 검의 뜻을 일치시키고, 나아가 마음대로 다루는 그때야말로 진정한 힘을 얻는다는 성진의 말을 귓등으로 흘리며 칼은 그의 손에 들린 검을 정신없이 어루만졌다.

그리고 들리는 검의 울음. 혹자는 한낱 쇠토막이 어찌 우냐고 핀잔 줄지 몰라도 칼은 들었다. 우우웅 하며 낮게 떠는 검의 울음을. 마치 군가 같기도 하고 애인의 비음 같기도 한 그 마력적인 소리를 칼은 결코 잊을 수가 없었다.

"바, 방금 검이 소리를 냈어!"

칼이 기겁해서 소리쳤을 때 모두의 표정이 괴이하게 일그러졌다. 심지어 샤이라마저도. 솔직히 그때 그 표정은 '저게 미쳤나?' 였다. 다만 성진만이 묘한 웃음을 지으며 말했다.

"검의 울음입니다. 과거의 칼이라면 결코 들을 수 없는……. 시련은 사람을 강하게 만드니까요."

이해할 수 없는 세 문장을 연결해 답을 구할 수 없는 알쏭달쏭한 성진의 말이었지만, 아무튼 칼의 심정을 성진은 이해하고 있었다.

칼에게 있어 그 순간은 평생 잊지 못할 제2의 동반자이자 분신이 될 애검과의 만남이었다. '이슐라' 라는 다소 여성스러운 이름을 붙여 주고, 끔찍하다 못해 징그럽게 구는 칼을 볼 때면 하이단은 늘 말했다.

"잘 논다."

칼은 그의 말을 무시했다. 비꼬는 듯했지만 그 속에는 참을 수 없는 부러움이 숨어 있었다. 하이단 본인이야 박투니 무기가 필요없지만 한편으로는 동반자라 할 수 있는 명검을 소유한 그의 모습을 보니 부러운 것이다.

검을 얻은 후에도 그랬고, 며칠이나 지난 지금까지도 그랬다.

"그만 좀 닦으라니까. 닳아진다, 닳아져."

"부러우면 부럽다고 말해요. 남자가 쪼잔하게시리."

"쳇!"

그렇게 매번 툭탁거렸고 방금 전도 그랬다. 그런데 또 시비다. 칼은 검을 세워 아직 밤하늘을 잔잔히 가로지르는 마지막 빛을 반사시키려 했다.

"동작 그만. 지나가는 불쌍한 분들한테는 보이지 않겠지만 저기 저 멀리 계시는 분들한테는 보일지 모른다네."

하이단은 누운 상태로 베개처럼 모포를 말아 머리에 대며 칼에게 말했다. 흠칫 굳은 칼은 아쉽다는 듯 입맛을 다시더니 검을 검집에 집어넣었다. 언제나처럼 검을 닦고 나서 빛에 반사된 검광을 바라보는 것이 버릇이 되었는데, 오늘은 못하게 되어 아쉽다는 표현이었다.

"그나저나 이제 슬슬 갈 때가 되지 않았나?"

"그러게 말입니다."

결정하는 것은 성진이다. 성진이 쉬자고 제안했고, 다시 가야 할 때를 알리는 것도 성진이다. 사실 이 여정의 주도자는 성진이었다. 해서 그의 말 들어 손해 볼 것 없었다. 피곤할 때를 귀신같이 가려서 휴식을 취해왔기 때문이다. 그런 자가 인솔하는 여정은 육체적으로 그나마 덜

피곤하기 마련이었다.

"언제 가고 서는 거 따졌습니까? 그냥 기다리면 되겠죠."

"그건 그렇지."

하이단은 칼의 말에 고개를 끄덕였다. 기다림은 초조한 것도 있지만 의외의 미(美)도 있다. 자신을 돌이켜 볼 수 있다는 것. 앞날을 생각하여 미리 계획을 세울 수 있다는 것.

칼은 제 나름대로 검을 부여잡고 상상의 적을 향해 검을 뽑았고, 하이단은 그저 자리에 앉아 몸 구석구석 자리잡은 근육을 움직였다. 그저 검을 들고 주먹을 휘두르며 몸을 빠르게 움직이는 것만이 수련은 아니다. 바람을 맞으며 자신만의 세계로 들어가 침식하는 것도 좋은 수련이 된다.

그럴 땐 감도 좋아진다. 느끼지 못한 것, 무심코 지나쳤던 것까지 알 수 있다. 그래서 칼은, 하이단은 느낄 수 있었다, 앉아 있던 엉덩이가 따뜻해져 간다는 것을.

칼과 하이단이 이상하게 여겨 눈을 떴을 무렵 성진은 땅이 아닌 하늘을 바라보았다. 칼의 눈도 덩달아 성진의 눈을 좇았다. 하늘은 청명했다. 티없이 맑아 하늘 깊숙한 곳에서부터 깊은 어둠이 하늘을 온통 물들이며 그 가운데 별이 반짝일 수 있도록 빛을 밀어냈다. 초저녁이 깊어지는 현상. 하지만 칼은 왠지 모를 오한을 느꼈다.

하늘은 맑았고 바람은 따스했다. 대지도 따뜻했다. 하지만 오한이 든다. 한편으로는 이상한 기분에 심란해지기 시작했다. 왜? 때문에 칼은 당혹했다.

"아무래도 오늘 밤은 매우 길듯하군."

귓가에 하이단의 가늘게 떨리는 목소리가 들렸다. 칼이 하이단에게
시선을 돌리니 하이단은 무엇인가를 바라보고 있었다.

"……."

세르피아의 관이… 요동치고 있었다.

성진은 미간을 좁혔다. 조금 전 이상한 기분이 들었다. 정신이 순간
아득해지더니 몸이 나뉘는 감각. 마치 나라는 존재가 또다시 분리되어
뻗어나가는 느낌을 받았다. 전에는 이런 느낌을 받은 적이 없었다. 무
엇일까 하는 의문이 들기도 전에 그러한 느낌은 사라져 버렸다. 전혀
알 수 없는 현상.

샤이라에게 이 같은 느낌을 받았느냐고 둘으려는 순간 성진은 볼을
스치는 바람을 느꼈다.

주위에 분포된 에너지의 밀도가 급격히 상승하고 있었다. 마치 이곳
에 저기압이 형성된 듯 끊임없이 에너지가 모여들어 하늘로 솟구치고
있었다. 때문에 해가 물러간 초저녁인 지금 지표 온도가 조금씩 상승
하고 있었다.

에너지가 모여든다고 해서 지표 온도가 올라가는 것은 결코 아니다.
구체화되지 못한 에너지는 결코 현상에 관여할 수 없다. 관여하기 위
해서는 구체화되기 위한 촉매가 필요하다. 계기가 될 수 있는 무엇인
가가 필요한 것이다.

때문에 성진은 그 무엇인가를 찾기 위해 감각을 확장했다. 에너지는
띠처럼 엮어져 모여들고 있었다. 마치 소용돌이가 뒤집혀 생긴 듯 이
쪽으로 곧장 모여든 에너지는 하늘을 향해 치닫고 있었다.

‘누군가.’

성진은 이내 촉매를 찾을 수 있었다. 너무 큰 것을 바라보았기에 가장 가까이 있는 것을 볼 수 없었다. 시작점은 바로 세르피아였다.

에너지는 관을 스치며 하늘로 솟구치고 있었다. 마치 손으로 무엇인가를 쓸어 내리듯 바람을 탄 에너지는 그렇게 관을 쓸어 내리고 있었다. 관은 조금씩 요동치고 있었다. 그 힘은 점점 강해져 결국 구체화되기 시작했다.

그그그긍—

마치 긁는 소리처럼 괴이한 소리가 울려 퍼지며 작지만 노란 불꽃이 관의 네 모서리에서 피어나 표면을 뒤덮기 시작했다. 불이 꽃을 피우듯 그렇게 관 표면에서 피어났다.

관을 이루는 물질은 단순히 목제처럼 보였지만 그 안에는 모디프스의 권능이 배어 있었다. 모든 것을 묶어두는 속박. 시간도 묶어둘 수 있기에 나무는 시간의 흐름과 동떨어져 존재했다. 때문에 관은 그 어떤 물리적 수단으로도 파괴할 수 없는 상태였다. 약간 과장되게 말한다면 운석이 떨어져 이 일대를 초토화시킨다 하더라도 관만은 온전할 수 있는 그런 상태였다.

그러던 어느 순간, 바람을 따라 기이한 향기가 흘렀다. 청량하면서도 달콤한 내음. 폐부까지 상쾌해지면서도 가슴 두근거리게 만드는 그런 향기. 그것은 그와 몇 개월이나 붙어 지냈던 그녀의 향기, 세르피아의 향기였다.

“……!”

‘무엇인가?’라는 이성과 ‘그녀다!’라는 감성 중 성진의 강인한 이성을 제압하고 최초로 반응한 것은 감성이었다. 그리움이라는 힘은 이성을 제압할 정도로 강했다.

두근.

성진의 심장이 요동쳤다. 성진이 평정을 잃자 주위의 에너지들이 요동쳤다. 보이지 않는 파문이 성진을 중심으로 퍼져 나갔다.

두근.

파문이 스쳐 지나간 이후 바람이 불어 닥쳤다. 동서남북에서 불어오는 바람이 성진과 관을 감싸고 하늘로 솟구쳤다. 땅에 붙박혀 대지의 은혜를 입던 풀들이 뽑혀져 나가고 풀잎이 갈가리 찢어져 비상하였다. 그리고 그 속에서 성진은 세르피아의 목소리를 들을 수가 있었다.

미안해요.

마치 환청처럼 귓가에서 스러지는 목소리. 최후의 순간 들었던 그녀의 독백. 담담하면서도 장을 끊는 아픔을 자아냈던 그녀의 심정. 하지만 그녀일 리는 없었다. 혼이 떨어져 나간 그녀가 그렇게 말할 수는 없었다. 그래서 더욱 혼란스러웠다.

"어떻게……."

성진은 저도 모르게 중얼거리고 말았다. 혼란스러운 심정을 고스란히 뱉어낸 것이다. 그 사이에도 빛은 더욱 거세져 어느덧 성진과 관을 감싸고 있었다. 너무도 밝은 빛이라 타키안과 길리언은 저도 모르게 눈을 가리고 말았다.

지금은 밤이다. 평야에서 조그마한 불빛은 수십 마일 밖에서도 볼 수 있다. 하물며 눈을 가리게 할 정도의 빛이다. 양군 진영이 대치하고 있는 가운데서. 당연히 보지 못할 리가 없다.

샤이라는 양군 진영에서 피어오르는 동요의 기운을 알아챌 수 있었다. 이러다가는 두 군대 사이에서 오도 가도 못하다 자칫 양군의 공격을 받아야만 하는 상황.

"성진!"

샤이라는 다급히 성진을 불렀다. 그녀의 날카로운 외침에 성진은 혼란스러운 마음을 가다듬었다. 음성은 마력과 같았다. 매혹의 힘이 집중하여 그의 정신을 유린하는 듯하였다. 만 년의 불꽃에도 녹지 않는 빙하가 순간 따뜻한 바람에 뒤흔들렸다. 올곧은 성진의 정신이 흔들릴 정도로 매혹적이었다.

불과 수십 초의 시간이었지만 빛은 그 몸집을 착실히 불렸다. 밝아지고 밝아져 수십 럭스의 작은 불꽃이 수천 럭스의 눈부신 빛으로 바뀐 것은 그야말로 삽시간이었다.

빛은 관을 깨부수려는 것처럼 필사적으로 달라붙었다. 그만한 힘이 집중된다면 아름드리 나무는 순식간에 탄화될 정도였다. 실로 엄청난 열량이 한 점에 집중되었으니 그 여파가 성진에게 미치는 것은 당연하였다.

"흠……!"

성진의 오른팔 소매에 화르륵 불이 붙더니 순식간에 타버렸다. 그 순간에도 끊임없이 세르피아의 음성이 들렸다. 대지는 달궈지고 가슴은 두근거렸다.

제발.

음성이 머리를 뒤흔들었다. 그의 뇌 깊숙이 잠재된 기억을 강제로 끌어냈다. 그녀를 잃었을 때의 기억이 눈앞을 스쳐 갔다. 심장이 죄어 들었다.

―무엇을!

성진은 저도 모르게 마음으로 외치고 말았다. 정수리가 시큰거렸다.

자극은 그의 감각을 건드렸다. 한껏 민감해져 있던 감각은 그 자극에 휘말려 확장되었다. 세상의 풍경이 기이하게 일그러지며 보이지 않는 진실이 보이기 시작하였다.

휘몰아치는 폭풍. 그 가운데 서 있는 성진. 성진은 고개를 들어 하늘을 보았다. 빛들은 어두운 하늘로 끊임없이 솟구치고 있었다. 하늘과 땅을 잇는 장대한 빛의 다리. 그 다리의 기원은 세르피아의 관이었다. 도대체 무엇인가. 알 수 없었다.

눈에 보이지 않는 공간 왜곡 현상이 빛의 기둥을 중심으로 일어나려 하였다. 그 순간 성진은 깨달았다. 무엇인가 나타난다, 지금 이곳으로. 그리고 동시에 샤이라도 알았다. 샤이라와 성진은 동시에 외쳤다.

―누구냐!

―누구냐!

생각은 뇌의 다채로운 활동으로 도출된다. 이것은 뉴런을 거쳐 만들어진 개개인의 독특한 뇌파로서 나타낼 수 있다. 이것이 확장되니 마치 전파를 송수신하는 것처럼 생각이 전달된다. 특히나 같은 사물을 보고 같은 판단을 행한 마스터들의 경우 극히 적은 확률로 그 파장이 동조할 수 있다.

지금이 바로 그 순간이었다.

콰아아—

두 마스터의 뜻은 보이지 않지만 날카로운 창이 되어 사방으로 뻗어 나갔다. 그 창은 마치 조명탄 같았다. 정체를 알고자 하는 의구심에서 발현된 뜻. 때문에 그 본질은 진실을 밝히는 데 있다. 창이 공간을 유린하고 빛을 꿰뚫었다.

…제발.

부드러운 바람이 불었다. 그 바람 속에서 창은 부러지고 흩어졌다.

부탁해요.

애절한 뜻이 울려 퍼졌다. 너무도 간절한지라 그 음성은 성진을 넘어 샤이라에게까지 울려 퍼졌다. 순간 샤이라는 경직하고 말았다. 왜 성진이 멍하게 있었는지 납득하였다. 아니, 납득할 수 없었다. 어디서 이런 음성이 울려 퍼지는가!

으득!

성진은 이를 악물었다. 누군가 자신을 뒤흔들고 있었다!

'나는 올곧다!'

그것은 성진의 신념이자 자존심. 누군가 그를 매혹하고 있었다. 유혹하고 있었다. 부끄럽게도 잠시나마 달려들었다.

그는 분노했다. 극도로 집중된 의식이 확장되었다. 그의 강대한 의지가 하나의 외침이 되었고, 그 외침은 엮어지고 짜여 단 하나의 법칙이 되었다.

누구냐!

단 하나의 법칙. 모든 것을 증명하는 법칙. 가려진 것을 보이게 하는 진실. 그 앞에서 모든 것이 진실해지는 법칙. 순수(純粹)의 법칙이 성진의 뜻에 의해 펼쳐졌다.

콰아아아—

법칙의 물결에 대자연이 새로이 구성되며 짜였다 풀렸다. 마치 고장난 지퍼처럼 물결이 지나간 그 순간 법칙이 발현되었고 사라졌다.

성진의 눈은 그 흐름을 좇았다. 그 순간 저 공간 너머에서 새로운 파장이 뻗어 나오더니 성진의 법칙을 감싸 안았다. 그러나 그것은 성진이 일구어낸 것이다. 세상 그 무엇에 비할 수 없는 강력한 성진의 의지가 빚어낸 산물이다. 세상을 창조해 낸 창생력의 자식이었다.

새로운 파도는 성진의 물결과 부딪쳐 사그라졌다. 파도는 자신의 임무를 충실히 해냈다. 끝끝내 주인을 숨겼다. 그러나 성진의 힘은 정녕 컸다. 음성의 주인이 피해를 봤는지 하늘에서 지상으로 이어지던 빛의 기둥이 잠시나마 흔들렸다.

관을 둘러싸고 있던 빛들이 크게 흔들리며 깜빡였다. 그 순간 기이한 소리가 들렸다.

뚜둑.

분명 뼈가 부러지는 소리였다. 성진의 시선이 관으로 향했다. 성진의 눈이 파란 광채를 뿜기 시작하였다.

"……!"

분명 관은 튼튼하다. 그 어떤 물리적인 수단으로도 파괴할 수 없다. 하지만 관에는 세르피아의 호흡을 위한 공기 구멍이 존재한다. 그리고 이 정체 모를 힘은 그 구멍으로 스며들어 가 세르피아의 육체를 자극하고 있었다.

시간이 없어요. 그녀의 육신이 죽어가요.

그 누군가의 목소리가 들려왔다. 간곡한 부탁. 세르피아의 음성으로 그를 현혹했다. 이제는 그녀의 육신을 염려한다. 걱정으로 가득한 음성. 하지만 거짓이다. 자신의 행위로 벌어진 결과를 염려한다. 상처 주고 눈물짓는 것과 같다. 위선이다.

뿌득.

성진은 분노했다. 가장 소중한 것으로 협박한다. 그가 지켜야 할 것, 그것으로 협박하고 있다. 위장된 가면을 쓴 채 부탁하고 있다.

허락해 주세요. 어서.

아카식 스트림을 유영하며 얻은 지식이 있다. 지상으로 강림하는 여신에게는 신체(神體)가 필요하다는 지식. 강림과 현신은 다르다. 현신은 힘으로써 일시적으로 모습을 드러내 힘을 행사할 수 있는 것이고, 강림은 육체에 신의 모든 것이 깃드는 것이다.

일단 신이 신체에 강림하려 마음먹은 이상 대상은 거부할 수 없다. 거부하면 신체에는 이상 징후가 나타난다. 다른 이가 신체에 손대는 것을 막기 위해 신체는 붕괴되기 시작한다.

그 모든 징후가 지금과 같았다. 왜 진작 생각하지 못했던가.

세르피아는 지상에 최초로 출현한 엘프와 혈통상 가장 가깝다는 하이 엘프이다. 그러한 하이 엘프의 신체에 깃들려는 자는 당연히 신이다. 그들이 받들고 모시는 여신.

"그랑디아……."

선택의 여지가 없었다. 막고 자시고 할 수가 없었다. 한 번 시작되면 막을 수 없다. 성진이 세르피아의 육신을 파괴하지 않는 이상.

성진은 손을 뻗어 관을 건드렸다. 그러자 약속된 뜻에 따라 모디프스의 권능이 사라지며 관이 해체되었다. 관이 깨어져 나가자 폭풍이 불었다. 지상에서 피어난 불꽃이 하늘에 닿으며 보이지 않으나 거대한 무엇인가가 지상에 임했다.

일그러진 공간의 틈을 뚫고 무엇인가가 지상으로 낙하했다. 측량할 수 없는 힘이 엄청난 기세로 세르피아의 나신으로 빨려들어 가기 시작하였다. 그에 따라 그녀의 육체가 서서히 공중에 떠올랐다.

사방으로 흩날리는 초록 머리칼이 두피 부분부터 점차 황금색으로 물들어 가기 시작하였다. 그렇지 않아도 하얀 피부는 알 수 없는 묘한 광채를 내기 시작하였다.

이윽고 머리칼이 온통 하얗게 물들자 그녀의 나신은 곧바로 세워지더니 그토록 하얀 발로 땅을 밟았다. 대지가 황금빛으로 물들며 알 수 없는 향기가 뿜어지기 시작하였다. 뜨거웠던 대지가 순식간에 식더니 은은한 온기만이 남았다. 솟구쳐 오른 풀잎이 그녀의 육신을 돌며 옷감이 짜이기 시작하였다.

잴 수도 없는 짧은 시간에 모든 것이 완료되었다. 휘몰아쳤던 폭풍이 잠잠해지고 빛이 사라졌다.

그리고 그 가운데 세르피아의 탈을 쓴 '그것' 이 서 있었다.

"……."

"……."

성진을 제외한 모두는 경악했다. 이해할 수 없었다. 바람이 불고 빛이 번쩍하더니 모든 것이 조용해지고, 그 가운데 세르피아가 서 있었다. 불과 일 분 사이에 일어난 일이니 아무리 상황 판단이 빠른 자라고 할지라도 이 같은 상황에서 모든 것을 이해하고 판단하는 것은 솔직히 불가능에 가까웠다.

"저, 저……."

그나마 눈에 본 것을 그대로 인지하여 반응한 사람은 칼이었다. 완전히 굳어버린 칼은 덜덜 떨리는 손으로 세르피아를 가리켰다. 솔직히 그도 눈앞에 보이는 것을 믿을 수가 없었다.

세르피아의 영혼은 떨어져 나갔다고 들었다. 그리고 그 혼은 게일이 억압하고 있다고 했다. 한데 이것은 무엇일까. 혼이 사라져 버린 세르피아가 어떻게 저렇게 서 있을 수 있을까.

그러나 엉성하게 이어져 나가던 칼의 사고도 세르피아의 눈을 본 순간 정지하고 말았다.

“……!”

숨을 쉴 수가 없었다. 생전 저렇게 아름다운 눈은 본 적이 없었다. 어머니 같기도 하고, 지극히 사랑해 모든 것을 줘버릴 만한 연인의 눈이기도 하였다. 뭐라 형용할 수 없는 감정이 그를 엄습했다.

그런 느낌을 받은 것은 칼뿐이 아니었다. 샤이라를 제외한 모두는 세르피아의 눈을 본 순간 얼어붙었다.

“그만.”

차가운 살기가 폭풍처럼 휘몰아치더니 장내의 모든 이들의 정신을 확 일깨웠다. 얼음 굴에 들어가 앉은 듯한 느낌. 천국에서 지옥으로 떨어지는 느낌이 바로 이러할 것이다. 온몸이 소름이 돋다 못해 경련하기 시작했다.

진심으로 분노한 성진은 실로 무서웠다. 쳐다볼 수도 없는 위용. 죽이고자 한 의지가 고스란히 반영되니 그의 주의의 풀들이 당장에 말라 죽기 시작했다.

그 가운데 세르피아의 몸에 깃든 ‘그것’이 성진을 바라보았다. 애틋한 눈빛. 절로 세르피아가 떠올랐다. 아니, 오히려 세르피아보다 더 세르피아다운 눈빛에 성진은 더욱 분노하였다.

“왜냐. 어째서 그녀냐.”

너무 분노한 나머지 성진은 모두에게 사용하는 경어조차 사용치 않았다. 비겁한 자. 신의 탈을 쓰고 어찌 저럴 수가 있단 말인가. 그게 신인가? 고고한 신인가? 이유는 필요없다. 영혼조차 없는 육신에 강제로 침탈한 신은 지금 강도나 다름없었다.

“대답해라, 여신 그랑디아. 어째서냐.”

“……!”

“헉!”

성진의 말에 그의 살기로 얼어붙었던 모든 이들이 놀라 헛바람을 들이켰다.

여신이란다, 여신. 엘프들의 어머니이자 대지와 생명의 여신. 5대 신들 중 하나. 그런 신이란다. 위대하다 못해 경이로운. 그런 신이 지상에 강림했다. 그리고 성진은 그녀에게 대답을 요구하고 있었다. 살기 어린 눈으로.

모두가 충격으로 할 말을 잃었을 때 세르피아에 깃든 그랑디아는 슬픈 눈매를 지었다. 너무나 슬퍼 보여 지켜보던 이들의 가슴이 무너져 내렸다.

―이계의 존재여, 분노하지 말아요.

잔잔함을 넘어 아늑하기까지 한 그녀의 목소리에 감수성이 풍부한 길리언은 숨조차 쉴 수 없었다. 느껴지는 것은 오로지 경외.

“현혹하지 마라.”

차가운 칼날이 그녀의 카리스마를 난도질했다. 여신이 발하는 매혹은 지독하다. 그 존재 자체로도 인간은 굴복한다. 하물며 그녀는 자애의 여신이다. 인간에게 있어서 가장 취약한 감정을 자극하는 존재. 모든 것의 경외가 되는 존재.

하지만 진실에 거의 접근해 있는 성진에게 있어 그녀는 별반 의미가 없다. 아니, 있다. 연인인 세르피아의 육체를 강탈한 존재.

―미안해요. 그렇게 할 수 밖에 없는 사정이 있답니다.

여신 그랑디아는 고개를 숙였다. 그녀의 몸에서 찬연히 피어나는 영롱한 노란 빛깔의 영기는 모든 것을 보듬었다. 성진의 살기로 인해 말라 죽어가던 식물이 되살아났고, 사방에 몰아치는 성진의 살기를 누그러뜨렸다.

괜히 신이 아니다. 신이란 이 세상의 가장 최상위의 존재이다. 이루지 못할 것이 없고, 하고자 하면 못할 것이 없는 존재가 신이다. 길리언은 혼란스러웠다. 스승에게 진실을 들었다. 신이란 전능하지 않다고. 그 스스로가 만들어낸 프라이드에 취해 버린 존재들이라고. 하지만 지금 느껴지는 경외감은 도저히 그런 생각을 떠올릴 수 없게 만들었다. 신이란 더없이 거룩하고 거룩한 것.

한데 너무도 고결한 여신이라는 존재가 스승에게 고개를 숙였다. 무슨 말이 오갔는지는 알 수 없으나 분명 미안하다는 뜻. 그렇다는 것은……

신이 사과를 한다?

"……"

다음 순간 길리언은 아무런 사고도 할 수 없었다. 성진의 신형이 허깨비처럼 사라지더니 그랑디아의 전면에 나타났다.

"한 세계와의 연결 고리도 끊어버린 나다. 그런데 신이라는 개체가 막을 수 있을 것 같나? 홀로?"

성진은 망설임없이 그랑디아의 목을 쥐고는 들어 올렸다.

"죽고 싶나?"

단 한 마디의 말. 그 말에 샤이라마저 얼어붙었다. 신을 죽이겠다는 말이다. 지금의 성진이라면 능히 신을 죽일 수 있다. 하지만 정말 죽여 버린다면? 샤이라는 정신이 아득해진다는 말을 실감하였다.

　기실 성진은 지금 미칠 것 같이 혼란스러웠다. 마음 한구석에서는 세르피아에 대한 그리움이 마치 봇물 터지듯 솟구쳐 올라 지금 목을 쥐고 있는 손을 놓고 당장 그녀를 껴안으라고 소리치고 있었다. 그리고 다른 한편에서는 그녀의 육신을 강탈한 저 망할 존재를 소멸시키라고 명령하고 있었다. 그나마 온전한 성진의 이성만이 살기를 누그러뜨리라고 조언하는 상황이었다.

　마음이 셋으로 분열된 가운데 성진의 살기는 더 더욱 커져 갔다. 아닌 게 아니라 진정 죽이겠다는 마음으로 목을 쥐고 있던 손에서 강력한 기운이 피어오르더니 그녀의 육신을 구속하기 시작하였다.

　진정한 분노. 그에서 비롯된 역(逆)의 힘. 성진은 자신이 깨닫지도 못하는 가운데 새로운 힘에 눈을 뜨고 있었다.

　분노는 파괴를 낳는다. 그리고 파괴는 소멸을 낳는다. 진정한 창조의 힘을 손에 쥔 성진은 난생처음 진정으로 분노했다. 누군가를 죽인다는 살심을 품었다. 지금까지의 투기가 아닌 살기. 죽인다는 일념은 그만큼 잔혹하고 무자비했다.

　그에 따라 창생력은 주인의 충실한 욕구에 맞춰갔다. 유래를 찾아볼 수 없는 끔찍한 힘이 구현되기 직전에 도달했다. 그리고 그 힘은 그랑디아에게 공포를 안겨주었다.

　"내, 내가 죽는다면 육신은 당장 붕괴할 것이에요."

　너무도 당황한 나머지 뜻이 아닌 육성이 나왔다. 본디 세르피아의 어투는 사늘하다. 하지만 그 밑에는 잔잔한 정이 흐른다. 지금 듣는 음성은 지극히 매혹적인 음성. 세르피아의 음성이 결코 아니었다.

　그랑디아와 세르피아는 다르다. 솔직히 따져 본질을 비교할 가치조

차 없다. 그만큼 그랑디아는 한 세계를 이때껏 유지시켜 온 지고한 존
재였다.

그녀는 모든 생명의 유지를 담당한다. 진짜 유지를 담당하는지는 알
수 없지만 그녀의 힘은 치유와 회복이라는 효과를 발휘한다. 모든 이
들에게 진정과 평온을 제공한다. 당연히 일거수일투족에서 그런 기색
을 보일 수밖에 없다. 이것은 현신이 아닌 강림이었다. 신이 지상에 임
하는 것.

인정하자니 눈앞의 존재는 세르피아가 아니다. 그것은 알고 있다.
인정하지 않자니 눈앞의 존재를 부정하는 꼴이다. 그것은 본질을 꿰뚫
는 성진의 의지를 속이는 것이다. 때문에 성진은 분노하였다. 그 차이
를 알고 있기에 더 더욱 분노하였다.

손을 쓰면 세르피아의 육신을 구할 수 있다. 하지만 그녀의 육신은
붕괴된다. 지금 그가 가진 권능으로는 그녀의 육신의 붕괴를 막을 만
한 것이 없었다. 그러한 권능을 가진 존재는 단 하나, 모디프스밖에 없
었다. 선택할 수밖에 없는 선택 때문에 성진은 더 더욱 혼란스러워했
다.

"성진, 그만 해요."

가까스로 안정을 되찾은 샤이라가 그를 말렸다. 지금 같은 시기에
신을 죽인다면 어떤 일이 발생할지 몰랐다. 신이란 존재는 엄연히 세
상을 이끌어가는 거대한 톱니 중 하나. 그런 톱니 중 하나가 부서져 버
린다면 분명 문제가 발생할 수밖에 없었다. 샤이라는 그 점을 성진에
게 상기시켰고, 성진도 그 점을 상기했다.

선택의 여지가 없었다.

"큭!"

성진의 손에서 알 수 없는 힘이 피어오르더니 그랑디아 주위에 떠도는 영기를 날려 버렸다. 마치 연기가 흩어지듯 순식간에 '팍' 하고 흩어져 버렸다.

당연히 그랑디아는 충격을 받았다. 영기란 그녀의 존재를 보호하는 일종의 보호막. 그런 보호막을 강제로 깨버렸으니 당연히 충격을 받을 수밖에 없다. 하지만 신의 영기를 이렇게 간단하게 흩어버릴 수는 없었다. 제아무리 마스터라 할지라도, 그녀가 다섯 신 중 약한 축에 끼었다고 할지라도 이렇게 간단하게 흩어버릴 수는 없다. 그만큼 성진이 그 자신도 모르게 사용하는 힘은 파괴적이었다.

그랑디아의 목을 놓아준 성진은 몇 걸음 뒤로 물러나더니 심호흡을 하였다. 얼마 후 냉정을 되찾은 듯한 목소리로 말했다.

"그 영기, 당장 숨겨라."

그랑디아는 그의 말을 이해하였다. 신으로서 풍기는 모든 존재감을 숨기라는 말. 솔직히 세계가 커다란 수조 안에 차 있는 물이라 생각했을 때 신이라는 존재는 엄청난 부피의 물체이다. 그런 부피의 물체가 수도 안에 들어가면 당연히 물은 넘친다.

지금도 그런 이치로 설명할 수 있었다. 그랑디아는 모든 힘을 몸 안으로 감추었다. 그렇지 않아도 감춰야 했다. 그녀는 도주했다. 도망자가 힘을 풍기고 다닌다면 나 여기 있다라고 광고하는 꼴이다.

성진은 이제 그랑디아가 아닌 구릉 너머에 집결해 있는 크라인 왕국의 군대를 바라보았다. 한껏 확장된 감각은 그 모든 것을 보게 하였다. 군대는 동요하고 있었다. 그리고 종군사제들도 동요하고 있었다.

"당신의 종들이 눈치 챘나 보군?"

그의 말을 들은 그랑디아는 고개를 저었다.

"아닙니다. 그들은 내가 이곳에 나타난 것을 알지 못합니다. 전…
도망자니까요."

그녀는 조용히 항변하였다. 그녀의 말은 충격적이었다. 애써 분노를
억제하고 있는 성진에게조차 이채의 눈빛을 띠게 할 정도로.

잠시간의 침묵 끝에 겨우 하이단이 입을 열었다.

"도망자……?"

다시금 상기시키는 하이단의 말에 모두 멍해져 버렸다.

도망자.

그 뜻을 모르는 사람은 아무도 없었다. 하지만 왜 신이 도망자여야
하는지 아는 사람도 아무도 없었다. 그렇다고 왜냐고 물어볼 사람도
없었다. 설사 묻는다 할지라도 치부에 가까운 말을 과연 저 여신이 해
줄까?

극도로 화가 난 성진의 박력에 여신은 어쩔 수 없이 성진에게 굽혔
지만 다른 이들에게는 아니다. 샤이라 정도의 마스터 서넛이 달라붙어
도 신을 죽이기란 쉽지 않다.

답이 없는 의문은 끝없는 상상을 요한다. 인간들은 그렇다. 답이 나
지 않으면 제 스스로 답을 구축해 간다. 그 끝은 결코 알 수 없는 것.
예측 불허다. 때문에 성진은 사태를 정리하기로 마음먹었다.

"그 이야기는 나중에 하죠. 일단은 뚫고 가야겠군요."

아닌 게 아니라 저 평원 끝에서, 정확히 표현하자면 크라인 왕국군
쪽에서 먼지구름이 피어오르고 있었다. 물론 그것을 확연히 볼 수 있

는 사람은 성진에 불과하지만 먼지가 일어나 왕국군 쪽에서 비치는 작은 빛들이 흐려지는 것으로 모두 짐작할 수 있었다.

"기마대?"

칼이 중얼거렸다. 규모는 정확히 알 수 없지만 저렇게 먼지구름을 피워댈 수 있는 것은 오직 기마대밖에 없다. 이런 야심한 밤에 주전력인 기사단이 출동할 리가 없다. 아무래도 경기병인 듯하였다.

"이런 밤에 중기병이 나설 수는 없을 테니."

중기병은 무거운 갑주를 입는다. 주로 돌격으로 인한 상대 진영 격파가 목적이다. 무거운 갑주는 방어라는 측면도 있지만 돌격 시 무게를 늘려 적과 격돌하는 그 순간 강력한 충격을 만들어내는 측면도 있다. 그런 중기병을 깜깜한 밤에 써먹을 수는 없다. 말이 달리다가 발을 헛딛기라도 하면 대형 사고가 벌어질 테니 말이다.

물론 경기병이라고 안전할 리는 없다. 하지만 이 상황에서는 가장 적절한 판단이었다. 적과 대치하는 바로 중간에 섬광이 나타났으니 당장 확인해 봐야 했다. 하지만 소규모 수색대를 보낸다면 느리다. 더군다나 적과 교전이 일어난다면 결과를 알 수 없다.

때문에 필연적으로 경기병으로 구성된 기마대가 파견될 수밖에 없다. 군사학을 조금이라도 배운 칼은 지금 상황이 아주 적절한 군사 행동이라는 것을 알았다. 그리고 그 행동은 그들에게는 분명히 불운이었다.

"앞으로 갈 수도… 물러날 수도 없군."

아니다. 방향은 마음대로 정할 수 있다. 그들에게는 몇 개의 군단을 넘어서는 무력을 가진 이들이 둘씩이나 있다.

앞이냐, 뒤냐. 칼은 숨을 죽이며 성진을 바라보았다. 그런 칼의 시선을 느꼈는지 성진은 칼을 바라보았다.

"전진합니다. 샤이라! 맨 뒤를 부탁해요."

"그러죠."

"가운데는 길리언과 타키안이, 우측은 칼, 좌측은 하이단이 맡아주세요."

"알겠습니다."

"알았소."

누가 뭐라 하지 않아도 자연히 그랑디아는 길리언, 타키안과 같이 가운데에 섰다.

"자, 이제 전진합니다."

성진은 앞을 향해 걸었다. 하지만 아직 할 말은 끝나지 않았다. 그 누구도 모르게 성진은 그랑디아에게 뜻을 전했다.

─그랑디아여, 이들에게 해를 끼치지 않는다고 맹세하시오.

─알겠습니다. 나 여신 그랑디아의 이름을 걸고 맹세하겠습니다.

어둠에 가려진 성진의 얼굴에는 아무런 표색이 나지 않았지만 성진의 마음에는 순간 냉기 폭풍이 불어 닥쳤다.

─그따위 거짓 이름 말고 진실한 이름. 그분께서 당신에게 주신 이름, 관리자의 이름으로 맹세하시오.

─……!

그런 것까지 알고 있다니! 너무도 놀라 그랑디아는 실제로도 몸을 흠칫 떨었다.

─어서.

성진의 뜻에는 진한 살기가 배어 있었다. 그랑디아는 고개를 끄덕일 수밖에 없었다.

—알겠습니다. 나 락티움계 제4관리자. 영원 유지라는 영속된 권리와 이름을 걸고 맹세하니 '이들' 에게 해를 끼치지 않겠다.

찰칵.

그녀의 선언에 아카식 스트림에서 예정된 무엇인가가 움직였다. 맹세는 이루어질 것이다.

—됐습니다.

그녀의 말에 성진은 고개를 끄덕였다. 하지만 성진은 그 맹세에 오류가 있다고 지적하지 않았다. 무엇인가 꿍꿍이가 있으니 그리한 것이리라. 그리고 속셈은 언젠가는 밝혀지기 마련이다. 최소한 지금은 안전하니 상관없다.

성진은 주먹을 꾸욱 쥐었다.

＊　　　＊　　　＊

제16기마연대 소속 카를로 타프스는 자꾸 흘러내리는 가죽 투구를 밀어 올렸다. 솔직히 그는 정신이 없었다. 그리고 무척 기분이 나빴다. 자고 있는 도중 갑자기 깨우더니 출동하란다, 빛을 향해서. 그가 일어났을 때는 이미 빛은 사라지고 없었다. 도대체 알 수 없는 명령에 황당할 따름이었지만 하여간 출동 명령이 떨어졌으니 소집해야 한다.

장비를 대충 챙겨 든 카를로는 막사 밖으로 나왔다. 비몽사몽이라 정신이 없다. 그 말고도 꽤나 많은 수가 막사 밖으로 나와 있었다. 진영은 시끄러웠다. '빛이다!' 부터 '이제 우리는 죽을 거야!' 라는 매우 비관적인 절규를 토해내는 병사들도 있었다. 물론 그놈은 그 다음 입 한가득 주먹을 물어야 했다.

종군사제들도 야단법석이었다. 이 야심한 밤에 기도를 올리는 것도 아닐진데 자기네들의 막사 밖까지 몰려 나와 신성한 빛이네 어쩌네 신이 우리를 가호하네 마네 같은 소리를 지껄이고 있었다.

불만을 토해내는 동료 병사들과 함께 욕을 바가지로 쏟아낸 다음에야 대충 무장하고 말에 올라탈 수 있었다. 대충 둘러보니 대략 백여 명이 출동하는 듯했다. 이런 심야에 정찰이라니.

"제길. 구르지만 말아라."

"아, 쌍. 말들도 성질 내네."

말은 무척 민감한 동물이다. 특히 자다가 깨면 인간과 마찬가지로 무척 기분 나빠한다. 척 보아도 알 수 있는데 올라앉아 있으니 더 잘 느껴졌다.

"그래, 네 신세나 내 신세나 참 거지 같다. 제길."

카를로는 갈기를 쓸어내며 말 귀에 대고 중얼거렸다. 그러자 말이 잠잠해지는 것이 느껴졌다. 말은 영악한 동물이다. 따뜻한 손길과 부드러운 말에 쉽게 안정을 찾기도 한다. 더군다나 그와 몇 년을 같이한 사이 아닌가.

"근데 이런 야간에 출동한 적이 있었나?"

그가 옆에 선 동료에게 물었다.

"글쎄. 이번이 처음일 텐데."

"자자! 잡담은 그만! 나간다!"

저 멀리서 누군가가 외쳤다. 보나마나 당직 장교다. 분명 저치도 욕을 바가지로 쏟아내며 무장을 꾸렸겠지. 카를로는 그렇게 생각하며 투레질하는 말을 쓸어 내리며 고삐를 쥐었다.

"가잣!"

두두두두—

누군가의 구령과 함께 일제히 달리기 시작하였다. 말들이 땅을 박차며 달리자 마치 북을 두드리는 듯한 소리가 울려 퍼졌다. 백여 기의 기마대가 달리는 것은 자못 웅장하다. 숫자로는 적다고 하지만 막상 무리에 묻혀 달리면 결코 적은 수가 아니다. 기병은 보병보다 빠르고 강하다. 그것이 전쟁의 법칙이며 진리였다. 그래서 국가에서는 큰돈을 들여 기병을 육성하는 것이다.

"가긴 뭘 가! 씨벌!"

카를로는 말을 박차며 고함쳤다. 소리쳐도 상관없다. 워낙 기마들이 달리는 소리가 시끄럽다 보니 웬만한 말소리는 들리지도 않는다. 솔직히 만만한 게 경기병이다. 이런 욕설의 유희조차 없다면 울화통 터질 것이다.

실제로 전쟁이 터지면서 가장 빈번하게 출동한 것이 경기병들이다. 중기병들은 출동하는데 워낙 시간도 많이 걸리고, 한 번 출전하고 나면 보통 물자가 소모되는 것이 아니다. 하물며 기사단은 어쩌랴.

결국 가장 빠르게 출전할 수 있으면서도 기동력을 갖춘 경기병들이 가장 많은 출전을 하게 된다. 더불어 가장 악명을 떨치게 된다.

"또 탈영병 추적인가?"

엄청난 숫자의 군단들이 한곳에 주둔하면서 갖은 사건들이 벌어졌다. 어떤 군단은 군단끼리 결투를 벌이기도 하고, 또 어떤 군단은 굶주림을 견디다 못해 지휘부를 살해하고 반란을 일으켰다가 군단 전체가 몰살된 사건도 있었다.

솔직히 지방군이 아니면 나머지 군단의 병사들은 숫자만 채운 이른바 '거지 군대'였다. 제대로 된 무장도 없이 방패 하나만 달랑 지급받고 돌격 명령에 따라 돌격하는 농민들 근대. 식량 보급도 제대로 안되어 굶어 죽기도 하고 심하면 타 군단에 쳐들어가 약탈도 서슴지 않고 벌였다.

그의 연대도 폭도들을 주살하기 위해 벌써 몇 번이나 출전하기도 했다. 처음에는 같은 아군을 죽인다는 죄책감에 시달리기도 하였지만 지금은 아니다. 지겨울 뿐이다. 짜증날 뿐이다.

"탈영병이면 잘근잘근 밟아주마."

괜한 짜증이 나 카를로는 이를 갈았다. 벌써 이 빌어먹을 전쟁에 끌려온 지도 반년이 다 됐다. 처음에 보았던 심장 떨리던 감정은 사라지고 이제는 지겨움과 배고픔에 시달리고 있었다. 하루에도 몇 차례씩 일어나는 국지전과 아군들의 반란. 지겹고 짜증나 미칠 지경이었다.

히이이잉―

"크아아악!"

멀리서 비명 소리가 들리더니 이윽고 조그맣게 변했다. 누군가를 태운 말이 달리다가 걸려 넘어진 것 같았다. 이 밤에 이 속력으로 달려 낙마하면 십중팔구는 사망이다. 특히 저런 비명 소리와 함께 말이 절규하면 백이면 백 사망이라는 뜻. 카를로는 저 불운한 자에게 잠시 명복을 빌어주었다.

"니미!"

도대체 윗대가리들은 전쟁을 할 생각인지 말 생각인지 찔끔찔끔 싸우다 물러나기를 반복하고 있었다. 그래도 그렇게 싸우면서 죽어간 사람들이 꽤 됐다. 한 번 출전하면 몇 개의 군단들이 동시에 출전하니 전체 군대의 일부분에 불과하지만 죽어간 사람들의 수는 엄청났다.

아무래도 머릿수가 너무 많은 탓이다.

"아… 집에 가고 싶다."

말을 타면 별의별 생각이 다 든다. 그는 직업 군인이다. 따뜻한 남쪽이 그의 고향이다. 그의 고향은 바다와 인접해 사시사철 신선한 해물들을 맛볼 수 있으며, 남부에서는 유명한 평야가 있는 곳이라 먹거리가 풍부했다.

이렇게 잡생각을 자꾸 떠올린 데에는 다 이유가 있다. 그것은 현실을 외면하기 위해서였다. 이렇게 백여 기가 차출되어 출동하는 것은 엄연히 정찰의 의미가 있다. 좋은 말로 정찰이지 사실 미끼이다. 이 정도 숫자를 던져 두고 적의 반응을 지켜보는 것이다. 한마디로 버린 수였다.

이미 그렇게 여러 번 전멸한 광경을 보았던 터였다. 그도 이런 식으로 여러 번 출전한 적도 있었다. 언제 죽을지 모르는 목숨이었다. 그러기 위해 전투에 관계없는 상상을 하기 시작하였다. 그렇게 해야만 했다. 그렇지 않으면 미친다. 시시각각 찾아드는 죽음의 공포. 의식을 좀먹는 공포와 함께 소음과 광기, 그리고 허기가 겹치면 사람은 미쳐 간다.

들리는 소문에 의하면 어느 부대에서 밤마다 병사들이 하나씩 내장을 파 먹힌 채 죽어갔는데 실은 그게 부대원 전부가 미쳐서 하나씩, 하나씩 잡아먹은 거란다. 그러면서 낮에는 괴물이 나타났다며 겁에 질려 하고 밤에는 식인을 하고.

"이건 미친 짓이야."

미친 짓이다, 서로 죽이려 하는 것 자체가.

선두에서 횃불을 쥔 채 달리는 자가 횃불을 높이 쳐들고 흔들어댔다. 목적지인 빅토리아 구릉지에 가까이 왔다는 뜻. 카를로를 비롯하여 모두는 지정된 수신호에 따라 기계적으로 고삐를 당겨 속력을 줄여나갔다.

푸르륵—

그를 태운 말이 투레질을 했다. 야밤에 깨워 달리라니 심통이 난 것이라. 말이란 게 달리기 위해 태어난 동물이라 할지라도 엄연히 생명체다. 잠도 못 자고 등 위에는 250파운드(약 110kg)가량의 짐을 지고 달리는 것은 중노동이다.

"네놈도 고생한다. 기왕이면 암놈으로 태어나지."

이런 전쟁 통에는 새끼를 낳을 수 있는 암말은 대부분 후방으로 돌려진다. 전투마로 키워지는 것은 호전적인 성품을 가진 수놈들.

"네놈이나 나나 똑같다. 수놈끼리 잘해보자."

시답지 않은 농담을 건넨 카를로는 조금씩 땀을 흘려대는 말의 목덜미를 한 번 긁어주고는 허리를 쭉 폈다.

횃불이 좌로 두 번 움직였다. 속보로 이동하라는 뜻. 카를로는 능숙하게 고삐를 쥐고는 주위에 맞춰 나갔다. 이 전투마도 몇 번 전쟁을 치르니 이제 주위와 어울려 다니는 법을 깨닫게 됐다. 뭐, 전투마로 키워지기 위해 훈련받아 왔겠지만 실전처럼 유용한 것이 없다. 그가 명령하지 않아도 그의 말은 자연스럽게 속도를 맞춰 나갔다.

"어라?"

카를로는 순간 말의 근육이 한껏 경직되는 것을 느꼈다. 그는 자기도 모르게 말고삐를 움켜쥐고는 말 등에 몸을 갖다 붙였다. 동시에 말이 앞발을 쳐들며 날뛰기 시작하였다.

"으어어어!"

"뭐야!"

사방에서 비명 소리와 함께 말이 우는 것을 들을 수 있었다. 카를로는 정신이 없었다. 마치 야생마를 탄 것처럼 그의 말은 이리 뛰고 저리 뛰어댔다.

"워워!"

카를로는 말을 진정시키기 위해 고삐를 붙잡은 한 손을 놓고 목덜미를 쓸어 내리려 했지만 그렇게 했다가는 중심을 잃고 당장 튕겨져 나갈 것 같았다. 그렇게 되면 확실히 사망이다. 수백 파운드에 달하는 말의 체중을 인간이 감당해 낼 수 있을까?

당연히 없다. 밟히면 죽는다. 무조건.

"으윽!"

카를로는 목뼈와 허리가 끊어지는 것 같은 통증을 느꼈다. 격한 방향 전환으로 인해 뼈에 무리가 가는가 보다. 죽음의 공포가 엄습하였다. 공포에 질린 백여 마리의 말 등에서 떨어진 자가 벌써 수십이다. 어디선가 비명 소리와 함께 뼈가 부서지는 소리가 들렸다.

우드득─

소름이 돋았다. 자신도 자칫 잘못하면 저리될 것이라는 생각에 식은 땀이 절로 흘렀다. 고삐를 쥐고 있는 손에 점차 힘이 풀려갔다.

카를로는 공포로 인해 정신이 아득해지는 것을 느꼈다. 이윽고 몸이 붕 뜨는 감각과 함께 어깨가 심하게 아파왔다. 그리고 고통으로 정신 없어하는 그의 눈에는 커다란 말굽이 한가득 들어왔다.

퍼석.

성진은 망설임없이 전진했다. 기마대를 무력화하는 것은 아주 간단 했다. 성진은 살기를 흘렸다. 적을 규정하고 싸울 때에는 투기가 필요 하지만 성진은 진심으로 죽이고자 마음먹었다. 죽이고자 하는 의지, 살기는 마음에서 비롯된다. 그 누구보다 정신적인 능력이 강한 성진에 게 있어 살기란 실제로 죽이는 힘이 될 수 있다.

히히이이잉!

멀리서 말들이 울었다. 말은 매우 민감한 동물이다. 초식 동물은 육 식 동물의 위협으로부터 살아남기 위해 감각이 매우 민감하다. 조그마 한 살기에도 반응하는 것이 초식 동물이다. 그런 말들이 성진의 살기 에 노출되었다. 당장 놀라 날뛰고 종내에는 지독한 공포로 인해 심장 이 마비되어 버린다. 너무 무서워 도망치지도 못하고 그 자리에서 펄 쩍펄쩍 뛰다가 심장이 멎어버리는 것이다.

참으로 효과적인 방법이었다. 살기를 능숙하게 조절하는 것. 육박전 에 능한 마스터다웠다. 마법사와는 전혀 다른 방식이었기에 샤이라는 고개를 끄덕일 수밖에 없었다.

그렇게 기마대를 가볍게 몰살시켜 버린 성진은 이번에는 뒤로 살기를 뿌려댔다. 역시나 마찬가지다. 얼마 안 가서 말들이 심장 마비로 픽픽 쓰러졌다. 용케 날뛰는 말 등에 붙어 있던 사람들은 겨우 목숨을 건질 수 있었다.

어둠은 모든 것을 덮어버렸다. 특히나 눈에 보이지 않는 성진의 살기는 실로 엄청난 위력을 자아냈다. 수십 마일이나 떨어져 있던 양 진영의 군마들이 잠에서 깨어나 온갖 난리를 피워댔다. 단순히 한두 마리가 아닌 몇 천 마리가 동시에 발광해 대니 당장 군마들이 모여 있는 마구간 주위는 아수라장이 되어버렸다.

성진은 끊임없이 살기를 뿌리며 걸었다. 양쪽 진영은 어느새 불이 훤하게 밝혀졌다. 아마도 큰 소란이 벌어졌을 것이다. 날뛰는 말을 어찌 인간이 진정시킬 수 있을까. 수백 파운드의 몸무게와 인간 서넛은 너끈히 날려 버릴 힘을 가진 동물이 날뛰는 것은 쉬이 말릴 수 없다.

이것으로 기동력은 거세되었다.

성진들은 천천히 걸었다. 성진은 걸으며 샤이라에게 말을 걸었다.

―샤이라, 혹시 아까 기묘한 느낌을 받지 못했나요? 마치 몸이 분열되어 여러 개로 갈라지는 느낌 말입니다.

무언가를 복잡하게 생각하며 조용히 걷던 샤이라는 성진의 물음에 답했다.

―아니요. 왜요?

―흠. 아무것도 느끼지 못했다는 거군요.

성진은 샤이라의 대답에 곰곰이 생각에 잠겼다. 그가 잘못 느꼈을 리가 없다. 잘못 느꼈다고 판단하기에는 너무나 또렷했다. 도대체 그 기묘한 느낌은 무엇이었을까. 결국 해답을 구해내지 못한 성진은 그 문제를 가슴속 깊이 묻기로 했다.

세상에 해답이 없는 문제란 없다. 다만 시간이 맞지 않을 뿐. 언젠가 나올 답이라면 차분하게 기다리는 것도 큰 도움이 될 것이다. 그렇게 생각한 성진은 지금의 사태에 대해 생각하기 시작했다.

솔직히 저 대군을 뚫고 가는 것은 일도 아니다. 하지만 그에 따라 파생되는 결과는 어떤 식으로든 세상에 영향을 미치게 되어 있다. 그는 이계의 존재다. 하지만 그와 이 세상과의 인연은 애초에 결정되어 있었다.

예언.
말세의 선언.
창생력에 의해 구속된 행성 에너지.
멸절자.
셀 수도 없이 많은 무혼(無魂)의 존재.
데스 마스터 카르노.
그리고 지금 나타난 그랑디아.

도무지 연결할 수 없는 고리. 하지만 연결되어 있다. 몇 개의 진실이 끼워진다면 완벽히 맞물려 돌아가는 거대한 복합 개체이다.

이방인 주제에 세상의 운명에 관계되어지는 큰 축이 되어버렸다, 그도 모르는 사이에. 이 어찌 우습지 않은 운명인가.

'운명이란 없다. 그리고 결정된 것도 없다.'

세상의 사람들이 운명이라 부르는 것도 실은 과거의 일과 현재의 우연이 조화된 산물이다. 엄밀히 말하면 인과율의 결과. 과거의 행동이 미래에 반영된다. 인과율은 공평하다. 그분께서 만들어놓은 천칭은 신이라 할지라도 피해갈 수 없다.

그러고 보니 한 가지 특이한 것이 있었다. 모든 것을 관통하는 예언. 그가 아카식 스트림에 녹아들었을 때도 접했던 예언은 단 한 가지였다.

'단 한 가지?'

성진은 자신이 떠올린 의문을 확인하기 위해 샤이라에게 물었다.

―샤이라, 혹시 예언자가 제2기에 출현한 적이 있습니까?

성진의 물음에 샤이라는 자신의 기억을 돌이켜 보았다.

―아니요. 예언자라고 사칭한 사람은 있었어도 진정한 예언자라고 검증받은 사람은 없었습니다. 사실 워낙 사이비 예언자에 대한 처벌이 혹독하다 보니 그런 사람도 진작 사라져 버렸지요.

그녀의 대답에 성진은 예전에 자신이 예언자에 대해 내렸던 판단을 수정했다.

'지극히 완전했기에 예언자가 있었다. 이곳에서 예언자란 아카식 스트림이 만들어가는 미래를 읽어내는 사람. 그 후로 예언자는 존재하지 않았다. 그 사람이 부르짖은 최후의 예언에 신들마저도 집중한다.'

답은 나왔다. 전에는 있었고 후에는 없었던 이유. 그것은……

'미래가 불확실해졌기에, 분기점이 생겨났기 때문에, 아카식 스트림이 예측할 수 없기 때문에.'

지극히 완전한 세상에 혼돈이라는 요소가 주어진 것이다. 완전하게 짜인 시나리오에 예측 불허라는 요소가 끼어든 것이다. 그래서 최후의 예언자 이후에 예언자가 나오지 않은 것이다.

　―샤이라, 성명학(姓名學)이라고 들어보셨습니까?

　―성명학이요? 그게 뭐지요?

　없다. 그의 생각대로라면 그런 학문이 생겨날 턱이 없었다. 성진은 자신의 생각이 조금씩 들어맞아 가는 것을 알았다.

　―성명학이란 간단하게 말하자면 인간이 타고난 선천적인 운에 후천적으로 지어지는 이름으로 둘을 조화하여 액을 피하고 행복을 찾을 수 있다는 것을 연구하는 학문이지요.

　―이름이 행복을 만든다고요?

　생전 처음 들어보는 소리이다. 하지만 성진은 샤이라의 고민을 해결해 줄 생각이 없었다. 샤이라가 불러보았으나 성진은 곧 자신만의 세계로 빠져들었다. 당연히 샤이라의 볼이 통통 부을 수밖에 없었다.

　'이름이 행복을 찾게 한다는 것. 다시 말하면 이름이 운명을 이끈다는 것. 이 세계에서 이름이란 이미 정해져 있는 것을 도로 새기는 것. 즉, 한 영혼이 지상에 태어나면서 이미 이름을 받았다는 말이 된다. 지구에서 성명학이란 아이에게 가장 복이 될 이름을 지어주자는 뜻에서 비롯된 학문. 이미 정해진 것과 바라는 것.'

　성진의 얼굴에는 조금씩 미소가 번져 갔다. 조금씩 수수께끼가 풀려 간다. 정해진 것과 바라는 것은 큰 차이가 있다. 정해진 것과 정해지지 않은 것. 짜인 것과 짜이지 않은 것.

　이 세상에서 미리 예측된 것이 무너져 내렸다는 것은 곧 미래를 짚어낼 지표가 사라졌다는 것. 앞서 이야기했던 예측 불허의 요소가 개입되었다는 것. 아무것도 보이지 않기에 말할 수도 없는 것이다.

'결국 이 세계에서 미래란 인과율의 결과이군.'

운명이라는 가장 큰 시스템이 무너져 버린 이 세상에서 인과율은 최소한의 안전 장치. 심하게 비약하자면 이 세상은 결국 바로 한 발자국 앞의 길을 만들어내며 걷는 세상인 것이다. 주위에는 파멸이라는 낭떠러지가 존재하는. 결국 예언은 그 안전 장치가 파괴될 수도 있다는 것을 예측한 것이다.

'그럼 그토록 신들이 애태운 이유도 그 때문이군.'

파괴될 수 있다는 것은 통제에서 벗어난다는 것. 통제에서 벗어난 것을 새로 조절할 수 있다는 뜻으로 확대될 수도 있다.

결국 그의 힘을 노리는 이유는 명확히 드러났다. 그의 힘을 강탈하여 마음먹은 대로 행하려는 것. 그분이 만든 세상이니 그분의 힘으로 조절할 수 있다는 것. 물론 당연히 실현 가능한 말이다. 성진이 법칙을 벗어나거나 일시적으로 법칙을 구성할 수 있는 이유도 그 때문이다. 모든 것을 가능케 하는 창생력이라는 전대미문의 힘. 하지만 아직도 의문이 남아 있다.

왜 예측 불허의 요소가 갑자기 끼어든 것인가.

왜 그가 예언의 중요한 축이 된 것인가.

왜 카르노는 무혼의 존재를 만들어낸 것인가.

문득 성진은 지금 뒤에서 걷고 있는 그랑디아에게 생각이 미쳤다. 그녀는 왜 지상에 내려왔을까. 하필이면 지금 같은 시기에, 바로 세르피아의 몸으로.

하이 엘프가 거의 남아나지 않았다고 하지만 다른 개체는 분명 존재

한다. 혼이 없는 육체에 강림하기 편하다고 하지만 마스터라는 위험
요소를 감내하고 그렇게 할 필요가 있을까? 그리고 왜 그녀는 자신을
도망자라고 했을까.

몇 가지 의문을 풀자 새로운 의문이 생겨났다.

'골치 아프군.'

성진은 피식 웃고 말았다. 추리란 직관력에 의존한다. 그리고 직관
력은 풍부한 대뇌 활동에 의존한다. 결국 끊임없는 사색과 사물을 주
의 깊게 관찰하는 힘이다.

그의 전공은 과학을 바탕으로 한 창생력의 운용이다. 탐정이 아닌
것이다.

'어차피 나중에 자연히 알게 될 일. 무슨 덫이든지 부숴주지.'

성진은 게일이 이쪽 방향으로 그를 인도한 이유를 알아챘다. 단순히
대군과 부딪쳐서 큰 사상자를 낼 목적이 아니다. 보다 깊게 들어가자
면 아카식 스트림에 부담을 주기 위해서이다.

"원하는 대로 해드리지."

성진은 뒤를 돌아보았다.

"샤이라, 길을 뚫겠습니다. 부탁합니다."

좋게 말해서 '길을 뚫는다' 이다. 이제부터 성진이 할 일은 보다 큰
것이었다. 그런 일을 하기에 앞서 같이 다니는 것은 아무래도 홀로 나
서는 것보다 전력으로도, 심적으로도 편했다.

성진의 말에 샤이라는 고개를 끄덕이고 전면에 나섰다. 마법사야말
로 진정한 광역 방어의 선두주자. 샤이라는 아주 간단히 포스 필드로
일행의 주위를 둘러싸 버렸다. 이제 전쟁에서 가장 멀리 나가며 위협

적인 화살 공격 따위는 절대로 통하지 않는다. 평야 지대라 거대한 공성무기도 없다. 기병들이 돌격해 올 일도 없을뿐더러 보병이 돌격해 올 일도 없다.

지금은 밤이다. 본영은 군마들의 발작으로 인해 소란스러웠다. 사람이 아닌 동물의 집단적인 패닉 상태는 쉬이 진정시킬 수 없다. 기본적으로 인간과 동물이 의사 소통을 할 수 있을 턱이 없거니와 성진이 뿜어내는 무시무시한 살기 때문이다. 불쌍하게도 동물들은 성진의 의지에 따라 지칠 때까지 날뛰다가 심장 마비될 운명이었다.

성진은 걸었다. 그의 확장된 시야가 크라인 왕국의 군영을 바라보았다. 그의 눈은 이제 더 큰 것을 보기 시작했다. 눈이 아닌 마음. 정신으로 본다. 제3의 눈. 미간에 자리잡은 영혼의 눈이다. 심안. 그것이 열리며 평소 보지 못했던 모든 것들이 보이기 시작했다.

기병들의 돌격을 막기 위해 설치해 놓은 각종 장애물들이 보였다. 군영들은 군단별로 설치되어 울타리로 구분되었으며, 각 중심에는 거대한 목제 성채가 구축되어 있었다. 그 안쪽에는 아마도 군단장들이 모여 회의를 벌이고 식사를 하는 거대한 석조 성채가 보였다. 불과 몇 개월 만에 허허벌판인 이곳에 저런 성채를 쌓아 올린 것을 보니 그 성채를 쌓으며 고생했을 병사들의 노고가 눈에 훤히 보였다.

그렇다고 해도 성진은 결코 그들이 불쌍하지 않았다. 단지……

'얼마 후면 산산조각이 날 것이라는 것뿐.'

성진은 원하는 지점을 직시하였고 한걸음을 내디뎠다. 그가 닿고자 하는 곳과 그가 걷고 있는 곳 사이의 공간이 영이 되면서 모든 것이 사라졌다. 이곳과 저곳이라는 개념이 사라지고 저곳은 이곳의 바로 앞이라는 개념이 성립되었다. 공간을 뛰어넘는 것. 마법으로 구현된 공간 이동이 결코 아니었다.

그가 원하는 대로 법칙이 재배열되면서 '자연스럽게' 펼쳐진 것이다.

'내가 원하는대로. 마음 가는 대로.'

절대 영역
제로 쉬프트(Zero Shift)

오른발이 내밀어지며 성진의 신형이 흐릿해졌고 오른발이 땅에 닿자 성진은 어느새 크라인 왕국의 어느 이름 모를 군단의 본영 앞에 서 있었다.

홀연히 나타난 성진에게 아무도 신경 쓰지 않았다. 그들 중 대부분은 날뛰는 말을 구경하거나 혹은 진정시키려 애썼다. 어느 하나 군사들을 통솔하는 자들이 없었다.

지독히도 엉망인 명령 체계. 이건 중세의 군대보다 더 엉터리였다. 상황이 이럴진데 어느 하나 손쓰는 장교가 없었다. 성진은 혀를 찼다.

"개판이군."

어차피 판을 벌일 생각을 하였으니 기왕이면 잘 조련된 군대가 더 좋았다. 그도 알게 모르게 가학적인 것인가? 이런 오합지졸을 박살 내는 것보다 엄격히 짜인 군대를 박살 내는 게 더 보람 있었다.

이런 군대는 상황이 조금만 흐트러지면 곧바로 폭도들로 변했다. 군인이 폭도로 변하면 사태는 심각해진다. 솔직히 세상에 무기를 든 미친놈처럼 위험한 것이 없었다.

성진은 근처의 목책에 기대어 상황을 구경했다. 어차피 일행이 이곳에 도달하려면 걸어서 몇 시간은 걸린다. 여유는 충분했다.

군대란 것이 지휘 체계가 있어야만이 제대로 전투력을 발휘할 수 있다. 지휘 체계가 없는 군대는 단순히 무기를 쥔 사람들을 모아놓은 집단일 뿐이다. 어디로 튈지 모르는 골치 아픈 집단이다. 즉, 아무리 엉망인 군대라도 조금만 시간이 흐르면 사태를 수습할 인원이 투입된다.

과연 성채의 문이 열리며 완전 무장한 병사들과 장교 및 기사들이 쏟아져 나왔다. 저렇게 성채 안에 병사들이 있는 것을 보니 아무래도 성채 안은 훈련된 병사들이고, 성채 바깥은 훈련이 안 된 징집병 같았다.

"어쩐지 상태가 엉망이었군."

무기 하나 제대로 된 자들이 없었으며 심지어 복장도 엉망이었다. 간신히 같은 편이라고 알아볼 수 있게 투구는 용케 지급한 듯했다.

성진이 그렇게 구경하는 사이 일부 대담한 병사는 날뛰는 말 꼬리에 불을 놓기도 하고, 소란을 틈타 병사들이 식량 창고를 습격하였는지 이 곳저곳에서 고함 소리가 들렸으며 혹자는 불을 놓기도 하였다. 어디선가 살인이 일어났는지 피비린내까지 났다.

이런 상황에서도 일부 자각있는 장교들과 기사들이 병사들을 통솔해 가기 시작하였다. 어차피 사람은 많으니 소란을 일으킨 병사들을 살려둘 필요가 없다. 중무장한 병사들은 장교들의 명령에 의해 일제히 달려들어 창이나 칼을 휘둘렀다.

"으아악!"

"난 아니야! 아악!"

"살려주세요!"

곳곳에서 비명이 터져 나왔다. 병사들의 무자비한 진압에 순식간에 소란을 일으키던 병사들이 얼어붙었다. 하지만 그렇게 단순하게 끝나면 재미가 없다.

성진은 빙그레 웃으며 땅에서 돌멩이를 주워 들었다.

"It's show time."

성진은 돌멩이를 손가락으로 하나씩 튕겼다. 그가 힘을 실어 튕겨 보내는 돌멩이가 보통 돌멩이인가? 강철판도 움푹 패게 만든다. 인간이 맞으면 당연히 뚫린다. 그러나 성진은 그리하지 않았다.

픽!

한 병사를 검으로 후려치려는 중장보병의 검 중간이 뚝 부러졌다. 핀 포인트에 돌멩이가 작열했으니 당연히 부러진다. 창을 후려치려는 병사의 창대가 부러져 나갔으며, 주먹으로 후려치려는 병사의 주먹이 부서져 버렸다.

물론 아주 교묘히 방해했다. 무기를 가지고 저항하려는 병사들에 한해서. 이렇게 되자 상황은 반전되었다. 어찌 된 영문인지 중장보병의 공격이 계속 실패하자 힘을 얻은 폭도들이 더욱 열심히 달라붙었다.

성진은 연신 돌을 튕겼다. 돌멩이로 머리를 부서 버려 대번에 죽일 수도 있었다. 하지만 그리하지 않았다. 요새 영술이 너무 높아진 나머지 죽은 자가 지르는 영혼의 절규를 어렴풋이나마 들을 수 있었기 때문이다.

전부 무시할 수 있지만 그래도 귀찮은 것은 귀찮은 것이다. 때문에 이렇게 번거로운 짓을 하고 있는 것이다. 이렇게 몇십 번 튕기고 나자 상황은 알아서 재미있게 엮여 돌아갔다.

달려드는 폭도들과 물러나는 중장보병. 쓰러지는 중장보병 위로 올라가 단검으로 찍어대는 폭도와 무장을 탈취해 다시 싸우는 폭도들. 피와 불꽃은 기묘한 조화를 이루었다. 사람을 흥분과 공포로 몰아넣기 매우 좋다.

"죽여! 죽어버려!"

"이이익!"

"크아악!"

비명과 고함이 온통 점철되어 진영을 휘감았다. 진압하라고 출동한 중장보병들이 뜻밖의 반격에 밀려 나가자 평소 불만을 품던 병사들이 일제히 들고일어났다. 이대로 놔두면 당장 15군단은 반란군으로 거듭날 것이었다.

하지만 상황은 그것을 허락하지 않았다. 미쳐 날뛰는 병사 중 한 명이 목책에 기대 구경하는 성진에게 접근한 것이다. 성진의 복장은 엉망이지만 그래도 대충 통일된 병사들의 복장하고는 사뭇 달랐다. 당연했다. 지구에서 가져온 의복 위에 시커먼 망토를 둘렀으니. 당연히 의심이 들 수밖에 없다. 그냥 미쳐 날뛰었으면 좋으련만 병사는 매우 안타깝게도 성진에게 창을 겨누며 소리쳤다.

"누구냐!"

성진은 피식 웃어버렸다. 그냥 그대로 구경하려 했더니 상황이 꼬여버린 것이다. 성진은 목책에 드리워진 어둠 속에서 몸을 일으켰다. 바람에 흩날리는 불꽃이 만들어낸 음영이 성진의 얼굴에서 부서지고 있었다.

병사는 결코 모를 것이다. 자신이 재앙을 건드렸음을.

성진은 병사를 힐끗 쳐다보더니 목책을 향해 짧게 주먹을 휘둘렀다. 몸속에서 불러일으킨 힘이 예정된 증폭을 거쳐 한 점에 집중되었다. 가장 작은 점에 집중된 힘은 그 자체만으로 무서운 힘을 발휘한다. 하지만 성진이 원하는 것은 그게 아니었다.

그가 원하는 힘은 산을 무너뜨리는 힘이었다.

점이 폭발했다. 그리고 그 폭발력은 전면을 향했다. 압축한 힘이 폭발하면 본디 작용하는 힘보다 더욱 세다. 그리고 그 이치를 세상은 붕(崩)이라 칭했다.

콰광!

아주 짧게 휘두른 주먹이 목책 하나를 통째로 날려 버리며 땅거죽을 뒤집어 버렸다. 물론 모든 것을 무너뜨린다는 '붕'의 힘은 주먹으로만 펼칠 수 있는 것이 아니다. 온몸으로 펼칠 수 있다. 성진은 천천히 걸었다.

별안간 사태에 얼어버린 병사를 지나쳐 성진은 걸었다. 내부에서 만들어진 지극히 파괴적인 힘이 발바닥에서 가장 효과적으로 힘을 방출할 수 있는 용천혈을 통해 지면으로 퍼져 나갔다. 가장 작은 점에서 한꺼번에 방출된 힘은 거셌다. 작게 압축된 힘이 성진의 왼발의 왼편, 오른발의 오른편으로 터져 나갔다. 마치 노즐에서 연료가 분사되듯 힘은 거센 흐름으로 강한 힘을 머금고 폭발하였다. 그 앞에 거칠 것은 없었다. 모조리 쓸려 나갔다.

그의 걸음마다 주위가 터져 나갔다.

쾅! 콰과광!

마치 거인이 흙장난을 치듯 땅거죽이 뜯겨 나가며 토사가 치솟았다. 지반이 무너지는데 그 위에 온전히 버틸 건축물이 존재할 턱이 없다.

뿌지지직! 기이익!

나무가 쪼개지다 못해 찢어지며 파편이 흩날렸다. 폭발하는 땅과 함께 날아가 버린 병사들은 그저 흙더미를 뒤집어쓰고 허공에서 튕겨지는 고통만 겪었지만 나무 파편을 맞은 이들은 온전치가 못했다. 마치 폭탄에 맞아 부서지듯 건축물이 부서지니 날카롭게 쪼개진 파편은 그야말로 흉기였다.

"땅이 폭발한다!"

"으아아악!"

"케에에엑!"

한 걸음 옮길 때마다 성진의 주위는 폭발하였다. 그가 디딘 땅만 온전했을 뿐 주위는 온통 부서져 나갔다. 그래서인지 그가 걷는 곳 주위는 도랑처럼 파여 나가 성진이 남긴 흔적을 뚜렷하게 만들었다.

"으아아악! 저것 봐!"

"악마다!"

병사들이 성진을 가리키더니 일제히 물러섰다. 그가 걸을 때마다 터져 나가니 그야말로 공포였다. 땅이 폭발하다니!

콰르르릉!

"히익!"

멀리서 보면 차라리 장관이었다. 걷는 걸음마다 그의 양옆에서 땅이 뒤집히며 토사가 공중으로 치솟는다. 나무로 지어진 모든 건축물이 쪼개지며 부서진다. 천막이 휴지 조각처럼 찢겨지며 날아갔다. 사람이 날아다니고 말이 허공으로 치솟았다.

그렇게 백여 걸음을 걷고 나자 기존에 그곳에 있던 병사들과 별안간 사태에 놀라 모여든 병사들이 어울려 성진을 둘러싼 사람들의 장벽이 형성되기 시작하였다.

본래 그곳에 있던 병사들은 죽을 맛이었다. 좀처럼 볼 수 없는 사태를 지켜보자 하는 마음에 약간 지체했더니 어느새 다른 병사들이 모여들어 그들이 도망갈 길을 막아버렸다. 성진을 볼 수 있는 병사들은 뒤로 물러서기 위해 필사적으로 애썼고, 성진을 보지 못한 병사들은 무슨 일이 벌어졌는지 알기 위해 앞으로 나아가려 했다.

"으아아아! 좀 비켜! 개새끼들아!"

"이봐! 비켜봐! 좀 보자고!"

두 가지 상반된 고함이 터져 나오는 가운데 성진을 둘러싼 거대한 원은 성진이 걷는 방향 쪽으로 조금씩 이동했다. 아무래도 물러서려는 병사들의 살려는 의지가 더 강했던 것이다.

성진이 성채 앞의 거대한 연병장에 도달했을 때는 실로 수천 명에 달하는 인간 장벽이 성진을 중심으로 그려져 있었다.

성진이 연병장 가운데서 그 강력한 걸음을 멈췄다. 인간 장벽의 시선은 오로지 성진만을 향했다. 횃불에 비춰진 그의 모습은 실로 괴기스러웠다. 검은 망토를 뒤집어쓴 인간, 아니, 솔직히 인간이라 인정하기도 힘들었다. 걷는 걸음마다 땅거죽이 파이는 힘이라니!

모두 그의 모습에 숨을 죽였다. 수천 명이 모였다는 게 실감이 되지 않을 정도로 조용했다. 그 소란스러웠던 말들조차 투레질도 못했다. 그저 부들부들 떨고 있을 뿐. 그 오만하다는 마법사조차 입을 벌린 채 멍하니 바라볼 뿐이었다.

성진은 인간 장벽들을 쓱 둘러보더니 시선을 옮겨 나무로 만들어진 성채를 바라보았다. 저쪽 성채 꼭대기에서는 지금 한 인영이 성진을 보고 있었다. 횃불이 온 군영을 밝히고 있다고 하지만 성채의 꼭대기를 비추지는 않는다. 어둠은 밝은 곳을 볼 수 있으나 밝은 곳에선 어두운 곳을 보지 못한다.

그러나 성진에게 그런 장애는 상관이 없었다. 그는 보았다. 성채 위에서 경악에 젖어 부들부들 떨고 있는 한 인간을. 아마도 군단장일 것이다. 성진은 그렇게 군단장을 바라보며 그 뜻을 전군에 퍼뜨렸다.

―나는 마스터 성진. 너희에게 명하노니…….

수천 명의 병사들이 성진을 바라보고 있었다. 무리의 뒤편에 있어 성진을 보지 못한 자들이라 할지라도 머리를 울리는 성진의 절대적인 음성에 경외할 수밖에 없었다.

마스터다!

그리고 그 마스터가 명한다!

질식할 것만 같은 침묵이 흘렀다. 그 위로 그의 뜻이 떨어졌다.

―길을 열어라.

성진은 오만하게 선언했다.

창세력 제2기 8013년 4월 6일 자정.

경이적인 무력을 가진 마스터가 그렇게 최초로 역사의 전면에 등장하였다.

제8장 다폭풍(大暴風)

『마스터가 최초로 그 무용을 드러냈다는 것에 대해 의견이 분분하다. 혹자는 크라인 왕국의 어느 진영이었을 것이라는 것. 혹자는 크라인 왕국의 수도라는 것. 수많은 의견이 있으나 마스터가 무용을 드러냈다는 흔적은 어디에서도 찾아볼 수 없다. 거대한 산조차 붕괴시켰다는 말도 있으나 정작 그 산은 멀쩡하다.

과연 마스터들이 등장한 것인가. 전쟁에 개입했을 것인가. 수많은 가설과 의견이 분분하나 그들의 힘과 무력을 증명하는 증거는 어디에서도 찾아볼 수 없다. 오직 대전쟁의 흔적만이 저 대평원을 가득 메울 뿐.

남겨진 기록도 그 출처가 불분명하다.

특히 세이진이라는 마스터가 등장하여 대재난을 일으켰다는 어느 병사의 기록은 그 묘사가 놀라울 정도로 정교하나 정작 그 군단은 멀쩡하였고, 대회전을 치르고 난 다음 해산되었다. 종내에는 기록을 했던 그 병사마저 자신이 과연 이런 글을 썼던가라고 의문을 가질 정도이니 그 시기의 대부분의 증거는 정교한 허구와 진실이 복합된 '소설'과 같다고 간주할 수 있다. 역사학자들의 의견을 둘로 가른 그 시기는 정녕 미스테리라 할 수 있었다.』

창세력 제3기 451년, 통일력 451년
기만과 허구로 가득 찬 역사. 길트만 벡스 저

제18장 대폭풍(大暴風)

세상에서 가장 무서운 것은 사람의 탈을 쓴 사람이 아닌 것이다.

〈제15군단장 자크 이슈타르 백작의 임버튼〉

창세력 제2기 8013년 4월 6일. 0200. 제15군단 주둔지.

밤은 길었다. 하지만 제15근단장 자크 이슈타르 백작에게는 너무도 짧았다. 조금 전 보았던 광경, 그것은 이제 오십 줄의 나이에 들어선 이슈타르 백작의 심장을 움켜쥐기에는 부족함이 없었다.

수천 명의 병사들을 휘어잡은 압도적인 무력. 그리고 모든 것을 제압하는 카리스마. 밝은 곳에서 묵묵히 성채의 높은 곳을 바라보던 그의 눈빛을 잊을 수가 없었다.

최고급 카이나 대륙 산 실크 셔츠가 그가 흘린 땀으

로 축축히 젖어들었다. 이슈타르 백작은 몸을 의자에 기댔다.

"으음……."

그가 신음성을 흘리자 그의 직속 부관이자 부군단장인 쵸비스 남작
이 걱정스러운 얼굴로 물었다.

"백작님, 괜찮으신지요."

"으음. 괜찮다."

전혀 괜찮아 보이지 않았다. 그러나 손사래를 치면서까지 자신의 상
태를 부정하는 이슈타르 백작의 모습에 쵸비스 남작은 더 이상 물을
수가 없었다.

이슈타르 백작은 다시금 그가 본 마스터의 모습을 떠올렸다. 그의
모습, 하지만 더 압권인 것은 그 뒤다. 뒤로 길게 뻗은 파괴의 흔적은
그의 행보와 힘을 어렴풋이나마 짐작케 하였다. 일개 인간으로는 감히
헤아려 볼 수도 없는 압도적인 힘. 절로 식은땀이 흘렀다.

그 파괴적인 힘이 자신의 군단 앞에 놓여 있거니와 '길을 열어라' 라
는 머리를 울리는 그 단 한 마디 음성은 정말 미치도록 무서웠다. 그
같은 힘을 잠시 엿본 것만으로도 그토록 무서웠다.

하늘로 치솟는 엄청난 흙덩이. 마치 거인이 흙장난하듯 허공에 치솟
은 토사는 전율스러웠다. 그가 걸을 때마다 무너지는 진지는 반대로
그의 마음을 더 공포로 끌어올렸다. 특히나 성채의 가장 높은 곳에서
그와 그의 부관이 두 눈으로 똑똑히 보았으니 도리어 다른 병사보다
더욱 무서웠다.

가까이서 일부분을 본 것과 멀리서 전체를 본 것은 크게 달랐다. 그
리고 이 경우 멀리서 전체를 본 것이 그 공포가 더욱 크게 작용했다.

"어떻게 할 것인가!"

이슈타르 백작은 머리를 감싸 쥐었다. 해답이 없었다. 그의 마음이라면 당장 길을 열고 싶었으나 방금 마법사를 통해 연결된 왕의 명령은 위치 사수였다. 왕의 자존심은 마스터만큼 높았다.

비록 왕국이지만 그 힘은 제국이라는 이름을 무색하게 할 정도였다. 남대륙의 절반을 지배하는 국력. 그 강력한 힘은 이번 전쟁에서 무려 삼백만의 군세라는 결과로 드러났다.

마스터의 단 한 마디에 수백만에 달하는 군대의 한가운데 길을 터줄 수 없다는 게 왕의 생각이었다. 그는 직접 보지 못했다, 단 한 걸음에 흙덩이가 치솟고 사람과 건물이 덩달아 날아가는 장면을. 비록 나무로 짜인 건물이라지만 그것은 그토록 가볍게 할 수 있는 것이 아니었다. 오러 유저라도 그렇게 박살 내지는 못한다.

이슈타르 백작은 해답을 구하기 위해 유능하다 하여 그의 전폭적인 신임을 얻고 있는 쵸비스 남작을 바라보았다. 제아무리 유능한 쵸비스 남작이라도 이 경우에는 딱히 수단이 없었다. 그 파괴적인 힘이 자신들에게 겨눠질 생각을 하니 당장 오한이 찾아들었다.

'군단들을 동원하여 화살을 퍼붓는다면……?'

물론 그 생각을 안 해 본 것이 아니다. 그의 상관이자 15군단장인 이슈타르 백작은 일개 군단장의 신분이 아니었다. 백작이라는 신분으로 그의 밑으로 16군단부터 20군단까지 그의 직속 산하로 편입되어 있었다. 15군단장이라는 이름은 산하 군단을 보다 편하게 통제하기 위해 만들어진 그저 이름뿐이었다.

이슈타르 백작이 그 홀로 동원할 수 있는 병력은 대략 십만. 총병력의 1/6에 달하는 어마어마한 병력이었다. 그의 군단 전체가 궁병 특화라는 이점 때문에 그 많은 인원 중 차출할 수 있는 궁수만 해도 대략 3만에 달한다. 그 많은 인원이 한꺼번에 화살을 퍼붓는다면 그것은 재앙이나 다름없다.

하지만……

'그러나 통하지 않는다면?'

들리는 전설에 의하면 마스터는 인간의 몸으로 신의 힘을 깨달은 이라 하였다. 그러한 점을 감안할 때 그런 마스터 앞에서 숫자란 무색할 따름이었다. 걸음만으로 군단 진지의 절반을 초토화시켰던 이다. 그런 이에게 다른 힘이 없다는 보장은 절대 없었다.

"흐윽!"

순간 떠오른 영상에 쵸비스 남작은 신음성을 흘렸다. 잿더미가 되어 버린 십만의 군세. 활활 타오르는 대지 위로 유유히 걸어가는 마스터.

하지만 현재 상황에서는 그게 최선의 수다. 길을 열어준다면 이슈타르 백작과 그가 가진 모든 권한이 박탈당하며 가문은 풍비박산난다. 그렇다고 열지 않으면 무슨 재앙이 닥칠지 몰랐다. 때문에 쵸비스 남작은 선택했다. 그리고 그 선택을 이슈타르 백작에게 간언했다.

제15군단에서 발송된 비상 군령은 최고 사령부에 전달되어 사령관 자밀 공작을 깨웠다. 한참 자고 있을 때 말들이 소란을 피워 잠에서 깬 그는 말들을 진정시키라는 간단한 명령을 내리고 재차 잠에 들었던 차였다.

자밀 공작은 현 국왕의 숙부이다. 그 스스로도 몹시 유능하여 국왕은 기꺼이 자신에게 칼을 돌릴 수 있는 치명적인 검을 선사했다. 다행히 자밀 공작은 조카인 현 국왕을 몹시 아꼈다. 그리고 그의 조국이자 자신의 집안인 왕가를 무척이나 사랑했다. 당연히 국왕파의 수장인 자밀 공작은 국왕의 명령을 기꺼운 마음으로 받들었다.

그가 꿈꿔온 하나의 꿈, 남대륙 통일. 비록 자신이 국왕이 되지는 못했지만 지금은 그의 꿈을 실현시켜 줄 강력한 힘을 지니고 있었다. 순수 전투 병력이 무려 육십만이라는 대군. 그리고 병참 인원까지 합하면 삼백만이라는 군세.

북대륙의 패자이자 현재 유일하게 제국이라 이름받은 카이나 제국에서도 쉬이 동원하지 못할 군대였다. 비록 국력이 크게 악화되어 나라가 휘청거리게 된다면 자칫 크라인 왕국이 당할지도 모르나 이겨 버리면 상관없다. 남대륙이 자랑하는 막대한 경제력이 모조리 크라인 왕국에 귀속되니 위기는 곧 기회요, 도약의 발판이었다.

그런 차에 그가 받은 비상 군령은 참으로 어처구니없는 것이었다. 발목 잡혔다고 표현해야 하나? 단 하나라지만 전설상에서 이야기되는 마스터가 나타났다. 거기에 표현된 보고서의 내용은 참으로 경이적이었다. 단지 걸어서 진지 반이 박살나다니.

최초로 떠오른 감정은 경각심이 아닌 어이없음이었다. 냉철하여 얼음 공작이라는 별명을 가진 그가 할 판단이 아니었다.

“허허헛! 이것 참.”

최고위 귀족은 생각부터 달랐다. 그의 혈통은 이른바 로얄 블러드(Royal Blood). 하늘이 내려준 고귀한 피의 소유자이다. 하늘 아래 또 다른 하늘이 바로 왕가이다. 그 왕가의 정통 혈통을 계승한 것이 바로 자밀 공작이다. 국왕의 숙부였으니 따진다면 그가 왕을 제외하고는 가장 순수했다.

그런 프라이드에 가득 찬 자밀 공작에 있어 이번 일은 웃음밖에 나올 수가 없었다. 어이없다고 할까? 홀로 크라인 왕국의 힘이 모인 군대 앞에 나타나 길을 열어라라고 명하다니. 역시나 웃음이 터져 나왔다.

"맹랑한 녀석이로군."

전설은 전설일 뿐이다. 전설이 실제라 해도 그가 가진 힘은 대략 삼백만 명이 모인 거대한 힘. 그 힘은 신이라 할지라도 무력화시킬 수 있다고 자밀 공작은 자신하였다. 더군다나 현재 그의 밑으로 기십의 오러 유저가 있었다.

오러 유저를 부릴 수 있는 자밀 공작에게 있어 오러 유저의 힘은 경세적이었다. 하늘을 찢고 바다를 가른다는 표현이 어울릴 정도로 오러 유저는 강했다. 그런 자가 몇십이다. 왕국에서 자랑하는 그 치명적인 힘들이 여기 다 모여 있다. 그 힘들이 한꺼번에 작열한다면 마스터라 할지라도 죽일 수 있다고 자밀 공작은 확신하였다.

거기에 마음속에서 일어나는 욕망. 그것은 전설의 존재라 일컬어지는 마스터 슬레이어라는 칭호였다.

'죽일 수 있어. 죽인다면…….'

카밀 공작의 눈이 초록빛으로 물들어갔다. 어둠을 밝히는 촛불과 등불 위로 초록빛이 사이한 기운과 함께 집무실을 물들였다. 만일 누군가 보았으면 크게 놀랐을 만한 광경이었다. 직접 성진의 힘을 겪어보지 못한 자밀 공작은 그렇게 치명적인 오판을 내렸다.

아니, 이미 진작에 치명적인 오판을 내렸었다. 그뿐만 아니라 군 수뇌부들 전부. 거대한 병력을 동원한 전쟁은 단시간에 승부를 내야 한다. 그 엄청난 군비가 누적되기 시작한다면 막강한 힘을 가진 왕국이라도 감당해 낼 수 없다. 하지만 전쟁은 벌써 반년이 넘게 이어졌다. 그것도 전면전도 아닌 국지전을 통해서만.

물론 단 한 번의 전투로 카밀 왕국군을 박살 낼 수 있는 전력이기는 하지만 그것은 카밀 왕국 쪽에서도 마찬가지였다. 아무리 신중론이 우세하다 할지라도 이것은 뭔가 괴이했다. 뭔가가 개입되지 않는 한.

그리고 결과가 이것이다. 성진이 보았다면 대번에 눈썹을 꿈틀거렸을 만한 것이 지금 개입되었다. 그리고 그 개입은 자밀 공작에게 오판을 자아냈다.

자밀 공작은 오랜만에 직접 통솔권을 발동시켰다. 참으로 오랜만이었다. 그리고 내려진 명령은… '주살'이었다.

이로써 자밀 공작과 크라인 왕국군은 극히 위험한 도박에 뛰어들었다. 파멸이라는…….

자밀 공작의 명령 아래 전군단은 새벽잠을 잊고 움직였다. 상대를 대마도사라 판단해 버린 자밀 공작은—성진이 걸으며 대폭발을 일으킨 것을 보고는 오판하였다—일찌감치 마법 병단을 전장에서 빼버렸다. 카밀 왕국을 견제하고 상황을 알 수 없게 기만하기 위해 전면에 배치된 일부 병력을 제외한 거의 모든 병력이 움직이기 시작하였다. 전체 병력 중 70퍼센트에 달하는 힘이 이 작전을 위해 움직였다. 그 수는 대략 40만. 단 한 사람을 상대하는 것치고는 무척 과했지만 자밀 공작은 혹시나 이것으로도 모자랄지 모른다는 생각도 가졌다.

성진이 상황을 알 수 없게끔 그를 둘러싼 인간 장벽은 여전히 유지되었다. 인간 장벽은 중보병으로 조금씩 교체되었고, 그 뒤로 창병이 배치되었다. 멀리서 화살을 퍼부을 수 있게끔 궁수들이 배치되었다. 드넓은 제15군단의 진지는 발조차 옮길 수 없게 수십만에 달하는 병사들이 모여들었다.

그런 상황을 모를 리 없는 성진이었다. 도리어 손바닥 보듯 훤히 병력의 움직임을 지켜보고 있었다. 급히 병력의 운용과 전투 수행에 방해될 수 있는 제15군단의 진지가 철거되고 근처 군단의 진지들도 철거되는 모습. 그 진지를 만들기 위해 밤새 일해야 했던 병사들이었지만 철거는 한순간이었다. 그리고 그 위로 무장한 병력이 포진하였다.

간밤에 말들이 발광하여 기병 전체가 쓸모없다시피 변했지만 기사는 다르다. 기사는 말을 타지 않고도 막강한 무력을 자랑하는 집단이다. 특히나 그 기사들을 이끄는 오러 유저들은 최강이라 해도 과언이 아니다. 각 군단장에 위치했던 오러 유저들이 병사들 틈에 몰래 숨어들었다.

마스터의 전설적인 무력을 감안할 때 아무래도 기습이 유리했다. 물론 성진이 모를 리 없었다. 그런 그들의 움직임에 성진은 슬쩍 웃었다.

"결국 선택은 이것인가?"

우습다. 지금 당장 저들을 전멸시킬 수 있다는 것을 저들은 몰랐다. 단 한 번의 대폭발이면 이들 전체가 죽어나간다는 것을 몰랐다. 그들의 힘이 마도사가 아닌 다른 마스터들이라면 그나마 통할지 모르나 상식을 뛰어넘는 전투 개념을 가지고, 또 그것을 실천할 수 있는 성진에게는 우스울 따름이었다.

이래서 무지는 오판을 만들어내고 오판은 자멸이라는 결과를 도출해 낸다. 샤이라와 칼들이 알았으면 당장 혀를 찼을 만한 무모한 전투는 결국 시작되고 말았다.

인간 장벽들이 천천히 후퇴하여 거의 제15군단만한 공터가 생겼다. 그리고 그 한가운데에 성진이 홀로 서 있었다.

꿀꺽.

침을 삼키는 소리가 여기저기서 들렸다. 병사들은 잔뜩 긴장했다. 이미 소문은 퍼질 대로 퍼져 15군단에서 일어난 일을 지금 작전에 동원된 거의 모든 병사가 알고 있었다. 상대는 걸어가면서 땅을 뒤집다 못해 폭발시켜 버린 괴물. 전설로만 이야기되던 마스터라는 자다. 경배해야 마땅하나 지금은 적이었다. 그것도 죽여야 할.

최초의 시작은 일제히 발사된 화살이었다. 카밀 왕국 견제를 위해 빼놓은 5만을 제외한 모든 궁수가 동원되었다. 크라인 왕국의 궁병은 15만 명. 과연 궁병 중심의 크라인 왕국답게 병과의 사분지 일을 궁병으로 채워 넣었다. 때문에 동원할 수 있는 궁수도 많았다. 그 수는 약 10만 명. 최초로 쏘아 올려진 화살도 무려 10만 발이었다.

휘우우우우—

엄청난 양의 화살이 바람을 가르는 소리가 소름 끼칠 정도로 매서웠다. 궁병 중심의 병력 운용이라는 크라인 왕국의 전통답게 일제히 쏘아 올려진 10만 발의 불화살이 하늘을 불꽃으로 수놓으며 성진에게 떨어졌다.

말이 10만 발이지 100이라는 숫자가 1,000번 뭉쳐야만 만들어지는 숫자다. 그런 엄청난 수의 불화살이 한꺼번에 하늘로 치솟았다. 대번에 밤하늘이 훤해졌다. 하늘에 마치 빛의 파도가 만들어지는 듯했다. 파도는 작게 오므라져 그가 서 있는 거대한 공터로 떨어져 내렸다.

성진은 하늘을 올려다보았다. 어둠으로 가득 찬 하늘을 가득 메우는 불화살이 그에게 쇄도하고 있었다. 성진은 아무런 행동도 취하지 않은 채 그저 하늘만 쳐다보고 미소 지을 뿐이었다.

파바바바박!

목표를 확실하게 인지할 수 없어 무작위로 화살이 떨어져 내렸다. 그러나 화살의 수는 앞서 언급했던 것과 같이 10만 발. 아무 곳에나 대충 떨어져도 족히 수천 발이다. 당연히 성진의 주위에도 수천 발이 떨어졌다. 삽시간에 성진의 주위가 불화살로 빼곡해졌다. 불길은 화살대를 잡아먹고 급격히 커져 갔다.

마치 거대한 화톳불이 타오르는 광경이었다. 그리고 그 가운데 뭔가가 서 있었다. 목표가 환해지자 궁수들은 일제히 시위를 당겼다. 이번에는 불화살이 아닌 그냥 화살. 날카롭게 갈린 화살촉은 그 무엇이든 갈기갈기 찢어놓을 것이다.

파바바박!

소름 끼칠 정도로 지독한 일제 사격이 십여 차례 이어졌다. 퍼부어진 화살 수는 100만 발. 수백 명의 장인이 몇 달에 걸쳐 만들어낼 수 있는 엄청난 양이 단 십여 차례로 끝이 났다.

이것이 사람 머리 위로 떨어진다면 족히 몇십만 명을 살상할 수 있는 양. 이것이 성진이라는 단 한 명에게 퍼부어졌다.

성진이 있던 자리는 화살이 집중되어 작은 산을 이루었다. 거기에 타오르는 불길. 죽었다고 단언해도 부족함이 없는 광경이었다.

일제 사격이 끝난 후 잠시간의 침묵은 일시에 환호로 바뀌었다.

"와와와아!"

"마스터를 죽였다!"

"우오오오!"

수십만 명의 병사들이 일시에 터뜨리는 환호는 평원을 흔들었다. 워낙 커서 그 소리가 카밀 왕국군의 진영에까지 울려 퍼질 정도였다.

이리도 마스터를 쉽게 잡을 줄은 몰랐다. 작게는 병사 개개인부터 크게는 자밀 공작까지 너무 쉽게 처리되니 기쁘다 못해 허탈할 지경이었다.

특히나 가장 허탈한 심정을 드러낸 것은 급히 설치된 높은 관망대에서 구경하던 군 수뇌부였다. 자밀 공작은 어이없다는 듯 웃으며 말했다.

"허허허! 마스터란 존재는 그토록 무서운 용들보다 더욱 강하다던데, 이제 보니 허명이었구려."

관망대 위에서 쌀쌀한 밤바람을 맞고 있었던 수뇌부들은 웃으며 자밀 공작의 말에 맞장구쳤다.

"그렇습니다. 아니, 그보다는 사령관님의 영명하신 전략 때문이지요. 인간 장벽으로 적의 시선을 막고 후방에서 궁병을 대기시켜 단 한 지점에 일제히 화살을 퍼붓는 전략을 그 누가 생각하겠습니까."

"허허! 이거 원."

공작은 크게 웃으며 손뼉을 쳤다. 그러자 대기하고 있던 시종이 차갑게 식은 샴페인을 내놓았다.

"이것 참. 마스터를 죽이면 축하의 의미로 내놓으려 했더니 너무 빨라 샴페인이 시원하게 식지도 않았나 보군요."

"하하하! 사령관님, 그 말씀이 맞는 듯합니다. 그나저나 이제 사령관님은 마스터 슬레이어입니까?"

한 후작급 장성의 아부급 발언에 자밀 공작은 기분이 크게 좋아졌다. 자밀 공작은 샴페인을 크게 흔들더니 수뇌부들을 돌아보며 말했다.

"이거 기분 좋은 일이니 샴페인을 터뜨려야겠습니다! 하하하!"

하지만 웃기에는 일렀다. 불행히도 말이다.

—그것으로 날 죽일 수 있다면 오산이지.

성진의 뜻이 전 군단을 울렸다. 그와 동시에 화톳불처럼 변해 버린 자리가 크게 폭발했다. 사방으로 불똥이 튀더니 그 한가운데 성진이 서 있었다. 너무나도 여유로운 모습. 사방에 흩날리는 불꽃에 흔들리는 성진의 음영은 그를 더욱 돋보이게 만들었다.

수십만 골드에 달하는 군비가 일시에 날아가는 순간이었다.

자밀 공작은 헛바람을 들이켰다.

"허억!"

화살 100만 발이 퍼부어졌다. 그리고 화염 지옥으로 변했다. 그런데 그 가운데 멀쩡하다니!

펑!

크게 놀란 자밀 공작의 손에서 코르크 마개가 비틀려 열리며 거품이 흘러나왔다. 거품은 공작의 손과 바짓단을 적시며 바닥을 적셨다. 하나 그간 정치판에서 굴러먹으며 단련된 정신이 어디 가는 게 아니다. 황급히 정신을 차린 공작은 손에 들린 샴페인을 밖으로 던져 버리더니 소리쳤다.

"어서 쏴라! 화살이 떨어질 때까지 퍼부어라!"

그의 명령을 못 들을 리 없는 장교들이다. 그가 소리치지 않아도 쏠 참이었다. 그보다는 궁병들의 손이 더 빨리 움직였다.

통제되지 않는 자유 사격이 계속되었다. 각 사병마다 지급받은 화살의 수는 대략 25발. 그중에 10발이 소모되었으니 아직 15발을 더 쏠 수 있다. 더군다나 목표물 근처에 불꽃이 있어 더욱 잘 보였다. 병사들은 화살 100만 발을 유유히 버텨낸 마스터에게 공포와 혼란을 느끼며 연신 화살을 퍼부어댔다.

또다시 화살비가 성진에게 쏟아져 내렸다. 성진은 공기를 압축하여 온몸을 둘렀다. 대기 속에 포함된 수분이 압축되며 주위의 빛을 굴절시켰다. 때문에 그의 몸 주위에는 기묘한 막이 쳐져 있는 듯 보였다.

'이것을 어떻게 할까?'

확실히 이렇게 엄청나게 쏟아져 내리는 화살비는 과연 대단했다. 그래서 인간에게 있어 활은 수천 년 동안 전쟁에서 군림한 최강의 무기다. 자신은 아무런 위해를 받지 않고도 멀리 있는 적을 손쉽게 죽일 수 있는 무기는 활이 유일하였다.

그런 화살비를 맞고 있는 성진은 참으로 고민되었다. 가만히 맞아줄 수는 없는 노릇이다. 그의 취미는 결코 샌드백이 아니었다. 오히려 되로 주면 말로 받는다는 한국 속담의 전형적인 실천자였다.

성진의 뜻이 움직였다. 그와 동시에 불에 타 반쯤 녹은 화살촉들이 떠올랐다. 화살촉은 강철로 만들어져 있다. 성진이 일으킨 자기장에 반응해 떠오른 것이다.

성진의 주위를 빼곡히 둘러싼 화살촉의 모습. 멀리 떨어져 있는 병사들의 눈에는 결코 보일 리 없었다. 뭐, 보여도 대비할 수 없었다. 솔직히 그 위력은 샤이라가 자랑하는 절대 장벽 포스 필드조차 간단하게 뚫어버릴 정도였다.

예전처럼 복잡하게 자기장(磁氣場)을 움직이기 위해 계산할 필요가 없었다. 한차례 망각 후 그는 고도의 연산 능력을 잃어버렸지만 창생력의 효과적인 통제라는 이점을 얻었다. 어차피 고도의 연산 능력을 깨우친 것도 창생력을 통제하기 위해서이니 이러한 이점을 얻은 지금 굳이 머리 아프게 계산할 필요가 없었다.

성진의 마음이 그린 대로 자기장이 움직였다. 아직 세상은 모르는 힘. 아직까지 세상은 자기장의 힘을 몰랐다. 원자가 가진 힘을 샤이라에게 일러주었고, 샤이라가 그것을 효과적으로 마법에 응용함에 따라 자기장이라는 개념을 가진 이는 성진이 유일무이한 것이다.

퍼부어지는 화살비를 무시하고 성진은 떠오른 화살촉을 매스 드라이버의 원리에 따라 전기적으로 가속시켜 쐈다.

"……!"

화살촉의 질량이 최하 50g이라 가정했을 때 7km로 가속된 화살촉이 가진 운동 에너지는 f=ma의 공식에 따라 무려 350N이라는 힘이 작용한다. 이 힘을 줄(J)로 환산하면 3430J. 마력으로 환산하면 4마력을 넘어서는 수치이다. 단지 손가락 끝보다 작은 지점에 말 네 마리가 온 힘으로 돌격하는 셈이니 그야말로 엄청났다. 7km로 가속된 화살촉은 그 어떤 것도 무시하였다.

퍼퍼퍼퍼퍽!

강철로 만든 강력한 갑주에 구멍이 나면서 병사들이 쓰러졌다. 화살촉이 작열한 지점에서 일직선상에 놓여 있는 병사들이 일시에 무형의 꼬치에 꿰인 듯 관통되었다.

단지 한곳뿐이 아니었다. 동시 다발적으로 성진이 쏴 보낸 백여 발의 화살촉이 중장보병의 장갑을 뚫고 인간 장벽을 지나 마침내 궁병까지 도달했다.

퍼퍼벅!

"으아악!"

마침내 재앙이 시작되었다. 순식간에 수백 명이 일시에 쓰러졌다. 그러기를 세 차례. 때마침 화살비도 떨어졌다. 타다 남은 화살촉들이 연신 떠오르더니 일시에 쏟아져 나갔다.

"우아아악!"

"크아악!"

팔다리를 맞아 쓰러진 병사들은 차라리 나았다. 머리를 맞거나 배에 맞은 병사들은 대번에 죽어갔다. 단단한 부위든 연한 부위든 가속된 화살촉은 공평하게 뚫어버렸다.

소리도 없고 빛도 없다. 단지 있는 것은 비명과 피뿐. 그래서 더욱 공포스러웠다. 성진의 사격이 그렇게 열 번 이어지자 피해자가 단숨에 1만에 도달했다.

"으아악!"

"어머니!"

곳곳에 비명과 신음 소리가 메아리쳤다. 병사들이 공포에 질려 부들부들 떨었다. 마치 유령의 장난인 듯 동료들이 쓰러졌다. 동료들은 제각각 몸에 작은 구멍이 뚫린 채 신음하고 있었다.

위에서 내려다보고 있던 자밀 공작은 몸을 부들부들 떨었다. 믿을 수 없다! 이 무슨 귀신의 장난이란 말인가! 자밀 공작은 미친 듯이 소리쳤다.

“돌격해! 돌격하란 말이다!”

그 말을 들은 신호수들이 일제히 나팔을 불었다. 돌격 명령이 떨어졌다. 그러자 장교들은 명령을 이행하기 위해 억지로 병사들의 사기를 북돋았다.

“돌격하라! 적은 한 명! 우리는 사십만이다!”

“돌격! 돌격 앞으로!”

“우아아아!”

숫자는 용기를 준다. 그리고 용기는 공포를 밀어낸다. 마스터라는 존재 앞에 숫자는 단지 숫자일 뿐이지만 이들은 아직 몰랐다. 아직 이들은 행복한 편이었다.

병사들이 일제히 성진에게 달려들었다. 단 한 명에게 몰려드는 수천의 인원. 커다란 원이 단 한 점을 향해 좁혀지기 시작했다. 그 앞에 성진은 코웃음 치며 자밀 공작이 있는 관망대를 바라보았다.

―당신이 돌격하는 건 어떤가?

별안간 머리를 울리는 소리에 자밀 공작은 크게 놀라 자칫 관망대에서 떨어질 뻔했다. 부관들이 그의 신형을 재빨리 잡지 않았다면 그는 추락사했을지도 모른다. 그만큼 자밀 공작은 입 밖으로 심장이 튀어나올 정도로 놀랐다.

구체화되지 않은 공포가 그를 잠식하기 시작했다. 그는 부들부들 떨리는 손으로 얼굴을 감싸 쥐었다. 그리고는 자기도 모르게 중얼거렸다.

"혹시… 내가 실수한 건 아닐까?"

자밀 공작은 자신이 내뱉은 말에 흠칫 떨었다.

그 순간에도 중갑보병들은 일제히 준호성을 터뜨리며 달리고 있었다. 그들의 손에는 기다란 창이 쥐어져 있었다. 돌격하여 창으로 성진을 꿰뚫으려는 심산. 성진은 그런 그들의 발악을 지켜보며 내심 웃었다. 몸으로 맞아주고 싶었지만 그렇게 하면 입고 있던 옷에 구멍이 난다.

성진은 손을 저었다.

콰과과과광!

대폭발! 대폭발이 일어났다. 단지 손을 휘둘렀거늘 그의 둘레로 반경 30미터의 대지가 일시에 폭발했다. 지면이 터져 나가며 그 위를 달리고 있던 수천 명이 일시에 하늘을 날았다.

"으어어어?!"

비명 자시고 할 것이 없었다. 가볍든 무겁든 죄다 하늘로 날았다. 인간이 하늘을 나는 경험은 흔히 해볼 수 없지만 그 끝은 반드시 낙하가 있다. 특히 중갑을 착용한 보병들에게 있어서 낙하는 끔찍한 고통이었다.

우득!

콰드드득!

"우아악! 내 다리!"

"팔이 부러졌어어어!"

팔다리만 부러지면 다행이다. 어떤 이는 척추가 부러지기도 하고 골반이 왕창 깨지기도 하였다. 그것도 그나마 다행. 진짜 불행한 이는 목뼈가 부러지거나 머리가 박살나 대번에 절명한 이들이었다.

흙으로 범벅이 된 채 신음하는 이들을 다른 많은 수의 병사들이 멍하니 지켜보았다. 그리고 그 모습을 자밀 공작도 같이 바라보았다.

"이건… 말도 안 돼……."

신이라는 존재가 정녕 마스터를 창조했다면 그런 존재가 정말 지상에 나서면 안 된다는 것을 자밀 공작은 피부로 느끼기 시작했다. 일수에 수천의 병사가 박살나다니. 이건 사기다, 사기.

"이건 사기야……!"

부들부들 떨며 발작적으로 외치는 자밀 공작의 반응에 수뇌부들도 같은 심정이었다. 하지만 어쩌랴. 원래 마스터가 이리도 사기적인 무력을 자랑하는 이가 아님을, 성진이라는 마스터가 그리도 뛰어남을 이들은 결코 알지 못했다.

성진을 표현하자면 멀티 플레이어다. 근거리, 원거리 할 것 없이 만능. 거기에 다른 마스터들은 죽었다 깨어나도 펼쳐 낼 수 없는 방법으로 힘을 구현해 내니 그 위력은 그야말로 천지작열!

하늘과 땅을 울리고도 모자라 재창조할 수 있는 능력의 소유자다. 방금 전에 세상을 주름잡고 군림하는 5대 신 중 하나인 여신 그랑디아를 죽이겠다는 협박까지 했다는 사실을 알면 이들은 경기를 일으켰으리라. 아니, 오히려 당장 군대를 비켜 세워 길을 열었을 것이다.

하지만 어쩌랴. 무지가 죄다. 그러나 무엇보다도 지금 심기가 뒤틀린 성진에게 걸린 것이 죄다. 만일 성진 앞에 카밀 왕국이 자리잡았다면 그들도 마찬가지 운명을 걸었을 것이다.

입술까지 경련하며 부들부들 떨어대는 자밀 공작은 마지막 비밀 병
기를 꺼내기로 마음먹었다.

"오러 유저를! 오러 유저를 내보내!"

돌격 명령이 떨어지자 대번에 앞으로 튀어나간 것은 오러 유저였다.
크라인 왕국이 보유한 이십의 오러 유저. 그들이 일제히 돌격한 것이
다. 그들은 기사. 그것도 모든 기사들을 관리하고 운용하는 최상위 기
사이다. 당연히 사기를 북돋는 법도 알고 있다.

그들은 약간의 쇼맨십을 보이기로 마음먹었다. 그들은 일제히 검을
빼 들어 일 자 형태로 달리기 시작하였다. 오러로 활성화된 근력은 그
들의 다리에 놀라운 속도를 부여하였다. 하늘을 향해 치켜든 검으로
신비스럽고도 황홀한 빛이 감돌기 시작하였다. 달리는 그들의 뒤로 오
러가 별빛처럼 뒤따랐다.

그 장엄한 광경에 한껏 떨어졌던 사기가 대번에 치솟았다.

"와와아! 오러 유저다! 와아!"

오러 유저는 전장의 스타이다. 그들의 일검에 군대의 사기가 솟고
떨어진다. 인간의 몸으로 바위를 쪼개고 강을 뛰어넘는 것이 오러 유
저이다. 인간으로서 한계까지 올라간 이. 그리고 그 물리적인 한계를
벗어버린 이. 그것이 오러 유저다.

카밀 왕국이 숫자나 사기 면에서는 크라인 왕국에 뒤질 것이 없었으
나 오러 유저들의 숫자가 부족하다는 이유 단 하나만으로 전쟁에서 열
세에 처했다. 이십에 달하는 오러 유저의 힘은 어마어마했다. 그들의
전력만으로 카밀 왕국이 자랑하는 적십자 기사단 삼백을 쓸어버린 적
이 있다. 한 번 검을 그으면 통짜 플레이트 메일이 그냥 반쪽나는데 인

간의 몸이 멀쩡할까.

그러나 안타깝게도 상대는 성진이었다. 오러 유저가 가지는 무형적 한계를 벗어버린 이. 인간을 벗어나 새로운 존재로 거듭난 이. 그것이 마스터이다.

본디 마스터에게 이십에 달하는 오러 유저를 상대하는 것은 조금 벅찼다. 모든 것을 잘라 버리는 절삭성의 빛은 마스터라 할지라도 위협적이다. 거기다 이십 명. 이십 개의 검이 동시에 날아온다면 솔직히 따져 보아도 마스터에게는 무리였다.

하나 성진은 다르다. 성진은 그 어떤 마스터보다 강했다. 그리고 그 강함은 가장 빨리 달려와 공격하는 기사의 검을 잡아냄으로써 증명하였다.

쾅!

모든 것을 갈라 버린다는 오러가 성진의 머리 위에서 폭발하였다. 매끄럽게 갈려야 하는 현상 대신 폭발이라니. 당사자인 오러 유저조차 놀란 듯 눈을 부릅떴다.

그 빛의 폭발 뒤에는 형형하게 빛나는 검을 맨손으로 잡아낸 성진이 있었다. 눈이 튀어나올 정도로 부릅뜬 기사를 향해 씨익 웃어준 성진은 검을 꺾어버리더니 복부를 후려쳤다.

검에 불어넣는 오러의 흐름이 엉크러지더니 역류하였다. 내장이 뒤집히는 충격과 동시에 복부에 타격을 입으니 내상이 걷잡을 수 없이 번졌다. 입으로 피화살을 뿜으며 날아가는 기사를 스쳐 다시 다섯 명의 기사가 검을 뿌렸다.

성진의 신형이 오른발을 축으로 한 바퀴 돌았다. 시시각각 다가오는 검의 평평한 면을 손가락으로 쳐서 방향을 뒤틀어 버린 성진은 교묘히 기사들을 스치며 그들의 얼굴에 주먹을 먹였다.

"뿌드득!

성진의 주먹은 인정이 없었다. 대번에 기사들의 코뼈가 부러져 나가거나 안면이 골절되어 주저앉았다. 피투성이가 되어버린 얼굴을 감싸 쥐고 기사들은 비명과 함께 땅을 뒹굴었다.

"약한데다가 어리석기까지하군."

그들이 타이밍을 맞춰 동시에 도착하여 팔방으로 그를 공격했었다면 그나마, 그나마 어느 정도 성과를 거뒀을지도 모른다. 하지만 한참이나 급수가 다른 상대한테 순차적으로 도착하여 공격하다니.

이것은 마치…….

"우리 차례대로 가서 맞아드릴 테니 신경 써서 때려주세요, 라고 말하는 것 같잖아."

그것도 온몸으로 표현하고 있는 광고나 다름없었다. 성진은 그렇게 해주기로 결심하였다.

"원한다면 기꺼이."

성진의 중얼거림을 들었는지 한 기사가 부들부들 떨며 경기를 일으켰다. 성진은 그 기사를 걷어차 다음 들격하는 두 명의 기사를 향해 날려 보냈다.

한껏 몸에 탄력을 만들어 검을 내려치려는 기사들은 날아오는 동료를 보더니 놀라 외쳤다.

"이런 비겁한!"

하나도 비겁하지 않았다. 한 명에게 사십만이 덤비는 것은 정당한 것인가?

“…….”

가만 생각해 보니 비겁한 것은 오히려 성진, 자신일지도 모른다. 완전히 개미집 앞에 나타나 마구 밟아 죽이는 아이 같은 짓이 아닌가!

성진은 곰곰이 생각하면서 주먹을 휘둘렀다. 동료를 피해 애써 방향을 틀던 어느 기사가 첫 희생양이었다. 기사와 떨어진 거리를 단 한 걸음에 0으로 만들어버린 성진의 주먹이 오러로 휩싸여 영롱하게 빛나는 검을 꺾고 거의 동시에 기사의 복부를 때렸다.

픽!

기사가 날아가는 동시에 다른 주먹이 옆에 있던 다른 기사의 손을 쳐 부숴 버리더니 꺾어 올라간 팔꿈치가 턱을 날려 버렸다. 워낙 빨라 잔상조차 남지 않았다.

일반 병사가 보기에는 두 명의 기사가 동시에 튕겨져 나가듯 보일 것이다. 그 정도로 성진의 몸놀림은 정교하고 빨랐다.

아무래도 이건 나쁜 짓이다. 군대 속에 숨어 있는 몇몇 마스터들을 끌어내려 했는데 일이 약간 틀어진 모양이다. 아니, 그보다는 세르피아에게 강림하여 성진의 복창을 뒤집어놓은 그랑디아 때문인 것도 같았다. 어느 쪽이든 성진은 불만이 쌓여 있었고, 그 불만을 이 불쌍한 이들에게 풀고 있다는 게 옳은 표현일 것이다.

결심은 늦었고, 그 대가로 여덟 명의 오러 유저가 반병신이 되어버렸다. 성진은 자신에게 열심히 달려오는 오러 유저에게 손을 펴 보이며 외쳤다.

“그만!”

말이 곧 힘이 되었고, 힘은 장벽이 되어 오러 유저들을 후려쳤다. 정확히 표현하자면 그 장벽에 오러 유저들이 몸을 던진 것이다.

쾅!

마치 망치로 벽돌을 후려치듯 기사들이 장난감처럼 날아가 처박혔다. 장벽은 힘을 그대로 반사하는 것. 당연히 맹렬하게 돌격해 오던 기사들은 제 몸무게와 탄력을 정면으로 받아들일 수밖에 없었다. 그리고 그 결과는 몸을 후려치는 충격.

전신을 강타하는 충격에 정신이 없었던 기사들은 쓰러진 채 땅을 대굴대굴 구르다가 머리를 흔들고는 일어나려 애썼다. 하지만 세반고리관이 흔들려 평행 감각이 상실된 인간이 제 스스로 일어나기는 무리였다.

"끄으윽!"

워낙 정신이 없어 말조차 나오지 못하고 가래 끓는 소리가 튀어나왔다. 단 삼 수에 이십의 오러 유저를 박살 내버린 성진은 아직까지 숨을 죽이고 숨어 있는 멸절자와 마스터들을 끄집어내리라 결심하였다.

병사들은 충격에 휩싸였다. 자신들은 그렇다 치자. 그들은 보통 인간이고 잘 쳐봐야 무기를 든 사람이다. 그들 대다수가 징집된 보통 민간인이니 이 표현은 딱히 틀린 게 아니다.

하지만 오러 유저들은 누구인가. 그들은 평생 검을 수련하며 극한을 깨달아 마침내 보이지는 않으나 그 무엇에도 비할 수 없는 파괴적인 힘을 얻어낸 자들이다. 그런 자들 수십이 모여 단 한 사람에게 공격을 가했다. 그런데도 결과가 이 모양이다. 궤멸인 것이다.

도저히 납득할 수 없는 결과를 받아들이려니 일부 병사들은 이러한 상황이 마치 꿈인 것처럼 착각까지 했다.

하나 곧이어 들리는 성진의 음성은 사태를 확연히 환기시켰다.

―오러 유저마저 패배했다. 다음은……?

그의 뜻에 사십만에 달하는 병사들이 흠칫 떨었다. 다음은? 다음은 없다. 가장 강력한 수단이 깨져 나갔으니 다음이 뭐 있을까.

아무리 생각해 봐도 인해전술은 무리였다. 도대체가 인간 같지가 않다. 그들은 마스터라는 존재의 위력을 피부로 실감하기 시작한 것이다.

특하나 자밀 공작의 증세는 심했다. 마치 학질 걸린 듯 온몸을 부들부들 떨고 있었고, 입으로는 연신 맑은 침을 흘렸다. 하긴 자신이 가진 힘에 그토록 자부심을 가지고 있었으니 충격도 이만저만이 아닐 것이다.

"허어억……!"

자밀 공작은 바람 빠지는 신음을 흘렸다. 당연히 부정하고 싶을 것이다. 하지만 눈에 보이는 광경은 그게 아니었다. 처참하게 변해 버린 모습. 그리고 성진의 무력에 완전히 압도되어 부들부들 떠는 자신의 군대가 눈에 들어왔다.

"말도 안 돼……!"

쥐어짜는 신음으로 자밀 공작은 외쳤다. 영화로운! 그토록 찬란한! 대크라인 왕국군이 일개인에게 이렇게 무너질 수는 없었다! 이토록 유린될 수는 없었다!

"이토록 인재가 없단 말이냐! 누구든 나서라! 누구든! 으허헉! 콜록!"

사십만의 병사를 밑에 두고 있는 자가 이런 말을 하는 것은 배가 불러 터진 것이었다. 하지만 상황은 그 정도로 비참했고 필사적이었다. 자밀 공작이 억지로 호흡을 짜내 비명같이 외쳤으니 당연히 기침이 터져 나왔다. 자밀 공작은 가슴이 빠개지는 고통을 안고 연신 기침을 토해냈다.

자밀 공작의 외침은 적막해진 병사들 위를 가로질렀다. 병사들의 틈 속에서 잠시 웅성거림이 번졌다. 서로가 서로를 돌아보았다. 그러나 이내 외면하더니 고개를 저었다.

그들은 일반인. 보통 사람들이었다.

한데 놀랍게도 몇 명의 병사들이 황폐화된 공터로 나섰다. 그들의 모습은 하나같이 허름했다. 그저 흔히 볼 수 있는 징집병의 모습. 장비조차 제대로 갖춰지지 않은 엉터리 병사의 표본이었다.

병사들 사이에 소요가 일었다. 성진을 향해 걸어가는 그들을 향해 일부는 공명심에 미친 놈이라 욕했고, 일부는 용기있는 자라며 칭송하였다.

하지만 성진에게는 달랐다. 성진은 그들의 본질을 보았다. 아무것도 보이지 않음과 찬란하게 빛나는 초록 빛, 즉 멸절자와 마스터를 뜻했다.

성진의 앞길을 방해하고자 하는 마스터와 그를 죽이는 것을 숙명으로 여기는 멸절자들. 아마도 저들은 멸절자로 변이되다가 잘못되어 비참하게 죽어버린 마스터 오웬의 동료일 것이다. 완벽에 가까운 마스터를 제압하며 변이된, 말 그대로 완전하게 각성한 멸절자. 살아 있는 모든 것을 증오하는 그들. 이름있는 자들을 죽이는 저들이 병사들의 틈

속에 있다는 것 자체가 있을 수 없는 것이었다.

그렇게 생각할 때 내릴 수 있는 결론은 단 하나. 완전히 각성하여 확고한 자아를 확립, 목표의 명확한 인지였다.

성진은 조금 긴장하기 시작하였다. 완전히 각성한 멸절자의 위력은 마스터 몇 명을 합친 것보다 강하다. 예전 세르피아가 잘못되어 다크 엘프와 같은 일종의 멸절자로 각성했을 때 그와 게일은 처참할 정도로 깨졌다. 그 다크 엘프가 불완전하게 각성한 멸절자임을 감안할 때 완전 각성해 버린 멸절자는 필시 그 홀로 지상을 말 그대로 멸절시켜 버릴 만한 힘을 가졌으리라.

"후우. 이제야 오는군."

이제 바야흐로 본편의 시작이었다. 솔직히 지금까지는 너무 싱거웠다. 저들이 군대 속에 파묻혀 그 사이에서 자신을 암습하리라 생각했다. 하지만 아니다. 저렇게 당당하게 나설 줄이야. 필시 자신들의 무력에 강한 확신을 가졌으리라.

성진의 시선이 멸절자들을 훑었다. 허름한 투구를 벗어버린 두 명은 그저 보통 마스터다. 한 명은 붉은 머리의 장발을 어깨까지 늘였다. 거기에 꽤나 단신이었다. 허리춤에 작은 단봉 두 개가 걸려 있는 것을 보니 저것이 무기인 듯 보였다.

다른 한 명은 검은 머리에 꽤나 키가 컸다. 얼굴도 말쑥하게 생겨 미남 소리를 들을 상이었다. 짧게 친 짙은 갈색 머리가 인상적이었다. 한데 아무것도 쥐고 있지 않았다. 그렇다고 박투를 하는 사람 같지도 않았다. 근육의 발달 정도를 보아하니 분명 무기를 사용한 듯한데 그 종류를 알 수 없었다.

허름한 투구에 감춰져 있지만 여성 개체 하나가 있었다. 아마도 그 라디아 엘프 족 마스터 게이라인가 보다. 필시 세르피아의 선조 중의 한 명.

하지만 성진은 갈등하지 않았다. 선조는 선조고 세르피아는 세르피아다. 세르피아도 영이나마 마스터로 각성한 상태이니 핏줄에 연연한 동요 따위는 일으키지 않을 것이다. 더군다나 저들은 멸절자. 제1기를 파멸시킨 존재다. 지상의 모든 것에 대한 적대적인 존재다. 그리고 그 적대적인 존재가 자신을 적으로 규명하고 있었다.

―오라!

성진의 강력한 뜻이 퍼졌다. 성진은 자신에게 대항하는 적들에게까지 베풀 자비심 따위는 가지고 있지 않았다. 대적한 자는 곧 죽음. 그것이 마스터이자 성진이다.

성진은 자신이 각성한 모든 힘을 이 전투에서 사용하기로 결심했다. 상대는 강하다. 결코 방심할 수 없다. 방심은 곧 죽음. 가벼운 흥분이 전신을 감돌았다. 아드레날린이 대뇌에서 활발하게 분비되어 전 근육을 긴장시켰다. 성진은 전투 준비 상태로 돌입하였다.

샤아아…….

공간을 울리는 기분 나쁜 숨소리. 그것이 멸절자의 증표다. 그들의 힘이자 증거.

"죽어라……."

한 걸음, 한 걸음 걸으며 그들의 의복이 조금씩 터져 나갔다. 변이하고 있다는 뜻. 진정한 힘을 드러내기에 앞서 육체를 재구성하는 것이다. 아울러 그들과 같이 걷고 있는 다른 두 명의 마스터도 전신의 힘을 개방하였다. 그들의 주위로 돌개바람이 휘몰아치며 흙먼지를 감아 올리고 있었다.

'바람을 다루는 것인가?'

마스터의 속성은 알 수 없다, 직접 부딪쳐 보기 전에는. 무표정인 두 명 마스터의 종족은 인간.

"멸절자 둘에 마스터 둘이라."

솔직히 따져서 샤이라 열 명이 몰려와도 힘든 전력이다. 지금 성진이 못 막으면 단언컨대 생명체들의 미래는 없다. 깡그리 죽어날 것이다. 물론 저기 저 마스터 둘은 가장 먼저 죽을 테지만.

"응?"

성진은 이상한 것을 발견했다. 두 마스터가 발하는 영기가 흐릿했다. 검은 기운. 사악한 기운이라고는 절대 정의하지 못할 글자 그대로 검은 기운이다. 개개인이 발하는 영기에 무언가가 맺혀 있다는 것은 오염되었다는 뜻. 다시 말해……

'제압당했군.'

멸절자의 정신력은 마스터의 정신력마저 제압할 정도로 강한 것이다. 성진과 신을 제외하고는 단일 개체로 지상 최강이라 해도 과언이 아니었다.

'최선의 공격은 방어.'

목표는 짧은 머리.

성진이 한 걸음 옮기자 가장 왼쪽에서 걸어오고 있는 마스터의 앞에 나타났다. 성진의 마음속에 자신의 어깨에서 그의 얼굴로 이어지는 푸른 선이 그어졌다. 마음이 정해지자 육신이 움직였다.

콰직!

성진의 주먹이 번개가 되어 불을 뿜었다. 하지만 상대 마스터는 녹록치 않았다. 반응 속도는 게일 이상! 성진은 목덜미에 서늘한 느낌이 들자 동시에 몸을 비틀었다.

퍽!

스걱!

주먹이 그리는 궤도가 약간 비틀어져 짧은 머리의 어깨에 작열하고 날카로운 무엇인가가 성진의 귀밑머리를 스쳐 지나갔다. 주먹에 강한 반탄력이 느껴졌다. 본능적으로 상대가 거의 타격을 입지 않았다는 것을 느꼈다. 잘려진 그의 머리칼이 흩날리며 성진은 허리를 비틀어 다리로 상대를 찍어 내렸다.

'검?'

성진의 다리를 베어버리기 위해 날아오는 푸른 섬광. 그것은 검이었다. 마치 손에서 연장되듯 푸른 빛이 더물고 있었고, 그 빛은 추측 불가능한 파괴적인 힘을 담고 있었다.

"합!"

성진은 기합을 터뜨리며 의식을 확장시켰다. 성진의 몸을 중심으로 거대한 원이 그려지며 모든 것들이 머리 속에서 그려졌다. 검은 공간 위에 그와 짧은 머리의 마스터가 그려지더니 작게는 떠돌아다니는 먼지가 새겨졌다. 그중 필요없는 것을 제거하자 '적' 이라고 규명할 수 있는 것이 보였다.

의지는 모든 것을 제압한다.

모든 것을 지배하고 극복하는 초월(超越)의 심결. 하나의 심결을 떠올리자 마음이 육신을 지배했다. 심결은 그가 지닌 힘의 근간이라 할 수 있는 창생력과 연동되었다. 심결이, 즉 창생력의 작용. 창생력이 법칙을 제압하듯 그의 심결 또한 법칙을 억눌렀다. 성진의 몸이 물리 법칙에서 벗어나 표현할 수 없을 만큼 움직였다.

동(動)하지 아니하니 불변이라.

극도의 부동결. 먼저 발현된 심결 위에 다른 심결이 새겨지자 상승 효과를 일으켰다. 성진의 다리는 무쇠가 되었고 허상이 되었다. 그의 다리 위로 짧은 머리의 검이 지나갔으나 마치 허공을 가르는 듯 그렇게 지나가 버렸다.

"……!"

상대가 발하는 파장이 몹시 흔들렸다. 당황했다. 그런 그를 구원하기 위해 나머지 셋이 성진의 등 뒤를 덮쳐 들었다. 죽지 않으려면 피해야 할 것이다.

그러나 성진은 웃었다. 당황해 버린 짧은 머리의 어깨를 성진은 발꿈치로 찍어버렸다.

우드득!

뼈가 부서지며 강력한 역도가 어깨에서 들불처럼 전신으로 번졌다.

모든 것을 천천히 돌린 것처럼 움직였다. 짧은 머리의 마스터는 자신의 어깨가 부서진 것을 아직 느끼지 못했는지 얼굴에 당황함이 스쳤다. 그의 등 뒤로 작열하는 세 가닥의 거대한 힘이 느껴졌다.

아직 두 가지의 심결이 발동되어 있는 상태다. 성진은 다리에서 느껴지는 반탄력을 빌어 몸을 공중에서 비틀었다. 순식간에 시야가 바뀌며 세 명의 적들이 펼쳐 오는 공격이 보였다. 날카롭게 뽑아낸 손톱으로 후려치는 멸절자 둘에, 오러가 회오리치는 단봉의 마스터.

'시간은?'

완전히 막기에는 부족하다. 성진은 왼팔을 들어 얼굴을 가렸다. 간신히 얼굴을 가리는 순간, 그 위로 세 명의 강력한 공격이 떨어졌다.

쾅!

거대한 빛이 터지며 엄청난 충격파가 그를 후려쳤다. 대기가 진동하며 지반을 흔들어댔다. 폭탄이 팔에 떨어진 듯 시큰거렸다. 엄청난 충격에 심결이 흔들렸는지 순간 머리가 혼미해지고 눈앞이 아찔했다. 하지만 심결은 깨지지 않았다. 두 명의 멸절자와 한 명의 마스터가 벌이는 공격을 받고도 그의 심결은 깨지지 않았다.

'공부가 헛되지 않았다!'

성진의 눈이 빛났다. 부동의 심결을 거두어들이고, 이윽고 세 번째 심결을 발했다.

하나는 곧 무량이 될 수 있다.

무량(無量)의 심결이 발동되었다. 성진의 신형이 갈라지며 공간을 넘나들기 시작하였다. 초를 쪼개는 극히 짧은 시간 동안 성진의 몸이 헤아릴 수 없이 갈라지더니 그 분신의 흐름이 셋의 뒤를 향했다. 분신의 흐름이 하나로 합쳐지며 성진의 모습이 드러났다. 성진의 손에서 작은 빛의 구슬이 맺혔다. 하나 단순한 빛의 구슬이라 치부할 수 있는 것이 아니었다. 보이지 않지만 존재하는 세계. 그 미소 공간에서는 광자들이 집적되어 일제히 가속하고 있었다.

그리고 그 경이적인 힘이 매우 작은 형태로 구현되었다.

푸악!

성진의 손에서 튀어나간 세 갈래의 빛! 모든 것을 불태우고 멸살한다는 파괴의 창이 세 존재의 등에 작열하였다.

광선의 굵기는 그저 손가락 정도에 불과하였다. 하나 그 속에 담긴 에너지는 우습게 볼 것이 아니었다. 작열한 광자들이 물질을 이루고 있는 원자와 부딪치자 그 광자가 담고 있던 운동 에너지가 원자를 흔들었다. 그 강렬한 힘에 광자는 다시 튕겨 나갔으나 운동 에너지는 여전히 원자를 흔들었다. 마침내 그 에너지는 원자를 구속하는 인력을 끊고 원자를 해방시켰다!

퍼어엉!

세 존재의 등에서 피어난 초열(超熱)이 모든 것을 불태웠다. 작지만 강한 힘. 미소 태양이 그들 등에 출현한 것이다!

태양의 힘은 멸절자나 마스터에게 공평했다. 순식간에 단백질을 불태우고 척추를 달구었다. 달궈진 척추가 수분을 몽땅 방출한 순간 부서지기 시작했다. 물론 그 밑을 지나던 신경 다발인 척수가 녹아내린 것은 두말할 나위 없었다.

열기는 퍼져 내장을 훑고 지나갔다. 힘차게 뛰던 심장에 3도 화상이 번지더니 체내에서 물집이 잡혀 터지기 시작하였다. 물결처럼 퍼지는 열이 장기를 몽땅 구워버린 것이다.

등이 시커멓게 그슬린 마스터는 허파도 반쯤 타버린지라 비명조차 지르지 못하고 쓰러지고 말았다. 그보다 월등한 생명력을 자랑하는 멸절자들도 등을 달구는 미칠 듯한 고통에 비명을 질러댔다.

"크아아악!"

—크아아악!

공간을 울리는 강렬한 뜻. 고통에 찬 그 뜻이 울려 퍼지는 순간 병사들은 머리를 감싸 쥐고 쓰러졌다. 워낙 고통이 심한지라 그 뜻에 고통까지 실린 것이다. 일부 민감한 병사들은 등에 수포까지 생길 정도였다.

"케에엑!"

몸을 비틀며 기괴한 비명을 질러대자 성진은 그대로 몸을 회전시켜 왼쪽 다리로 그들을 한꺼번에 후려쳤다.

쾅!

망치로 후려치는 소리와 함께 멸절자들이 거세게 튕겨져 나갔다. 등을 태우는 고통에 정신없는 멸절자들은 옆구리에 작열하는 성진의 발차기에 날아가다가 땅을 박차고 몸을 바로 세웠다. 하지만 시커멓게 탄화되어 버린 등이 너무나도 고통스러웠다.

"크에에엑!"

멸절자 둘이 크게 비명을 지르자 돌개바람이 그들의 몸을 감싸더니 제2차 변이가 시작되었다. 변신이란 매우 효율적으로 환경에 적응하기 위해 쓰인다. 이 경우는 전투에 적합하기 위한 것이다.

우선은 치유가 먼저였다. 가장 먼저 치유된 것은 라디아 엘프가 베이스인 멸절자였다. 라디아 엘프 중 순수한 혈통을 자랑하는 하이 엘프의 피는 특별했다.

특별한 호르몬, 그 호르몬이 분비되면서 괴사하던 세포들이 역전하여 활동하기 시작하였다. 분열, 성장, 노화가 아닌 반대가 되어 늙거나 병든 세포가 활성화되었다.

사실 알고 보면 저 특별한 호르몬 때문에 200년 전 엘프 대학살이 일어난 것이다. 저 젊음을 가져다주는 호르몬을 얻기 위해. 저 광경을 보니 아카식 스트림에서 읽었던 진실이 퍼뜩 떠올랐다. 오직 하이 엘프의 피 속에만 흐르는 저 젊음을 되찾고 유지시켜 주는 신비한 호르몬 때문에 그토록 많은 엘프들이 잡혀서 피를 뽑히고 식재료가 된 것이다.

이제 그 하이 엘프의 마스터가 멸절자가 되어 인간들을 멸종시키려 하는 모습을 보니 새삼 세상은 공평하다는 것을 느꼈다.

뻥 뚫려 버린 등에서 죽어버린 세포가 떨어져 나가며 그 자리에 새로운 세포가 자라났다. 근육이 꿈틀대며 뼈를 감싸며 척추를 숨겼다. 피부가 근육을 감싸자 피부가 변이되었다. 새로운 전기적 자극과 더불어 호르몬이 전신에 흐르자 세포 속에 잠자고 있던 DNA가 풀리더니 정해진 규칙에 따라 증식하였다.

마치 진화의 과정을 고속으로 돌리는 것처럼 그들의 몸이 부풀고 찌그러지길 반복하였고, 마침내 모습이 드러났다. 하지만 곧바로 활동할 수는 없었다. 변이하는 데 너무 많은 에너지를 소모했다. 그는 그렇게 가만히 서서 주변의 에너지를 진공 청소기처럼 빨아들이기 시작했다.

그리고 모자란 단백질과 기타 영양분을 채우기 위해 병사들에게 달려갈 테지.

"인상적이군."

성진은 중얼거렸다. 정말 인상적이었다.

저 화상은 아무리 자체 재생력이 좋아도 치유될 성질이 아니었다. 솔직히 말해 저 정도면 사망 진단서를 받았다고 해도 과언이 아니었다. 한데 저들은 재생하고 있었다. 특하나 가장 먼저 변이를 끝낸 저 멸절자는 그야말로 대단하였다.

온통 붉은색이다. 마치 붉은 물감으로 도색한 듯한 모습. 거기에 육체는 놀라울 정도로 변이되었다. 기동 능력이 떨어지는 인간형이라는 단점을 극복할 정도로 육체는 크게 변했다.

순간 가속력을 높이기 위해 우선 하체가 발달하였고, 주무기로 사용되는 손톱의 위력을 더욱 크게 하기 위해 삼각근과 견갑골 쪽(흔히들 날개뼈라고 부르는 부분)이 발달하였다. 거기에 피부는 어떤가. 마치 갑옷을 연상시키는 온몸을 두르는 경질화된 피부는 여간 단단해 보이지 않았다.

도대체 저렇게 변이되기 위해서는 얼마만큼의 힘이 필요할까. 에너지 보존의 법칙을 여지없이 무시해 버리는 장면이 아닐 수 없었다.

'네거티브 플레인과 연결되지도 않았거늘.'

성진은 감탄하고 말았다. 다크 엘프로 변이된 세르피아가 보여준 치가 떨릴 정도로 강력한 재생력만큼은 아니지만 저 정도면 충분히 사기적이었다. 그러나 온갖 사기적인 능력으로 도배를 한 성진에 비하면 저 정도는 당연히 용납되어야 했다.

솔직히 저 정도는 되어야 멸절자라고 명함을 내밀고 다닐 만했다. 성진의 발밑에서 꿈틀거리던 한 마스터도 기이한 빛을 뿜더니 타 들어가던 육신이 조금씩 재생되기 시작했다.

"음?"

죽으리라 생각했고, 그러라고 갈겨 버린 입자빔을 맞고도 마스터는 살아나고 있었다.

"권능?"

권능이다. 치유의 권능이라니. 그것도 전사가. 전혀 생각지도 못했다. 바퀴벌레보다 끈질긴 마스터의 생명력에 치유의 권능이 더해지니 죽음의 문턱에 발을 내밀었던 붉은 머리의 마스터는 겨우 목숨을 건졌는지 더운 숨을 내쉬었다. 아마도 전투가 시작되기 직전에 자신의 몸에 걸어둔 모양이다.

"현명하군."

성진의 중얼거림을 들었는지 붉은 머리의 마스터가 꿈틀거리더니 미약한 목소리로 답했다.

"고오… 맙… 군."

"흠? 의식까지? 현혹된 정신이 돌아왔나 보군요."

그의 정신은 강력한 현혹의 힘을 가진 멸절자에게 속박되었다. 등에 느껴지는 고통에 몸부림치던 그는 성진의 말에 고통도 잊고 말았다. 부끄러웠다. 마스터나 되어서 현혹되다니.

성진의 발목을 잡기 위해 그와 싸울 결심을 굳힌 그였지만 성진 때문에 제정신을 찾고 보니 도저히 싸울 상태도 아니었고, 기분도 안 났다. 그는 그대로 누워 상처를 치유하기로 결심하였다.

"전장에서 물러나시오."

성진이 손을 내젓자 무형의 힘이 붉은 머리와 의식 불명의 짧은 머리 마스터를 감싸고는 공터 저쪽으로 밀쳐 냈다. 마침 그쪽에는 아까 성진이 내갈긴 화살촉의 위력이 가장 크게 미친 지역이라 병사들이 도망가 버리고 없는 지역이었다.

짐짝이나 다름없는 취급에도 그 마스터는 아무런 말도 할 수 없었다.

성진은 변이하고 있는 멸절자들을 바라보았다. 틈을 줄 생각은 없었다. 성진은 그의 권능을 발했다. 그러자 그의 두 주먹이 영롱한 백색으로 물들었다.

하늘은 높고 높아 그 끝을 알 수가 없도다.

무한의 심결이 발휘되었다. 이것은 그의 영성이 관계되는 힘. 권능이다. 권능을 체계화하여 심결로 정리하자 더욱 강력하였다. 성진은 다시금 걸었다. 벌써 세 번째? 알 수 없었다. 상대와의 거리를 0으로 만들어 버리는 성진의 걸음은 쓰면 쓸수록 능숙해졌다. 물론 그에 따라 소모되는 힘의 양은 장난이 아니지만.

그러나 그런 소모를 감수하고도 이 기술은 매우 쓸모있었다. 거리를 다룬다는 것은 또 하나의 무기였다. 아직 변이되지도 못한 멸절자의 바로 코앞에 도달하였다. 부릅뜬 눈은 마치 '이 비겁한 놈!' 이라고 외치는 듯했다. 그러나 성진은 가차없었다. 하나라도 숫자를 줄이는 게

편하니 말이다.

무한의 파괴력을 담은 그의 주먹이 변이 중인 멸절자를 후려치려 했지만 이미 변이를 마친 붉은 멸절자가 먼저 성진의 등을 후려치고 있었다. 거기에 담긴 예기와 기세는 결코 무시할 수 있는 수준이 아니었다.

'권능?'

모든 것을 말살시키는 권능. 본능적으로 느껴졌다. 역시나 힘만으로는 되지 않는다. 멸절자는 과연 그 이름답게 모든 것을 사라지게 만드는 힘을 가지고 있었다. 변이를 마치고 난 멸절자는 방금 전과는 천양지차였다. 그냥 심결로 형성된 방어력만 믿고 있기에는 너무 위험한 듯했다.

성진의 신형이 순식간에 뒤집어졌다. 워낙 빠르게 바뀐 나머지 마치 검은 머리 위로 하얀 얼굴이 불쑥 솟아난 것 같은 착시가 생길 정도였다.

무한의 힘을 담은 성진의 주먹이 펼쳐졌다. 그리고 그 위로 멸절의 힘을 담은 멸절자의 손톱이 떨어져 내렸다.

쩌어어엉!

지금껏 격돌해 보지 못한 두 가지의 절대적인 힘이 부딪쳤다. 그리고 그 위력은 세상을 놀래켰다!

손톱과 주먹이 격돌한 지점의 공간이 일그러지더니 파도처럼 출렁였다. 두 가지의 상반된 힘이 격돌하면서 발생한 충격파는 공간을 울리며 퍼져 나갔다. 음속도 따라잡을 수 없는 속도로 퍼져 나갔다. 지면이 꿈틀거리며 파도 치고 대기가 미친 듯이 요동치더니 격돌 지점 바로 위로 용권풍이 생겨났다.

자연의 메커니즘도 이 순간에는 그 작용을 다 할 수가 없었다. 요동치는 힘은 대기의 순환을 방해하다 못해 역류시켰고, 충격파가 퍼지지 못하고 뭉치더니 서로 울려댔다.

끼아아아앙—

끄르르르릉—

전자음으로도 재현하지 못할 기음이 울려 퍼지며 사방을 난도질했다. 두 거대한 존재가 만들어낸 재앙은 크라인 왕국군을 강타했다. 소음과 충격이 육십만 대군과 그 병참 인원을 유린했다.

"크아아아악!"

"사, 살려줘어!"

도망쳐도 소용없다. 엄청난 속도로 퍼져 나가는 재앙은 어차피 카밀 왕국군의 진영에도 미칠 것이기 때문이다.

쿠르르르응—

충격파는 불도저처럼 군대를 밀어버렸다. 그렇게 한차례 충격파가 평원을 휩쓸고 지나가자 제대로 서 있는 사람은 아무도 없었다. 다행히 서로 상쇄되어 사람이 죽을 정도로 강한 파동은 아니었지만 내장을 흔들어놓는 위력이니 그 충격에 어찌 민간인이 버틸 것인가. 일부 내장 기관이 좋지 못한 사람들은 그 충격에 내장이 파열되어 복강 출혈로 죽어갔다.

그 재앙의 근원지라고 할 수 있는 성진과 멸절자도 당연히 무사하지 못했다. 서로 상쇄될 줄 알았는데 반발하다니. 이건 예상치 못한 결과였다. 그리고 그 결과는 치명적이었다.

강력한 충격이 내장을 뒤흔들었다. 내장과 혈관 일부에서 출혈이 발생했는지 뱃속이 아릿했다. 복강 출혈이다. 성진은 그 짧은 순간에 창생력을 발휘해 몸을 구속했다. 본래대로 돌아가려는 성질, 자연 치유력이 급격히 올라가더니 복부에 차 오르던 피들이 다시 혈관에 재흡수되었고, 세포가 활성화되어 상처난 자리를 메워 나갔다.

눈 깜짝할 사이에 상처를 치유한 성진은 아직까지 경직되어 있는 멸절자의 사타구니를 쳐서 공중으로 띄워 버렸다. 하늘 높이 솟아버린 멸절자를 따라 성진도 공중으로 솟아올랐다. 동시에 변이를 끝마친 검은 멸절자도 허공을 날아올랐다.

잠시 후 하늘에서 거대한 폭음이 울려 퍼지며 섬광이 번뜩였다. 하늘은 경련하였다. 뇌전이 하늘을 가로지르며 밤하늘을 밝혔다. 마른하늘에 날벼락이라는, 딱 그 모습이었다.

콰과광! 쾅!

어두운 하늘에는 아무것도 보이지 않았다. 하긴 너무 높이 올라 맑은 날에도 보이지 않을 것이다. 그럼에도 겨우 충격에 벗어난 병사들은 일제히 하늘을 바라보고 있었다.

터지는 섬광과 벼락이 어울렸다. 그때 한줄기 광선이 하늘을 가로질러 평야 저편에 보이는 산에 떨어졌다.

번쩍!

엄청난 섬광이 터졌다. 순간적으로 눈이 멀어버릴 것만 같은 빛이 터지자 병사들은 자기도 모르게 눈을 감았다. 잠시 후 빛이 사라졌다. 빛이 가신 후에 보이는 광경은… 재앙이었다.

산 귀퉁이가 사라졌다. 하늘로 한껏 솟아오른 산기슭이 움푹 패어 있었다. 광선이 강타한 지점은 완전히 녹아버렸는지 발갛게 달아올라 있었고, 그 둘레로 대규모 화재가 발생해 붉은 화염이 넘실대고 있었다.

그들의 눈은 경악으로 풀려 있었고, 하나같이 입을 쩍 벌리고 있었다. 신이 싸우는 것 같았다. 전율스러웠다. 끔찍했다. 저런 존재에게 방금까지 검과 화살을 겨누고도 살아 있는 자신들이 믿기지 않을 정도였다.

특히나 자밀 공작은 더했다. 입가로 맑은 침이 흘렀다.

"신이여… 맙소사……."

저런 존재에게 군대란 아무런 소용이 없다. 백만이든 천만이든 무력할 뿐. 그제야 자밀 공작은 생애 최악의 실수를 저질렀다는 것을 깨달았다. 아울러 저런 존재가 군대를 전멸시키지 않은 것을 천만다행이라고 여겼다. 저런 광선이 단 한 발이라도 군대 한가운데 떨어진다면…….

"크어억!"

자밀 공작은 정신이 아득해지는 것을 느꼈다. 진작 후퇴했으면, 이런 피해를 입기 전에 후퇴했으면 하는 후회가 자밀 공작의 머리를 어지럽혔다. 하지만 어쩌랴. 이미 늦어버렸다. 저 괴물 같은 존재가 일으킨 대재난은 군대를 강타했다. 모르긴 몰라도 전투력의 삼분지 이 이상이 줄어버렸을 것이다. 살아 있으되 전투를 수행할 수 없는 인원이 많다는 것은 지금과 같은 대치 상황에서 최악의 상황이었다.

"끝이야! 끝!"

한순간의 실수로 조국이 패망하다니. 불타오르는 영광된 도시 시스만이 눈에 선했다.

그렇게 한 인간이 절망감에 빠져 몸부림치고 있을 무렵 크라인 왕국 군과 카밀 왕국군이 서로 대치하고 있던 벌판을 걷고 있는 일행도 그 광경을 보았다. 작열하는 섬광과 하늘을 가로지는 번개, 그리고 산을 날려 버리는 파괴적인 광선을.

"샤이라!"

칼이 애가 탔는지 그녀에게 다급히 외쳤다. 말하지 않아도 알았다. 샤이라가 급히 마법을 구현하자 성진과 두 멸절자가 벌이는 싸움이 일행의 눈앞에 생생하게 떠올랐다.

실로 장엄했다. 어찌 일개 마스터가 저렇게 싸울 수 있을까. 밤하늘은 어두웠으나 성진과 두 마스터는 빛나고 있었다. 각기 모든 것을 불태울 듯한 붉은 빛과 혼이 빨려들어 가도록 깊은 검은 빛은 끔찍한 멸절의 힘을 담고 성진을 먹어치우려 끊임없이 달려들고 있었다. 그리고 그런 위협을 맞아 성진의 빛나는 두 주먹은 무한의 힘을 머금고 그 힘에 당당히 맞서고 있었다.

"……."

길리언은 이루 말할 수 없는 감동을 받았다. 하늘을 가로지르는 위대한 이의 전투. 전설의 재현이자 새로운 전설의 시작이었다. 그리고 그 전설적인 존재에게 사랑받는 그 자신이 그렇게 자랑스러울 수가 없었다.

길리언이 그럴진데 다른 이들은 어떨까. 눈앞의 영상에서 눈을 뗄 수 없었다. 유려하게 움직이는 성진의 몸동작은 꿈이었다. 마치 부서지듯 잔상을 남기며 움직이는 그의 모습은 그토록 아름다웠다.

모두가 감동에 젖어 그 모습을 바라보고 있을 무렵 단 하나, 그랑디아만이 하늘을 바라보며 냉소를 띨 뿐이었다. 그리고 그 미소를 샤이라는 똑똑히 볼 수 있었다.

일행이 그렇게 감동의 도가니에 빠져 허우적거리는 것과는 달리 성진은 두 멸절자의 상상을 초월하는 힘에 정신을 차릴 수가 없었다. 너무 빨랐다. 물리 법칙에 얽매이는 육신이라 생각할 수 없을 정도의 빠르기. 너무나 빨라 마치 성진처럼 공간을 넘나드는 것이 아닌가 하는 착각마저 들게 만들었다.

하지만 그런 잡생각을 할 겨를이 없었다. 성진이 만들어내는 강력한 의지의 벽은 한 명의 멸절자가 펼쳐 내는 멸절의 권능을 막아낼 수는 있지만 두 멸절자가 동시에 한 지점을 타격하는 힘은 막아낼 수 없었다.

아무래도 면(面)보다는 점(點)에 모이는 힘이 더 강하기 때문이다.

매우 영리하게도 이들은 성진이 자신들보다 강하다는 것을 깨닫자 철저히 합격술로 성진을 공격하였다. 일 더하기 일이 반드시 이는 아니다. 수학에서는 그럴지 몰라도 자연 현상에서는 꼭 그리 보이지 않는다. 지금도 마찬가지. 두 멸절자가 합쳐서 발휘하는 힘은 셋, 넷에 해당하였다.

'흡!'

한 모금 숨을 들이쉰 성진의 신형이 무량의 심결에 탄력받아 다시금 무한으로 쪼개졌다.

파파파팍!

성진의 육신이 미묘하게 일그러지며 잔상이 만들어지기 시작하였다. 그 짧은 순간 멸절자들은 눈을 반짝이더니 성진의 잔상을 좇기 시작했다.

'흐음. 미숙한가?'

심결이 미숙한 것이 아니라 운용법이 부적합한 것 같았다. 이에 성진은 크게 다칠지도 모른다는 위협을 안고서도 연신 심결을 바탕 삼아 몸을 움직였다. 눈으로는 도저히 좇을 수 없는 어지러운 잔상을 멸절자들은 감각으로 좇아왔다. 솔직히 그것이 감각인 것인지 확신할 수는 없었으나, 아무튼 감지했으니 성진의 흔적을 따라 잔상을 부셔낼 수 있는 것이다.

머리 위로 손톱이 지나가고 코끝 1㎜ 앞으로 예리한 손톱이 스쳐 지나갔다. 짙은 독기를 품은 머리칼이 그의 의복 위를 훑고 지나가며 합성 섬유와 천연 섬유가 섞여 매우 질 좋은 그의 셔츠가 일부분 녹아버렸다. 성진이 마음에 들어하던 검은 망토는 이미 재가 되어버린 지 오래였다.

작정하고 피해 다니니 슬슬 흐름이 느껴졌다. 미묘한 타이밍으로 공격을 스쳐 가고 순간순간 어느 방향으로 타격이 들어올지 느껴가고 있었다. 잔상은 비단 잔상이 아니다. 그 하나하나가 남겨놓은 성진의 자취였으니 그 잔상이 깨어지며 얻어지는 경험이 그의 심결 속에 녹아들어 가기 시작했다. 그렇게 하나둘 무엇이 옳고 무엇이 그른지 깨달았다.

그러던 어느 순간 성진의 몸에서 잔상이 사라졌다.

"하하!"

너무도 기뻐 성진은 웃음을 터뜨렸다. 무량의 심결을 어떤 식으로 운용해야 하는지 완전히 깨달았다. 이것은 상대 거리를 0으로 축약시키는 제로 시프트와 일맥상통하며 더욱 복잡하였다. 단 한 걸음에 불과하지만 이것은 무량의 심결에 따라 백 걸음이고 천 걸음이고 될 수 있었다. 마음만 먹으면 지구 끝까지 한걸음에 갈 수 있을 것 같았다.

'하나는 곧 무한이 될 수 있다' 라는 심결이 둘로 치환되었다.

물은 무량으로 표현될 수 있다. 하나가 무한으로 나뉠 수 있는 것이 물이다. 그리고 그 물은 결코 잡을 수 없다. 물은 어느 곳에나 있다. 잡을 수 없으며 어느 곳에서도 존재하는 것. 유유한 흐름. 그것이 물이다. 더욱 나아가 물은 증발하여 구름이 되고 구름은 바람에 실려 세상을 떠돈다.

물과 바람은 무량이 되었다.

풍운이 조화를 이루니 그 모든 것을 아우른다.

풍운의 심결이 완성되었다. 기존 심결과 몇 가지 깨달음이 복합을 이루자 성진의 신형은 급변하기 시작했다. 마치 있으면서도 없고 없으면서도 있다. 이곳에 나타나도 어느새 저곳에 존재하고 있으니 공격하고 있던 멸절자들의 입장에서는 미치고 팔짝 뛸 노릇이었다.

"크아아아앙!"

—죽어라!

흉성(凶性)이 폭발했는지 공격은 더욱 거칠어지면서도 단순해졌다. 가장 강함은 어차피 가장 단순하게 표현해야 하기 때문이다. 그리고 그것은 곧 성진의 기회였다. 좌에서 우로, 그리고 우에서 좌로 가로지르는 두 멸절자의 횡공격을 간단히 피해 버린 성진은 몸을 움츠렸다.

성진의 뜻에 의해 주위 공기가 급격히 뭉치더니 폭발하였다.

쾅! 쾅! 쾅!

세 번의 폭발. 공기가 폭발하면서 생긴 압력은 멸절자에게 별다른 타격은 주지 못했으나 그들을 튕겨내기에는 족했다.

중첩된 압력은 종전의 위력보다 더욱 컸고, 그 압력에 두 멸절자는 볼링 핀처럼 튕겨졌다.

'지금이다!'

성진의 눈에서 시퍼런 신광이 폭사되며 그의 존재감이 기이할 정도로 강해졌다. 강력한 힘을 집중하기 위해 무한의 심결을 거둬들였다. 지극히 높아진 성진의 영성이 활활 불타오르며 빛나기 시작하였다. 적을 부수는 빛. 적을 멸하는 의지.

첫 번째 심결, 초월의 심결을 통해 그의 손에는 모든 것을 제압하는 강력한 의지가 서렸다.

의지의 검이 이제는 주먹이 되었다. 다크 엘프로 변해 버린 세르피아를 제압한 그 절대적인 힘이 셋씩이나 구현되었다. 솔직히 성진으로서는 무리가 아닐 수 없다. 그의 능력이 아무리 신장되었다고는 하나 네거티브 플레인을 끊어버렸을 때만한 강력한 의지를 셋이나 구현하는 것은 좀 지나쳤다.

하지만 일단 선기를 잡은 이상 어떤 식으로든 상대에게 타격을 줘야 했다. 그렇지 않으면 승산이 없다. 무리라는 것을 알면서도 하는 것, 그것이 흐름이다. 그리고 그 흐름을 정확히 잡아채고 느끼는 사람이

승자가 될 수 있었다.

그런 의미에서 이런 무지막지한 일격을 가할 수 있게 도와주는 심결은 대단한 셈이다.

풍운의 심결. 새로 완성한 이 풍운심결은 힘의 증폭도 가능했다. 낙숫물이 바위를 뚫듯 작게 모인 힘들이 엮어지고 짜여 더욱 강하고 질긴 힘으로 재탄생한 것이다.

사실 심결은 성진이 쌓아 올린 모든 것이다. 그가 깨달았던 허도(虛道)와 온갖 지식. 그리고 전투 경험 등이 녹아든 것들이다. 그 심결 하나하나를 일반인이 깨닫는다면 즉시 마스터의 경지에 오를 수 있는 값진 것. 그 진가는 지금 유감없이 발휘되고 있었다.

의지는 성진의 정신력. 이 힘은 성진의 정신력과 대상의 정신력을 격돌시켜 강한 쪽이 약한 쪽을 쳐부수는 데 있었다.

끌어 모아 내치는데 걸리는 시간차는 거의 없었다. 그리고 내지른 그의 손도 둘이었다.

그리하여 모든 것을 부수는 초월의 의지는 그들의 등에 작열하였다.

콰우—

소리도 폭발도 없었다. 성진의 의지가 상대의 육신이 아닌 정신에 정면으로 격돌하였다.

멸절자들의 정신력은 강했다. 그렇다고 하더라도 성진에 비할 수는 없었다. 공처럼 뭉쳐 있는 성진의 의지가 태양처럼 빛나는 멸절자들의 영혼 한복판으로 뛰어들었다. 세상이 바뀔 때마다 모든 것을 파괴시켰던 멸절자답게 그들의 영혼은 가장 순수했으며 강력했다.

그 압력에 콩알만하게 쪼그라든 성진의 의지는 외부의 압력과 반발

하려는 내부의 압력과의 균형이 깨지면서 제2차로 설정된 뜻에 따라
폭발했다.

　드드득―

　듣기 거북한 소리와 함께 멸절자들은 마치 벼락 맞은 것처럼 사지를
꼿꼿이 편 채 부르르 떨었다. 영혼 속에서 거대한 의지가 폭발했으니
당연한 결과였다. 이윽고 몸이 흔들리더니 땅으로 떨어졌다.

　성진은 속에서 치밀어 오르는 무엇인가를 삼키며 한 걸음 뒤로 물러
섰다. 순식간에 그들과 10미터의 간격이 벌어졌다.

　"하아……."

　한숨을 내쉬자 애써 억눌렀던 무엇인가가 결국 치밀어 올랐다.

　"쿨럭!"

　성진은 걸쭉한 피 한 모금을 토해냈다. 역시나 무리였다. 정신이 혼
미해질 정도의 타격이 그를 강타했다. 적은 어찌 되었는지는 모르나
폭발 시 생긴 반발력이 의지를 만들어낸 성진의 영성을 뒤흔들어놓은
것이다. 그 피해는 고스란히 내상이 되어 나타났다.

　영성이 흔들리자 그가 펼쳐 놓은 심결들이 깨졌다. 성진은 낙하하기
시작했다. 순간 생긴 딜레이가 온몸을 마비시키고 있었다. 땅에 부딪
치기 직전 그 경직은 풀렸고, 미약하게나마 풍운심결을 펼쳐 신형을 안
정화시켜 땅에 무사히 착지할 수 있었다.

　무리하게 심결을 끌어올린 탓인지 다시 영성이 흔들렸다. 다시 뭔가
가 울컥 치밀어 올랐으나 이번에는 기필코 참아내야 했다. 느껴지는
이것은 분명 광혈(光血). 토해내면 그만큼 영혼이 상처를 입는 것이니
매우 치명적이었다.

다행히 그런 피해를 감수하고도 모험을 한 효과가 있었는지 멸절자는 완전히 침묵하였다. 하긴 육신과 멸절의 의무를 수행하는 정신이 통째로 붕괴하고, 그것도 모자라 육신까지 으스러뜨렸는데 부활하면 그것은 신이었다.

'신으로도 모자라지.'

성진은 신도 방금과 같은 공격을 받으면 살아남지 못할 것이라고 자신했다. 스스로가 냉정히 평가해 봐도 끔찍한 공격이었다.

바람이 불자 멸절자들의 육신이 허물어져 내렸다. 생전에는 위대한 마스터였으나 멸절자로 변해 버린 이의 최후는 재였다.

이야기에 나오는 햇빛에 불타 버리는 뱀파이어처럼 애초에 없었던 것처럼.

"후우… 후우……!"

성진은 등을 젖히고 가슴을 활짝 벌려 크고 거칠게 숨을 쉬었다. 너무도 숨이 찼다. 아무리 심결로 육신의 움직임을 물리 법칙에서 벗어나게 했다고 하나 여전히 그 운동량은 엄청났다. 육신이 원하는 산소 요구량이 폐가 공급하는 산소량을 넘어버린 지 오래였다. 지독한 인내력이 없었다면 결코 견딜 수 없었다.

"후윽, 후후후후……!"

체온이 급격히 높아져 순식간에 섭씨 40도를 넘어섰다. 이제 1도만 더 높아지면 단백질이 노릇노릇 익어버릴 만한 고온이었다. 크게 흔들렸던 영성이 조금씩 안정을 되찾기 시작하자 이제 성진은 수분을 끌어모아 몸을 식혀야 했다. 겨우 이겼는데 제 스스로의 체온에 죽어버린다면 우스운 꼴이다.

그렇게 피식 웃어버린 성진은 물을 만들기 위해 창생력을 움직였다.
아니, 움직이려 하였다.

순간 서늘한 무엇인가가 뇌리를 스쳤다. 예지, 본능과 같은 능력이
발동되었다. 매우 기분 나쁜 느낌이 정수리를 스치는 순간 깊은 어둠
이 홀연히 땅에서 솟아났다. 기이한 위기감에 성진 자신도 인지하지
못하는 짧은 순간 풍운심결이 발동되었다.

스걱!

차갑고 예리한 무엇이 오른쪽 가슴을 찔렀다. 아마도 성진의 심장을
노린 것 같은데 성진이 상체를 틀어버리자 오른쪽 가슴을 찌른 것이다.
날카로운 그것은 가슴 근육을 찢고 폐를 관통하였다. 성진이 뒤로 물
러서자 가슴에서 검이라 추측되는 것이 빠져 나가며 그림자와 5미터가
벌어졌다.

폐를 관통한 검은 성진의 폐정맥을 스쳤는지 신선한 피가 폐에 가득
찼다. 뭐라 판단하지도 못할 짧은 순간에 폐활량이 절반으로 줄어들어
버렸고, 몸에서 기운이 급격히 빠져나갔다.

폐정맥은 폐에서 신선한 산소를 잔뜩 흡수한 혈액이 흐르는 정맥이
다. 한마디로 매우 중요한 정맥혈. 심장에 들어갈 피가 폐로 빠지니 심
장은 빈 채로 박동하기 시작했다.

그 위기에 발맞춰 그림자는 성진을 쫓았다. 산소가 뇌로 공급되지
않자 의식이 흐려졌다. 그런데도 성진은 연신 뒤로 물러서며 왼손으로
오른 가슴을 누르고 있었다.

"쿨럭!"

선홍빛 선혈이 기침과 함께 터져 나왔다. 위기의 순간이었다. 창생

력은 그 즉시 찢어진 폐정맥을 복구하기 시작했다. 하지만 멸절자들을 타격했을 때 생긴 반발력은 그의 영성을 아직까지도 뒤흔들어놓고 있는 상황이었다. 간신히 폐정맥을 복구하고 혈액을 흡수하기 시작했을 때 뒷걸음질치는 성진의 땅 주위가 폭발하며 대여섯의 신형이 그를 덮쳤다.

어둠을 걷는 자, 어둠의 암살자, 쉐도우 워커들이었다.

그야말로 지독할 정도로 시기적절한 기습이었다. 처음 기습한 자가 누군지는 몰라도 성진마저 알아챌 수 없을 정도로 가까이 접근하였고, 결국에는 기습에 성공했다. 폐를 관통하여 폐정맥을 찢어놓은 그 일격은 가뜩이나 엉망인 성진의 상태를 절당으로 몰고 갔다. 솔직히 이것은 대비하고 있었다고 해도 막을 수 없는 일격이었다.

'지독하군.'

미친 듯이 뒷걸음질치며 처음 기습한 자가 뿜어내는 가공할 만한 오러덩어리를 거우거우 흘려보냈다. 손에서 느껴지는 힘은 분명히 마스터다. 마스터가 각오하고 암살에 나서니 속수무책이었다.

그의 정신력은 창생력을 움직였고, 한편으로는 그의 목숨을 위협하는 검은 그림자와 쉐도우 워커 여섯의 공격을 피해야만 했다.

입을 벌릴 때마다 피가 넘어오니 말을 할 수도, 제대로 숨을 쉴 수도 없었다. 입술이 파래지더니 청색증이 나타났다. 고열에 산소 부족으로 발생한 청색증. 그것은 이제 얼마 안 가 성진의 근육이 무력화된다는 신호였다.

'정신력만……!'

흔들린 영성은 제대로 바로잡히려면 아직 조금 더 시간이 걸렸다.

그전에 근육이 먼저 풀리느냐 정신력이 안정화되어 권능을 발휘할 수 있느냐는 그야말로 시간 싸움. 세상을 파멸시키는 멸절자 둘을 상대하던 성진이 생각도 못한 일로 죽을 고비에 빠졌다.

치료의 권능으로 몸을 치유하고 있던 붉은 머리의 마스터는 성진의 그러한 위기를 그저 구경할 수밖에 없었다. 아직 척수가 제대로 재생되지 않아 몸을 움직일 수가 없었다. 아무래도 신경 세포가 밀집된 곳이다 보니 자연 회복 시간이 더뎠다.

붉은 머리의 마스터는 저 검은 그림자의 존재를 언젠가 본 적이 있었다. 잠시 기억을 더듬자 누군지 떠올랐다.

─존 다이크? 어째서 저자가!

붉은 머리가 발하는 뜻이 성진에게 전해졌다. 정신없는 와중에서도 성진은 붉은 머리의 뜻을 받았다. 누구냐고 묻고 싶지만 전의법을 펼칠 기력도 남아 있지 않았다. 그의 심정을 알았는지 붉은 머리는 존 다이크라는 인물에 대해 이야기하기 시작했다.

─저자는 대략 500년 전 쉐도우 워커의 전신이라 할 수 있는 암살자 집단에게 살해당한 마스터요. 당시 그의 손에 죽은 암살자들은 스물여섯 명. 전원 오러 유저였죠. 존 다이크는 최강의 전사라 할 수 있었습니다. 저희도 그가 암살자들에게 죽었을 거라고는 상상도 못했지요. 한데 지금에야 나타나다니.

하지만 성진은 느낄 수 있었다. 상대는 마스터가 아니다. 지금 영안이 닫혀 있기는 하지만 마스터 특유의 존재감은 느낄 수가 없었다. 분명 마스터 같기는 하나 마스터가 아닌, 괴이한 느낌. 이것은……

'무혼의 존재?'

그렇다. 혼이 없는 이들. 무혼의 존재. 딱 그 느낌이다. 그런데 그 느낌을 저자에게 받다니.

'윽!'

몸을 지탱하는 마지막 생기가 사그라지는 것이 느껴졌다. 무질서한 형태로 정신없이 피하던 성진의 신형이 처음으로 주춤했다. 그리고 그 틈을 놓치지 않은 존 다이크가 강력한 오러를 뿌렸다.

서걱!

몸통을 잘라 오는 그 힘을 피하기 위해 애써 상체를 뒤틀었지만 왼쪽 옆구리가 크게 베이는 것은 어쩔 수 없었다. 근막까지 베였는지 내장이 밖으로 튀어나오려 했다. 한 번 후청거리자 이제 쉐도우 워커들의 검까지 날아왔다.

결국 등을 가로지르는 거대한 자상을 입고서야 짧은 시간이나마 쉐도우 워커들의 위협에서 벗어났다. 하지만 그것은 아주 일시적인 것일 뿐 근본적인 위협은 아직도 그를 괴롭혔고 갈수록 더욱 심해졌다.

진퇴양난. 위기는 벗어나야겠으나 몸은 엉망이다. 정신력은 거의 복구가 완료되었다. 성진은 결국 자신이 할 수 있는 최악의 선택을 하기 시작했다.

'살을 준다!'

성진은 오른 가슴을 누르고 있던 왼손을 들어 존 다이크를 가리켰다. 상처를 복구하던 창생력까지 모조리 돌려 그의 팔꿈치 아래로 밀어 넣었다.

퍼버벅!

성진의 팔꿈치 아래가 그대로 터져 나가며 살점과 피가 존 다이크를 덮쳤다. 성진을 쫓아오며 오러를 날리던 존 다이크가 크게 놀랐는지 발을 멈추고 검을 휘둘렀다. 성진은 다시 팔꿈치까지 잘린 팔을 벌려 왼쪽을 가리키고 다시 한 번 터뜨렸다.

퍼벅!

다시 팔꿈치에서 어깨까지 터지며 그 파편들이 방사 형태로 퍼져 나 갔다. 살점과 피 속에 담긴 창생력은 무시무시한 파괴력을 담고 사방 을 유린하였다. 왼쪽을 덮쳐 오던 세 명의 쉐도우 워커가 파편을 피하 기 위해 사방으로 흩어졌으나 동작이 굼뜬 한 명이 그 속에 휩쓸렸다.

"크악!"

과연 성진의 한 팔을 희생한 대가는 무시무시했다. 살점 하나하나가 7.62㎜ 소총탄을 방불케 하는 위력이었다. 그것이 한꺼번에 장막을 이 루며 터져 나가니 그 위력은 능히 크레모아를 능가했다.

막고 자시고 할 사이가 없었다. 살점 하나, 피 한 방울, 뼛조각 하나 하나가 쉐도우 워커를 그대로 관통해 버렸다. 쉐도우 워커의 육신이 벌집이 되어버렸고 이윽고 허물어졌다.

성진의 팔을 통째로 날리며 만들어진 그 유기물 그물은 그를 죽이려 는 포식자들이 멀리 피해 도망쳐야 할 정도로 강력했다.

그렇게 팔을 희생한 대가로 성진은 그들의 포위망을 벗어났다. 그리 고 얻어진 3초. 단 3초의 여유. 그 여유가 탁해졌던 성진의 정신을 맑 게 하고 다시 지고한 영성에 불을 지폈다.

부우우웅—

피닉스가 불에서 다시 태어나듯 그렇게 성진은 부활했다. 폭풍과 같 은 기세로 일어난 창생력이 폐에 가득 찬 혈액을 재흡수하였고, 피부를 통해 직접 산소를 빨아들였다. 쉐도우 워커들의 포위망을 벗어나기 위해 희생시켰던 왼팔이 DNA를 기초 삼아 창생력으로 다시 재구성되었다.

투명한 빛이 성진의 왼쪽 어깨에 어리더니 팔 길이만하게 길어졌다. 빛은 더욱 짙어졌고, 잘려진 어깨에서 뼈가 만들어지기 시작했다. 팔꿈치 뼈가 만들어지고 팔뚝과 손목, 그리고 손뼈가 생겨났다. 다시 노란 빛이 팔을 감쌌다. 붉은 근육과 혈관, 신경과 힘줄이 뼈를 감싸고 나무뿌리처럼 손가락 끝으로 번져 나갔다. 다시 초록 빛이 번졌다. 성진의 구릿빛 피부가 어깨부터 손가락 끝을 감쌌다.

그와 동시에 초월, 무한, 풍운심결이 차례대로 발동하였다. 성진의 눈에서 시퍼런 빛이 뿜어져 나왔다. 위기를 극복하면 더욱 빛이 나는 법이다. 극한에 몰린 성진의 정신력과 육체는 다시 한 번 크게 기지개를 켰다. 그 어느 때보다 활기찼다. 영롱한 영기가 그의 몸에서 넘실넘실 피어올라 어둠을 밝혔다.

그 장엄한 모습에 병사들조차 공포를 잊고 침을 꿀꺽 삼켰다.

몸이 타올랐다. 그의 영성은 과거 다크 엘프와 싸우던 격전 당시의 장엄하게 빛났던 그때를 되찾았다. 힘이 차 올타 폭발할 것만 같았다. 마음이 펼치고 온몸을 두르는 세 가지 심결을 펼치고도 힘이 남았다. 마침내 성진은 그 스스로가 한계라고 여기던 세 번째 심결을 넘어 네 번째 부동심결을 떠올렸다.

초월심결(超越心訣).

의지는 모든 것을 제압한다.

부동심결(不動心訣).

동(動)하지 아니하니 불변이라.

무한심결(無限心訣).

하늘은 높고 높아 그 끝을 알 수가 없도다.

풍운심결(風雲心訣).

풍운이 조화를 이루니 그 모든 것을 아우른다.

지금껏 새겼던 심결을 모두 펼쳐 다시금 새기자 제각각인 심결끼리 조화를 이루더니 상승효과를 만들어냈다. 횃불처럼 타오르던 영성은 마침내 작열하기 시작하였고, 그 빛은 태양과 같았다. 몸 위로 피어오르던 영기가 뭉쳐 그의 몸을 둘렀다.

지극한 영성과 극한에 다다른 육체의 힘이 가장 영광된 이의 상징이라는 후광(後光)을 만들었다.

"우아아아아아!"

—우아아아아아!

벅차오르는 느낌을 견디지 못한 성진은 포효했다. 그 속에 가득한 현기와 힘이 마침내 평원을 흔들고 공간의 벽을 넘어 세상에 퍼져 나갔다!

콰르르릉—

그 강력한 힘에 대평원의 지반이 흔들렸다. 지표 깊숙한 곳에서 유유히 흐르던 마그마가 그의 힘에 감응하고는 꿈틀거렸다. 성진의 강력한 존재감에 세상이 흔들렸다.

—놈!

　분노한 성진이 존 다이크를 가리키자 그 기세와 위압감에 존 다이크
의 육신이 속박당했다. 직접 가리키지는 않았지만 사방을 옥죄는 그
기세에 쉐도우 워커들은 벌벌 떨었다. 밤을 물리치는 성광을 피워 올
리는 성진의 모습. 그 분노를 정면으로 받으니 두려움을 모르는 쉐도
우 워커조차 머리가 터질 것 같고, 심장이 오그라들 것 같았다.

　마침내 기세를 견디다 못한 두 명은 심장이 터져 버렸고, 나머지는
급격히 높아진 혈압으로 뇌 혈관이 파열되어 즉사하였다.

　"크으윽!"

　성진의 시선이 존 다이크를 향하자 그는 신음을 흘리며 저도 모르게
무릎을 꿇었다. 강력한 성진의 기세. 빛나는 그의 모습에 과거 마스터
였던, 이제는 암살자가 되어버린 그가 견뎌낼 수 있을 리가 없었다.

　성진이 존 다이크를 향해 손을 펼치자 기이한 흡입력이 존 다이크의
몸을 빨아들였다. 존 다이크는 반항할 수 없었다. 성진이 발하는 강력
한 의지의 일부가 존 다이크의 척추신경을 잘라 버렸다. 온몸의 통제
권을 상실해 버린 존 다이크가 할 수 있는 것은 그저 눈을 떠 성진을
바라보는 것뿐.

　존 다이크의 목을 쥔 성진의 손에서 강렬한 기세가 일어나 그의 육
신으로 해일처럼 밀려갔다. 마스터의 강력한 흑마력이라든지 확고한
자아 등을 모조리 깨뜨렸다. 성진은 존 다이크의 정신을 무자비하게
찢고 들어가 기억을 들춰냈다.

　성진의 정신에서 일어난 한 가닥 선이 존 다이크의 정신과 연결된
순간 성진은 그의 기억을 모조리 읽어 내려갔다.

성장.

깨달음.

작은 인연에 의한 인세의 개입.

초기 쉐도우 워커들에 의한 암살.

그 참혹했던 기억을 성진은 읽어 내려갔다. 그리고 그가 매우 중요한 열쇠라는 것을 알았다. 이 다음부터 읽어 들이는 기억, 그것이 중요했다. 이 부분에 대한 존 다이크의 기억은 존재하지 않았다. 이제부터의 기억은 바로 카르노가 존 다이크에게 해주었던 이야기였다.

"너는 어찌 보면 나에게 매우 중요한 존재이다. 네가 현 쉐도우 워커의 수장이라는 것 때문만은 아니다. 네가 나를 300년 동안 보좌했다는 것도 네 존재에 비하면 그리 큰 게 아니다. 너는 로이드 가의 은인이며, 나에게는 깨달음을 안겨준 크나큰 선물이다.

네크로맨시를 공부하던 나에게 있어서 너란 존재는 큰 선물이었다. 너를 통해 한계를 뛰어넘어 마스터로서 각성할 수 있었다. 세상에 잠재된 음모도 알았다. 아카식 스트림의 눈에서 벗어날 수 있는 방법도 알았다. 마스터의 육신을 가지고 있으면서도 되살아난 너는 그런 존재다."

성진은 존 다이크의 목을 틀어쥔 손을 풀었다. 존 다이크는 인형처럼 허물어졌다. 척수가 끊어졌으니 당연한 것. 카르노의 경이로운 네크로맨시와 마스터의 육신이 빚어낸 최고의 결과물이 바로 존 다이크.

그리고 그 결과로 탄생한 것이 홀로 생각하며 사랑할 줄 알고 자식까지 낳으며 살아가다 죽을 수 있는 존재이다.

세상의 흐름을 지배하고 풀어나가 미래를 개척해 나가는 아카식 스트림의 통제가 필요없는, 글자 그대로 독립된 존재. 어찌 보면 지성체가 그 누구의 간섭도 받지 않은 채 스스로 미래를 만들어갈 수 있는 가능성을 만든 것이다.

혼이 없다는 것도 성진의 잘못된 판단이었다. 아니, 성진뿐만 아니라 다른 모든 이들도 그렇게 판단하였다. 이미 회귀하여 세상에서 손을 뗀 전대 마스터들까지도.

아카식 스트림은 모든 지성체의 영혼에 특별한 코드를 심어놓았다. 생전에 살아가며 얻은 모든 경험들이 죽음의 순간 소멸하지 않고 아카식 스트림에 곧장 빨려올 수 있게 만드는 특별한 신호를 새겨놓은 것이다. 카르노는 그러한 코드를 삭제하였고, 그 결과 인간을 '해방' 하였다.

환하게 불타오르던 성진의 후광이 사라졌다. 진실에 한 걸음 더 다가서자 더욱 복잡해졌다. 한 가지 분명한 것은 카르노의 목적 중 하나는 아카식 스트림의 저지였다. 그 영향을 완전히 배제하는 것.

'그래서 나를 군대 한복판으로 몰아넣은 것인가?

모든 생물은 죽으며 특별한 신호를 발산한다. 아카식 스트림은 그러한 신호에 민감하다. 신호가 오면 영혼에 담긴 정보가 아카식 스트림을 유지하고 구동시키는 동력이 된다. 행성 에너지도 그 중요한 에너지원이기도 하였지만 가장 중요한 것은 영혼의 정보.

카르노의 손길에 의해 '가공' 된 사람들은 신호는 가지고 있으되 아카식 스트림으로 가지고 가는 정보가 없었다. 이들이 죽어도 영혼은 강력한 흡입력을 가진 아카식 스트림에 빨려들어 간다. 하지만 가지고 가는 정보가 없다. 그 결과 아카식 스트림은 영혼이 '없는' 것으로 인식하는 것이다. 거대한 순환계로 들어온 영혼과 '없는' 것으로 인식된 아카식 스트림 사이에 오류가 발생한다.

그 영혼이 하나가 아니고 수백, 수천, 수만에 달하면 사태는 심각해진다.

'시스템 다운인가.'

마치 불완전한 OS로 구동되는 컴퓨터처럼 셧 다운되고 마는 것이다.

"……."

한데 왜 카르노는 아카식 스트림을 멈추려 하였을까. 아카식 스트림은 모든 것을 지탱하는 주춧돌이다. 그 주춧돌이 무너지면 세상은 붕괴한다. 법칙이 깨지고 인과율이 어긋난다. 어쩌면 차원 자체가 붕괴하여 세상은 한순간 사라져 마치 꿈처럼 덧없게 된다.

애초에 없었던 것처럼.

어렴풋이 느껴지는 거대한 계획.

성진의 출현을 예고한 예언.

그 예언을 신봉하는 신이라 자청하는 관리자들.

죽음을 통해 깨달은 데스 마스터 카르노.

"결국 머리가 없군."

사건의 시작과 그 모든 것을 쥐는 열쇠가 없다.

전의가 사라졌다. 불타오르던 영성은 다시 진정을 되찾았으며 성진의 몸을 두르던 심결들도 거둬졌다. 남은 것은 피해자뿐.

무엇을 위한 싸움인가.

"허무하군."

성진은 피에 젖은 오른 소매를 찢어 바람에 날렸다.

말 그대로다.

허무했다.

그대로 돌아가 버릴까 생각했지만 아직 해야 할 일이 남았다. 그냥 가버리기에는 카르노의 뜻대로 꼭두각시 놀음 하는 이들이 너무나도 가련했다.

─이 평원에 서 있는 자들이여.

성진의 뜻이 크라인 왕국군을 울렸다. 공포와 경외로 얼룩진 사람들의 시선이 성진을 향했다. 성진은 그 모든 사람들의 시선을 받으며 말했다.

─무기를 거둬라. 군대를 물러라. 피를 흘리지 마라. 더 이상의 전쟁도 없다. 집으로 돌아가라. 만일 이를 따르지 않을 시…….

성진의 손에서 바람이 일었다. 바람은 빛이 되었고, 빛은 날카롭고 매우 파괴적인 창이 되었다. 창은 하늘을 찔렀다. 하늘 높이 솟아오른 창은 폭발을 일으켰다. 그렇게 어두운 밤하늘, 또 하나의 태양이 생겼다. 태양은 대평원을 비쳤다.

─멸망이 그대들을 덮칠 것이다.

모든 병사들의 몸에 소름이 일었다.

성진은 물러갔다. '시작은 미약했으나 그 끝은 창대하였다' 라는 성경의 구절처럼 성진은 조용히 다가와 모든 것을 휘감는 폭풍처럼 군림했다.

단 두 시간의 결과. 전투라고 부를 수도 없는 파괴적 행위가 자행된 뒤에는 허리케인이 지나간 것과 같은 흔적만이 남았을 뿐이었다.

창세력 제2기 8013년 4월 6일.

자밀 공작은 스스로 사령관 직위를 물러났고, 부사령관은 카밀 왕국에 사신을 보내어 패배를 선언한다. 부사령관은 공식적인 자리를 마련하여 카밀 왕국의 수도에서 행한 크라인 왕국의 테러 행위를 인정하였다.

카밀 왕국군도 당황해하기는 마찬가지였다. 별안간 발생한 지진과 한줄기 섬광이 산을 날려 버리는 광경. 그리고 깜깜한 밤, 평원의 하늘에 나타난 작은 태양도 보았다. 크라인 왕국군이 새로운 무기로 무장한 것은 아닌지 전전긍긍하던 카밀 왕국군도 돌연 제의해 온 패배 선언서를 받아 들고는 당혹과 의심에 휩싸인 것은 당연한 것이었다.

어쨌든 그렇게 전쟁은 끝났다. 그러나 전쟁은 끝났으나 모든 것이 끝나지는 않았다.

왕국에서는 인정하지 않았다. 제대로 된 전투 한 번 치르지도 않고 패배했다는 것을 도저히 인정할 수 없었다. 왕궁으로 접수된 보고서조차 믿을 수 없었다.

길길히 날뛰는 국왕은 결국 사령관과 부사령관을 직위 해제시키고 새로운 사령관을 부임시켰으나 이번에는 군 수뇌부를 비롯하여 전 군대가 전투를 거부하게 된다.

새로 부임한 사령관은 구금당했고, 카밑 왕국은 남부로 향하던 군단들을 비롯해 모든 군대를 철수시켰다. 전쟁은 흐지부지하게 끝나 버렸다.

왕실은 군대의 전투를 독촉하기 위해 최후의 수단을 강행하였다. 군단장의 식솔을 잡아들이기 시작한 것이다. 애초에 혹시 모를 사고를 방지하기 위해 군단장으로 편성될 귀족 가문을 따로 분류해 놓았던 왕실은 즉각 행동에 취했고 이 사실을 통신을 통해 공포하였다.

크라인 왕국군 수뇌부는 그 사실을 받은 즉시 마법 통신 장비를 파기하였다. 역모니, 반군이니 분노하던 왕실의 말대로 크라인 왕국군은 정말로 칼자루를 바꿔 쥐었다. 수도로 진군하는 정규군. 남은 것은 이제 반군으로 변해 버린 크라인 왕국의 정규군과 각 지방에서 일어난 대규모 민란뿐.

그 어떤 것도 알 수 없는 어두운 터널 속으로 세상은 달려가고 있었다.

제9장 혼돈(混沌)

『그는 그렇게 바람을 맞고 서 있었다. 그 앞에는 패배한 검사들이 있을 뿐. 그렇게 자유 기사 칼은 신화를 써 내려갔다. 칼은 검을 뽑아 하늘을 찌를 듯 쳐들었다.

"다시 한 번 주어진 세상이다. 다시 한 번 시작된 삶이다. 더 이상의 혼란은 용서하지 않겠다. 혼돈이야말로 우리의 적. 우리는 살아가고 사랑하며 행복해야 할 권리가 있다. 평화라는 이름으로 병사들을 전장으로 내몬 위정자들이야말로 우리의 적. 자, 이제 나와 함께 궐기하자. 나 칼 마르헨은 그런 그대를 위해 검을 뽑겠다. 그대들에게 향할 검을 내가 맞이하겠다. 그러니 병사들이여, 한 여인의 자식이며 남편들이여, 나에게 힘을 달라. 그대들이 맞이할, 그대들의 자식이 맞이할 그러한 세상을 위해 그 값진 피를 조금만 더 흘려달라."

이것이 역사를 통틀어 가장 위대한 검사라고 이름 붙었으며, 20년 동안 전장을 휩쓸며 공화군을 승리로 이끌었던 칼이 행한 최초의 연설이었다. 통일력을 만든 이도 그였으며, 오늘날 공화국이라 불리는 나라를 세우면서도 끝내 통령이 되기를 거부한 사나이였다. 그의 연설은 위대하였으나 한 가지 의문점이 지금까지 제기되고 있었다. 다시 한 번 주어진 세상과 다시 한 번 시작된 삶이라는 말은 칼 리터 마르헨이 귀천한 지 100년이 지난 지금도 풀리지 않은 수수께끼로…〈후략〉…』

통일력 130년

아르테미스 제시카 저 검왕, 그 위대한 행보를 걷다 중 발췌

제19장 혼돈(混沌)

창세력 제2기 8013년 4월 25일.

크라인 왕국의 수도 시스만은 그야말로 발칵 뒤집힌 상황이었다. 이미 거리에 사람들이 사라진 지는 오래다. 물가는 폭등했고 인심은 흉흉해졌다. 사재기 열풍으로 인해 식료품 가게는 물품이 거덜난 지 오래다. 성도를 들어가는 문만 열려 있을 뿐 나가는 통로는 폐쇄되었다.

그것은 삼 일 전 날아온 크라인 왕국군의 회군 소식 때문이었다. 마법 통신의 불능으로 인해 기사들이 총인원 삼백만에 달하는 크라인 왕국 정규군을 뚫고 가까스로 시스만에 도착하였다. 겨우 탈출한 한 기사의 입을 빌어 회군 사실이 왕실에 전해지자 왕실은 경악하였다.

혹시나 했던 사실이 역시나가 된 것이다. 그렇지 않아도 각지에서 연이어 날아오는 반란 소식에 골머리를 썩고 있던 차에 그야말로 폭탄 같은 소식이 터진 것이다. 전장에서 다시 각 지방으로 돌아가기 위해 군단의 대다수가 해체되었다고는 하지만 자밀 공작이 이끄는 정규군 10만은 수도를 향하고 있다는 것이다.

"이건 말도 안 돼! 숙부님이! 자밀 공작이!"

처음 그 소식을 들었을 때 국왕은 들고 있던 서류를 내던지며 외쳤다. 말이 되든 안 되든 연이어 도착하는 소식은 그것을 입증하였다. 반란죄를 뒤집어쓰고 싶냐고 협박하라던 어느 대신의 말을 들은 것이 아니었다. 정말로 숙부는 조카를 죽이기 위해 칼을 든 것이다, 그토록 믿었던 숙부가.

역모죄는 대공이라 해도 피해갈 수 없다. 왕실로서는 최후의 수단으로 왕가의 혈통을 이어받은 자밀 공작가를 인질로 삼았지만 크나큰 실수를 저지른 셈이었다.

자밀 공작은 똑똑했다. 카밀 왕국군과 싸우면 성진이라는 마스터로 인해 삼백만에 이르는 사람들이 죽는다. 나라가 망한다. 그리고 자신도 죽는다. 하지만 회군하여 자신이 왕이 된다면 자신도 살고 삼백만의 사람들도 살 수 있다. 왕가의 피를 이어받은 만큼 크라인 왕국도 존속할 수 있다.

더군다나 수도를 경비하고 있는 병력은 극소수. 이길 수밖에 없다. 자국의 수도이니 당연히 화살을 날리고 칼을 휘두를 생각은 없지만 그저 포위만 하고 있어도 그 효과는 대단하다.

그의 부친이자 현 국왕의 조부인 분이 왕위를 자신의 큰아들에게 물려준 이후 버렸던 국왕의 꿈. 버렸던 꿈이 눈앞으로 다가오자 그는 돌변했다. 온갖 상황이 그를 유리하게, 그리고 당연하게 이끌었으니 그의 피가 꿈틀거렸다. 모든 이들에게 군림하는 왕의 꿈. 그 꿈에 불이 붙었다.

자밀 공작은 달변가였다. 자밀 공작은 국왕이 나라를 위해 검을 든 그들을 역도들로 매도하였고, 전원을 반역자로 선포하였다고 당당히 밝혔다. 그의 연설은 매우 교묘하였으며, 선동적이었다. 병사들은 대번에 자신들의 가족을 구하기 위해 가자고 외쳤다. 성진의 절대적인 무력과 협박, 그리고 자밀 공작의 절묘한 연설. 그것들은 매우 큰 상승 효과를 일으켜 현 국왕은 위정자요, 패악한 폭군으로 변했고, 자밀 공작이야말로 혼란한 크라인 왕국의 새로운 빛이 될 인물로 인식되었다.

사태를 뻔히 알고 있는 장교들도 같은 길을 걸어야만 했다. 병사들이야 그저 명령대로 움직이는 존재지만 장교들은 군단장이 내린 명령을 병사들에게 연결하는 다리이다. 장교야말로 반역 시 처형 1순위인 것이다. 더군다나 반정에 성공하면 크나큰 보상이 주어진다고 하였으니 당연히 자밀 공작을 따를 수밖에 없었다.

군종사제들과 마법사에게도 합당한 보상을 약속하였다. 그렇지 않아도 강제 징병당한 이들이다. 자밀 공작은 이들에게도 좋은 조건을 제시하였으며, 강제 징용으로 인해 현 정권에 불만을 품은 이들은 이에 응하였다.

모든 것이 갖춰진 반정, 당연한 선택. 바보라도 할 수 있는 선택이다. 그의 가족들을 인질로 삼았어도 차마 죽일 수 없다는 것을 자밀 공작은 알고 있었다. 죽인다면 당장 10만에 달하는 군의 총공격을 받게 될 것을 왕실에서도 알고 있었기 때문이다.

물론 여기까지의 사실을 왕실에서는 알 리가 없었다. 하지만 수도를 포위하기 위해 진군하는 군대에 대한 정보만이 왕실에 흘러 들어갔을 뿐. 그러기 위해 단 한 명의 기사만을 온전히 빠져나갈 수 있도록 조취를 취해놓았었다.

왕실에서는 이 정보가 밖으로 흘러간다면 대규모 혼란이 발생하리라 예상하고 입단속을 시켰지만 한 고위 관료가 가족들을 대피시키기 위해 꺼낸 말을 하인들이 들었고, 하인들은 다시 그 사실을 자신들의 가족에 알리면서 수도 시스만에 널리 퍼져 버렸다.

사람들은 거리로 뛰쳐나와 생필품을 사재기하거나 피난을 가기 위해 거리를 나섰다. 거리는 온통 평민이나 귀족들의 마차로 가득 메워졌다. 하지만 피난 행렬은 국왕의 지시에 내려진 봉쇄령에 의해 끊겨 버렸다. 일부 고위 관료의 가족들만이 뇌물을 써서 피난했을 뿐 나머지는 수도에 잔류할 수밖에 없었다.

이들은 유용한 방패막이이다. 도망가 버리면 국왕 일가는 그야말로 벗은 몸이 된다. 인질로 삼아 군대를 회유할 수 있는 마지막 수단이니 결코 포기해서는 안 되었다.

남아 있는 시스만 인구의 대다수는 여인과 아이, 그리고 노인이었다. 그들은 병사들의 가족이었던 것이다. 그들은 공포에 떨었지만 다른 한편으로는 병사들이 국왕을 몰아내고 자밀 공작을 새로운 국왕으로 세우기 위해 수도로 향한다는 소문에 한가닥 희망을 품고 있었다.

이래저래 수도의 하늘에 낀 먹구름은 가실 줄을 몰랐다.

시프 길드는 창립 이래 가장 바쁜 나날을 보내고 있었다. 수도에서 한 마스터가 나타나 크라인 왕국군 육십만 대군을 휩쓸었다는 소식이 알려지면서 길드는 발칵 뒤집혔다. 더군다나 그 마스터의 명대로 크라인 왕국군이 물러섰다는 이야기는 더욱 놀라웠다. 육십만 대군이 단 한 명의 마스터를 당해내지 못해 패퇴했다는 사실은 웬만한 사건 따위는 웃어버리는 타슈마저 놀라킬 정도로 컸다.

소식을 접한 타슈의 첫마디가 '이거… 어디서 베껴온 소설이야?'일 정도니 오죽하랴.

소식만 충격적이라면 다행이지만 그로 인해 세워놓았던 계획이 와르르 무너졌다. 그렇지 않아도 한 번 무너진 계획이었거늘 또 한 번 무너진 것이다. 이차 보고를 통해 대군을 패퇴시켰던 마스터가 성진 같다는 보고는 타슈를 절망의 구렁텅이로 빠뜨려 버렸다.

단지 성진 같다는 보고면 다행이다. 아니, 다행일 것도 없다. 더 이상 악화될 것이 없으니. 문제는 성진이 발휘한 능력에 있다. 그 전율스러운 힘이 바로 휘라인 교단의 법력 같다는 것. 그들 휘라인 교의 사제들이 느낀 법력의 유동은 그 어떤 고위급 사제도 펼쳐 보이지 못한 엄청난 지배력에서 기인한다는 것이었다.

덕분에 휘라인 교의 사제들 사이에서 전투를 하던 성진이 그네들의 사도일지 모른다는 추측—신이라고 하기에는 그들의 담이 너무도 작았다—이 군 내에 퍼지기 시작하였다.

신의 사도일지 모른다는 추측. 그것은 가뜩이나 바싹 긴장한 타슈의 신경을 벼랑으로 몰아버리기에 족했다.

"흑흑흑. 왜 하필 내가 지금 길드 마스터인 거야……! 왜! 왜! 왜!"

독한 버몬트를 손에 들고 주정을 부려대는 타슈를 위로한 이는 가우스였다. 두 사람의 성격이 비슷하다는 이유도 있었지만, 성진과 타슈 사이에 얽힌 악연을 타슈의 구구절절한 주정을 통해 들었기 때문이다.

"힘내요. 뭐, 고귀하다는 엘프를 가지고 장난친 것은 당신들이잖수."

"…위로냐, 염장이냐……?"

"좋을 대로 생각해요. 엘프하고 같이 다니는 남자이니 평범하지는 않다고 생각했는데, 이제 보니 무지하게 강한 사람이네. 더군다나 신의 사도라니. 신의 사도면 직접적인 대리인 아니에요? 휘라인 교단이 펼치는 그 법력이라는 게 무지막지하게 강했는데……. 신의 사도면 오죽할까. 그런 사람의 마누라를 건드렸는데 조용히 넘어가리라 생각했단 말이에요?"

"흐으윽! 이미 대가는 치뤘다고! 어쎄신 절반 이상이 박살나고 온갖 계획이 무너진 건 뭔데!"

울면서 절규하는 모습이 자못 불쌍하기도 하였지만 술병을 휘두르며 술을 사방으로 날리는 행동이 더불어 이루어지다 보니 짜증만 되려 났다. 하지만 가우스는 짜증을 참으며 애써 위로했다.

"그걸로 충분했다고 생각해요?"

"……."

　가우스의 마지막 말에 타슈는 완전히 이성을 잃어 날뛰었다는 여담은 뒤로 미루고, 아무튼 그날부터 시프 길드는 바뀐 상황에 따라 다시 계획을 짜기 시작했다. 그나마 다행인 것은 민란은 효과적으로, 그들이 의도한 대로 전국적으로 확대되기 시작했다는 것이다. 그들의 히든 카드인 휘라인 교단의 교황 시라이 4세가 몇 개로 갈라져 있던 농민들을 군대로 규합시킨 것이다. 아울러 군대에 침투하였던 시프 길드의 주요 간부들의 공작에 따라 고향으로 이동하는 병사들의 일부가 민란에 합류하기로 결의했다는 소식도 시프 길드를 크게 고무시켰다.

　이제 시프 길드의 최우선 과제는 자밀 공작의 저지였다. 때문에 시프 길드에서는 시스만에 매우 불온한 소문을 내는 한편 '자밀 공작이나 현 국왕이나 그놈이 그놈이다. 같은 핏줄이니 하는 짓은 똑같을 거 아니냐?' 라는 소문을 시스만에 진군하는 병사들 사이에 유포시켰다.

　아무래도 공화국이 성립되려면 기존 체제를 고수하려는 왕국의 존재는 부담스러웠기 때문이다. 이렇게 타슈를 두 번이나 좌절시켜 버린 마스터 성진으로 인해 상황은 반전에 반전, 꼬일 대로 꼬여 계획을 세워도 이게 과연 맞아 들어갈까 하는 의문이 길드 내부에서도 제기되고 있었다. 시프 길드도 여간 복잡하지 않았다.

　말 그대로 혼돈이었다.

　창세력 제2기. 8013년 4월 27일.

　타슈는 크게 고민하였다. 예전 가우스가 제기했던 의문을 알아내기 위해 크라인 왕국의 전역에 분포한 길드의 분타에 그에 관한 보고서를 제출하라고 연락을 보냈지만 몇 주일째 연락이 없었다. 몇 주일 동안 폭탄 같은 소식을 처리하기 위해 미친 듯이 일에 매달리다가 그것이 대충 끝난 지금에야 생각이 난 것이다. 생각난 김에 그에 관한 보고서를 찾아보니 아무것도 없었다. 그나마 도착한 보고서는 아주 아리송했다.

"그럼 그 많은 사람들이 어디서 갑자기 생겨난 거야?"

타슈의 고민은 그것이었다. 대충 따져 봐도 100만에서 150만 명이 갑자기 생겨났다. 이 많은 사람들이 어디에서 나온 걸까. 분명 고향에서는 징병되었다고 나왔지만 그 본인은 여전히 고향을 지키고 있었다. 그렇다면 대신 갔다는 사람이 있다는 소린데, 황당하게도 그 마을에서 실종된 성인 남성은 단 한 명도 없었다.

미치고 환장할 노릇. 그러고 보니 가까스로 도착한 보고서의 내용은 아주 아리송해 도무지 그 내용을 추측할 수 없어 답답해 죽을 지경이었다.

"젠장! 도대체 죽었다던 자기 아버지가 자기 부대에 있었다는 사람의 이야기는 뭔데?!"

내용인즉 어려서 돌아가셨던 자신의 아버지가 멀쩡하게, 오히려 아들인 자신보다 더 젊어 보이는 모습으로 전쟁에 참전하고 있다는 것이다. 이에 크게 놀란 아들이 아버지를 불렀지만 아버지는 아들을 알아보지 못했고, 며칠 후 아들이 미쳐 버렸다는 보고였다.

"죽은 사람이 부활할 수도 있나?"

타슈는 턱을 긁적이며 중얼거렸다. 자신이 생각해도 황당한 가설. 그가 알고 있기에는, 그리고 확신하기에는 대륙에서 네크로맨시라는 학파가 사라진 지 벌써 오래다. 쓰는 사람도, 남겨진 마법서도 없다.

철저히 말살된 마법 분야 중 하나가 네크로맨시다.

더군다나 아무리 네크로맨시에 능통하다 하더라도 죽은 자를 멀쩡하게 살아 일으킬 수는 없다. 그것도 젊은 모습으로. 단언컨대 이것은 불가능한 소리였다.

몇 시간을 고민하던 타슈는 이윽고 머리가 터져 버릴 지경이 되었고, 마침내 보고서를 던져 버렸다.

"젠장! 몰라!"

상식적으로는 불가능한 일. 그러나 상식을 뛰어넘어 생각의 틀을 벗어버린다면 가능한 일. 타슈의 추측은 거의 들어맞았으나 애석하게도 그것을 무시하였다.

하지만 가끔 상식을 초월하는 일이 진실이 되는 때도 있는 법이다.

창세력 제2기. 8013년 4월 28일.

시간은 유수다. 평원에 대재앙이 일어난 지 삼 주가 지났다. 이미 군 내에 그들에게 명한 자가 바로 창생의 신 휘라인의 사도라는 소문이 파다하게 퍼진 마당이다. 덕분에 군 내에는 휘라인 교단의 교리가 급속도로 퍼지고 개종한 자가 급격히 늘어난 것을 보면, 성진의 무력은 그들의 인상에 너무나도 강렬하게 남아 있었던 것이다.

성진은 그런 군대 속으로 스며들자고 모두에게 제안하였다. 물론 그 속에는 성진에게 단 일 수로 무참히 패배한 두 마스터도 끼어 있었다. 그 두 마스터는 성진의 제의에 말없이 따랐다. 그 결과로 성진들은 대군 속에 파묻혀 열심히 시스만을 향해 걷고 있었다.

아무래도 다수의 사람들 속에 숨는 것이 매우 유리하다. 칼과 하이단은 병사로 위장하였다. 물론 하이단을 알아보는 휘라인 교의 사제들이 있을지 모른다는 점을 고려하여 성진은 하이단의 얼굴에 인식 장애를 심어놓았다. 그래서 아무도 하이단의 얼굴을 보고 그라고 생각하지 못했다.

성진과 두 마스터는 잡역부로 위장하였다. 성진의 외모만 특이하므로 두 마스터는 일반 병사로 위장해도 충분하였으나 그들은 한사코 성진과 같은 잡역부로 위장했다. 그나저나 우스웠다. 그토록 강력하고 위대한 성진이 말이다!

자신들 중에 창생의 신 휘라인의 사도로 여기는 자가 한낱 잡역부로 위장 취업했을 줄은 꿈에도 모른 채 병사들은 열심히 시스만으로 향했다. 이래서 인간사는 재미있는 거다. 알고 보면 그토록 놀라운 자가 우리 주변을 그렇게 무심하게 스쳐 지나가 버린다.

칼과 하이단은 뒤집어지게 웃으면서도 강력하게 말렸지만 성진은 고개를 저었다. 특이한 성진의 외모는 아무래도 정규 병사가 되기에는 조금 문제가 있었다. 어쩔 수 없이 노예 비슷한 신분으로 위장해야 했으니 그것이 잡역부이다. 마찬가지로 두 마스터도 같이 잡역부로 취업(?)하였다.

타키안과 길리언은 심부름꾼으로 위장하였으며, 샤이라와 그랑디아는 각종 의복을 만들고 필요 시에는 요리까지 하는 병참부에 들어갔다. 물론 샤이라는 모습을 슬쩍 바꾸었고, 그랑디아는 세르피아의 육체를 빌려 쓴 관계로 너무도 아름다웠기 때문에 평범한 아주머니로 변신까지 해야 했다. 어차피 사람은 많고 넘쳐 나니 그 틈에 슬쩍 끼어들어도 누구 하나 확인하는 이가 없었다.

그건 그렇고, 고고한 마스터 혹은 휘라인의 사도라 여겨지는 그가 잡역부에 취사부, 거기에 5대 신 중 한 명인 그릇디아가 요리를 한다니. 그 사실을 상기할 때마다 하이단과 칼은 멍한 표정을 지었다. 이건 대륙이 무너져도 좋을 만한 이야깃거리였다.

가장 위대하다고 할 수 있는 이들이 한낱 잡역부로 일하다니!

"근데 말이에요. 이렇게 묻혀가니 편하긴 편한데……."

칼은 조금 불만스럽다는 듯 이야기했다. 옆에서 나란히 걷던 하이단이 그를 보았다.

"편한데 어떻다고? 먹여주고 재워주니 좋기만 하구만."

사람이 원체 많아 귀찮게 구는 사람들도 없었다. 장교들도 그저 기상, 식사, 취침 시각만 정해서 알려줄 뿐 특별한 명령도 내리지 않았다. 이미 한 번 무너진 군대이다. 그야말로 엉망인 군대였으나 그래도 왕을 몰아낸다는 한 가지 신념으로 뭉쳤기 때문에 특별한 범죄도 발생하지 않았고, 탈영병도 적었다.

뭐, 일부는 여자들이 머무는 병참부 쪽을 습격하러 갔지만 잡혀서 치도곤을 치렀을 뿐이었다. 범법에 관해서는 특별히 응징하라는 특별 지시가 있었기 때문이다. 병사들도 그 점을 인정했다. 따지고 보면 그네들의 형제나 누이와 같은 또래. 민간인이 차출되어 생각도 못하게 군대를 위해 움직이고 있으니 동병상련의 처지이다. 그런 이들에게 가혹한 폭력은 인간으로서 가장 기본적인 것을 저버리는 행위인 셈이다.

하여간 이런 분위기가 팽배해진 실정이니 사람들은 끼리끼리 어울리면서도 서로에 대한 감시를 잊어버리지 않았다. 약한 이들을 보호하자라는 생각은 좋았지만, 그것이 사람들의 행동까지 제약한다는 사실은 잊어버린 것 같았다.

"좀 답답해서 말입니다. 검도 휘두를 수 없고… 보는 눈이 많아서 말이에요."

"그건 좀 그렇지."

뭐, 이것은 이미 예상했던 문제. 감내해야 할 결과였다. 하이단은 픽 웃어버렸다.

"싱겁기는. 이 행세도 조만간 끝이야. 이제 얼마 후면 시스만이니."

10만의 군대가 향하는 시스만은 이제 불과 나흘에서 닷새 거리에 있다. 조금 느린 듯 싶었지만 이 정도면 만족할 만한 행군. 자밀 공작은 도시를 지날 때마다 그곳 출신의 병사를 귀가시켰으며, 합당한 재물을 통해 식량과 기타 물품을 구입하였다. 아울러 도시를 통치하던 악덕 관료들을 모조리 잡아들여 교수형시켰다. 마찬가지로 민간인들을 강제로 징집하던 이들도 처형하였다.

다분히 민심을 끌어 모으기 위한 인기 정책이었지만 그 효과는 톡톡히 봤다. 군대 기강은 여전히 확고하게 잡혀 있지는 않았으나 병사들은 여전히 장교의 명에 따랐다. 범죄율은 떨어지고 사기는 올라갔다. 오히려 시스만으로 같이 진군하겠다고 자원하는 이들도 생겨났다. 덕분에 헌병대의 일거리는 줄어들어 이래저래 좋은 효과를 보고 있었다.

"흐음. 자밀 공작이 제대로 시기를 얻었어."

크라인 왕국은 공작가에 군수 통제권이 주어지지 않았다. 무력에 대한 거의 모든 형태의 접촉을 금지시켰다. 이것은 왕가의 핏줄이라는 생각으로 반역을 하지 못하게 차단하기 위함이었다. 200년 전 엘프의 대학살극으로 비롯된 최초의 반정이 일어난 이후로 마련된 법이었다.

그런 면에서 자밀 공작은 행운아다. 아주 오랜만에 일어난 대전쟁에서 자밀 공작은 총사령관이 되었다. 더군다나 마스터에 의한 강제적인 해산, 역적으로 몰아버린 국왕. 이렇게 될 수밖에 없으니 자밀 공작은 살기 위해 군대를 접수해야 했고, 결과적으로 군대를 손에 넣어버렸다. 솔직히 말해 이것은 국왕의 크나큰 실수였다.

"지금 국왕이 그리 나쁜 사람은 아니지만 말이에요. 왕자가 진짜 영리한 사람이라고 하던데."

칼이 기사단에 들어가기 위해 수행을 쌓고 있을 때 들었던 풍문은 언제나 왕자의 특출난 재능에 대한 것이었다. 진정한 왕의 위엄을 몸소 보여주겠다는 사람들의 말로 미루어볼 때 말이다. 전혀 근거없는 소문이 퍼질 리가 없으니 왕자의 뛰어난 능력에 대한 풍문은 어느 정도 신빙성이 있다.

"쯧. 그게 다 운이야, 운."

단 한 번 도박으로 꼴랑 망해 버릴 수 있는 게 인생이다. 더군다나 국왕의 도박은 국운을 걸었다. 다른 사람을 시켜 전 재산을 건 도박에 뛰어들었다. 승리냐 패배냐 하는 판국인데 돌연 성진이라는 폭력배가 나타나 판을 엎어버린 것이다. 그 와중에 도박사인 자밀 공작은 국왕의 재산을 꿀꺽 삼켜 버렸고, 이제는 집까지 빼앗기 위해 들어오는 셈이니 이 어찌 아이러니한 운명이 아닌가.

그렇게 두런두런 이야기를 나누고 있는 사이 앞쪽 행렬에서 소요가 일어났다. 그 소요는 순식간에 전 군 내에 번졌으며, 행렬의 가장 뒤쪽에 있던 칼과 하이단의 귀까지 들어갔다.

"아니, 대체 수많은 몬스터들이 죽어 있다는 소리는 뭔데요?"

대충 이야기를 들어보니 그들의 앞에 수많은 몬스터들이 죽어서 널려 있다는 것이다. 그 수가 워낙 많아 가도를 뒤덮고도 모자라 주변 지역에까지 가득하다는 소리에 하이단마저 영문을 알 수 없다는 표정을 지었다.

"낸들 아나. 일단 지휘부에서 그냥 계속 진군하라고 명령을 내린 것 같은데 따라가면 되겠지."

과연 얼마 걷지 않아 가장 먼저 일행을 반긴 것은 피비린내였다. 코가 마비되어 버릴 것만 같은 피비린내. 이런 냄새가 나려면 얼마큼의 피가 뿌려져야 할까. 모르긴 몰라도 그 수가 수천은 넘어야 할 것 같았다.

피비린내와 함께 몬스터의 시체가 보이기 시작했다. 가도는 선봉대에 의해 치워지고 있다고 하지만 가도의 옆 공터에는 온갖 종류의 몬스터 사체가 잔뜩 널려 있었다. 병사들은 서로 수군거리며 연신 그 시체들을 바라보며 길을 걸었다.

저마다 서로의 신을 부르짖었고—그중에서 휘라인을 찾는 이들이 많았다—기도문을 외웠다. 죽음은 공포다. 그 어떤 것의 죽음이든 죽음은 보는 이에게 섬뜩함을 준다. 일부는 호기심으로나마 계속 보고 싶어했지만 뒤에서 따라오는 행렬과 지독한 냄새 때문에 빨리 자리를 뜰 수밖에 없었다.

왜 이런 곳에서 이토록 많은 몬스터가 죽어 있는 것일까?

그것이 모든 이들에게 가장 먼저 찾아든 의문이었다. 하지만 그 의문을 속 시원히 해결해 줄 사람은 어느 누구도 없었다. 그저 불안한 온갖 추측만 난무할 뿐.

자연 사람들은 말이 없어졌고, 하나같이 이 죽음의 지대에서 속히 빠져나가고 싶었다. 아무리 괴이하고 신기한 사건이라도 그 원인이 자신들에게 피해를 줄지도 모른다고 생각해 버리면 불안하고 피하고 싶은 게 인간의 심리이다. 호기심도 호기심이지만 이들은 성진의 압도적이고도 끔찍한 힘을 몸소 체험한 사람들. 생명의 소중함을 절절히 느껴 버린 사람들이니 호기심이 절박함을 억누를 순 없는 실정이었다.

"굉장해! 하이단, 저기 좀 봐요. 저 몬스터의 상처. 상체가 정확히 두 쪽 났어요. 어떻게 저럴 수가 있지?"

그것뿐만 아니었다. 몸통이 부서진 놈도 있었고, 타버리거나 얼어버린 놈들도 있었다. 구멍이 뚫려 있는가 하면 완전히 으깨진 놈들도 있었다. 각양각색의 모습으로 죽어 있는 놈들을 보니 천생 전사인 칼과 하이단은 그저 신기할 따름이었다.

한 시간 동안 걸었지만 시체의 대지는 계속되었다. 이제는 인간의 시체까지 섞여 있었다. 복장을 보아하니 아무래도 피난민 같은데 몬스터들을 만나 횡액을 당한 듯싶었다. 일부는 걱혔는지 사지가 찢어져 있는 등 제 모습을 온전히 갖춘 시신이 없었다.

"으… 끔찍하군."

많은 사람들이 그 모습을 보고 혀를 찼다. 아울러 의문도 커져 갔다. 한 시간 동안 걸어도 시체가 끊이질 않을 정도로 많은 몬스터들을 도대체 누가 처리한 것인가. 대충 어림잡아 보니 그 수가 족히 일만은 넘지 싶었다. 이 정도면 대규모 군대를 동원해야 토벌이 가능했다. 지금 수도 시스만을 향하는 군대의 수가 십만이니 이 정도 수는 되어야 몬스터들을 토벌할 수 있었다.

그렇게 또 한 시간을 걷자 시체가 널려 있는 지역을 벗어날 수 있었다. 총 두 시간을 걸어야 벗어날 수 있었으니 도대체 얼마나 많은 수의 몬스터가 죽은 것인가.

"누가 죽였을까요?"

칼은 하이단의 어깨를 툭툭 치며 물었다. 하이단은 창을 연신 고쳐 잡으며 곰곰이 생각했다. 창대 끝에 걸어놓은 투구가 그의 걸음에 따라 이리저리 흔들리는 것을 보며 그는 한 가지 가능성을 떠올렸다.

"혹시 마스터들이 죽인 것은 아닐까?"

"흐음……."

하이단의 말에 칼은 턱을 매만지며 그럴지도 모른다고 생각했다. 가만 생각해 보니 충분히 가능한 일이다. 일전에 샤이라가 말했었다. 전대 마스터들이 셋으로 갈라졌다고. 성진을 지지하는 이들과 데스 마스터를 지지하는 이들, 그리고 중립을 지키며 바라보겠다는 이들.

그들 중 한 무리라면 충분히 이들을 처리할 수 있었다. 그렇다고는 해도 이 정도 몬스터들을 모조리 죽이다니…….

"정말 대단해요, 마스터란 존재는. 오러 유저와 천양지차네요. 진짜 뛰어넘는다라는 말을 실감할 수 있네요."

대충 살펴보니 상처의 종류는 대략 여섯에서 일곱 종류. 그럼 여섯 명이나 일곱 명의 마스터가 이들을 쓸어버렸다는 이야기다.

"끙. 그래, 반칙이라는 소리가 절로 나올 정도로. 한 사람당 수천은 상대해야 하잖아."

수천의 몬스터 군단이 낼 수 있는 파괴력은 끔찍하다. 그 많은 괴물들이 도시를 습격한다면 인구 십만의 도시는 하룻밤 만에 파괴되어 버린다. 예전에 있었던 몬스터들의 대규모 침공 때 불타 버린 인구 삼십만의 도시가 이를 증명했다.

허구한 날 찬양하고 놀라도 그 끝을 알 수 없는 것이 마스터다. 그 끝을 알 수 없으니. 그러나 풀리지 않는 의문은 여전히 남는다.

"근데 왜 마스터들이 이 몬스터들을 죽인 거지? 그리고 왜 이 몬스터들은 여기 있는 거지?"

몬스터들의 주 서식지는 인간이 접근하기 힘든 험준한 지형이다. 그 대표적인 것이 바로 산악 지형. 깊은 원시림이 우거진 산맥은 이들이 살아가기에는 최적의 장소이다. 인간들이야 드넓은 땅이 있으니 산맥까지 들어갈 이유가 없었다. 수도와 가까운 이곳까지 올 하등의 이유가. 당연히 칼은 두 가지 의문 중 어느 하나도 답할 수가 없었다.

"글쎄요……."

라고 답할 뿐.

해답을 구할 수 있는 가장 좋은 방법은 비슷한 수준의 사람들에게 물어보는 것이다. 그리고 다행스럽게도 그 비슷한 수준의 사람은 칼과 하이단의 주변에 있었다.

"흠. 세이진님이나 샤이라님한테 물어보러 갈까?"

칼은 고개를 끄덕였다.

행군이 끝나고 저녁 시간이 다가오자 병사들은 저마다 부지런히 야영을 준비했다. 칼과 하이단도 천막을 치는 작업을 도와주고는—이미 부대 내에 장사로 소문났다—타키안을 불렀다. 그 수많은 잡역부 중에서도 성진을 찾는 것은 참 쉬웠다. 이미 다람쥐라는 별명이 붙어버린 길

리언과 타키안을 이용하면 되었다. 중년의 병사들에게 사랑을 독차지
한―결코 이상한 의미가 아니다―두 다람쥐 중 길리언은 바쁜지 오지 않
았고 대신 타키안이 하이단과 칼의 호출에 째각 달려왔다.

“무슨 일인데요, 칼 형? 또 육포 좀 갖다 달라는 건가요?”

그렇게 말하며 타키안은 품속에서 자그마한 주머니를 꺼내 들었다.
몇 번 칼이 타키안과 길리언에게서 육포를 갈취했었다. 이번에도 그런
줄 알고 타키안은 미리 챙겨왔던 것이다. 칼은 매우 자연스럽게 그 주
머니를 건네받으며 용건을 말했다.

“아니, 그건 아니고. 세이진님 좀 보고 싶어서. 어디 게시냐?”

“으읏! 내가 먹으려고 샤이라님한테 받아놓은 건데. 쳇쳇. 그거 주
면 말해 주죠 뭐.”

당돌하게도 타키안이 흥정을 걸어왔다. 사뭇 달라진 모습. 이제야
또래의 모습을 찾아가고 있었다. 아무래도 아버지뻘에 해당하는 병사
들의 관심을 받다 보니 많이 밝아진 듯하다. 하이단은 히죽 웃으며 칼
의 손에서 주머니를 빼앗았다.

“진짜?”

“…너무해요.”

제아무리 타키안이 날고 기어도 하이단에게는 당할 수 없다. 그간
그들은 그토록 친밀해졌다. 간식을 빼앗기는 바람에 잠시 심술을 부린
타키안은 이내 히죽 웃고는 두 사람을 어디론가 끌고 갔다.

“따라오세요!”

바람처럼 달려가는 모습이 과연 다람쥐 같았다. 하루하루 자라는 모
습. 이제 또래의 신장에 거의 다다라 제법 컸다. 키 작은 성인 정도의

체구였으니. 그러나 행동을 보면 아직은 아이. 열여섯 살이다.

"이놈! 다람쥐야!"

하이단이 장난기 어린 호통을 치며 그 뒤를 따랐다. 하이단의 호통을 들었는지, 아니면 다람쥐라는 별명이 붙은 타키안을 알고 있는지 몇몇 병사가 껄껄 웃었다. 칼은 그들에게 손을 흔들며 따라 달렸다.

처음에 찾은 사람은 성진이 아닌 샤이라였다. 왼쪽 볼에 밀가루를 묻힌 것을 보아하니 빵 반죽을 만들고 있었나 보다. 마스터가 빵을 만들고 있다니. 그것도 밀가루를 뒤집어쓰고. 모디프스가 웃을 판이었다.

"우하하하! 샤이라, 그게 뭡니까?"

우연히 그 모습을 본 칼이 배꼽을 감싸 쥐며 웃어댔다. 이곳은 병영 내. 사람들의 귀와 시선을 의식해 서로에 대한 존칭은 생략하기로 했다. 때문에 칼은 샤이라님이라 하지 않고 샤이라라 부른 것이다. 평소 같으면 상상도 못할 일이지만 말이다. 샤이라는 손가락 사이에 붙은 반죽을 떼어내며 말했다.

"뭐 하긴요. 빵 만들고 있죠. 얼마 전에 들어온 밀가루를 풀어서 하얀 빵을 만들고 있으니 조만간 맛있고 부드러운 빵을 먹을 수 있을 겁니다."

표정이나 어투를 보아하니 재미있는 모양이다. 하긴 마법사로서 마스터까지 오른 그녀가 언제 빵 반죽 하나 제대로 해봤을까. 일찍이 불을 피운답시고 솥을 녹여 버린 전적까지 있는 그녀다. 처음하는 일이니 당연히 재미있고 신기할 수밖에 없었다.

"가장 말단인 샤이라까지 달려든 걸 보니 병참부 인원이 전부 동원된 모양이군요?"

샤이라는 고개를 끄덕였다. 많은 사람들이 먹을 빵이니 반죽하는데만 남녀 구분없이 취사부 대부분이 달려들었다. 그러고도 하루 종일 구워대야 하니 빵을 맛볼 수 있는 것은 그 다음 날. 평소 딱딱한 호밀빵이나 흑빵만 먹다가 부드럽고 달콤한 흰 빵을 먹는다는 소식은 병사들에게는 참으로 고무적인 것이다. 아무것이나 주는 대로 잘 먹는 칼에게도 그것은 희소식이었다.

"그렇군요. 그럼… 그랑디아님도?"

샤이라는 묵묵히 고개를 끄덕였다. 그랑디아는 완벽한 변신을 행했다. 그녀는 약 사십대 아주머니가 되었으며, 후덕한 인품과 큰손으로 병사들 사이에 인기를 얻고 있었다. '큰어머니' 라는 별명을 단 일 주일 만에 얻어버린 그녀는 나이 어린 병사들에게는 어머니의 모습으로 비춰졌다.

그렇다고 하더라도 본바탕은 엘프인 세르피아거늘 저렇게 아줌마로 변신해 있으니 우스울 따름이었다. 그것도 여신이.

"대단하군요."

"그렇죠. 모든 어머니의 신이라는 별명까지 가지고 있으니 오죽할까요."

행동 하나하나, 말 하나하나가 그렇게 푸근할 수 없었다. 사람의 마음을 움직이는 것 중에 가장 으뜸가는 것이 바로 어머니의 사랑이 아닐까.

"이렇게 신을 가까이 뵙는 게 얼마나 영광된 일인지……."

칼의 신앙은 빛의 신 라이트라스이다. 믿음이 투철한 정도는 아니지만 무슨 신을 믿느냐는 질문에는 대답할 수 있을 정도의 무난한 수준이다. 그런 빛의 신 라이트라스와 어깨를 나란히 하는 신을 직접 봤다는 것도 실감이 나질 않지만, 저렇게 중년의 여인으로 변신해 병사들에게 그토록 친근하게 다가가는 것도 믿겨지지가 않았다.

아마도 저 병사들은 죽어도 모를 것이다. 자신들에게 빵을 건네주던 여인 중의 한 명이 바로 대지의 여신 그랑디아라는 사실을.

'칼, 때로는 모르는 것이 큰 도움이 될 때도 있답니다.'

샤이라는 안타까운 심정을 숨기며 속으로 되뇌였다. 신이란 존재는 결코 가벼운 존재가 아니다. 한 개인이 그 존재를 알아서 이로울 것이 없는 것이 바로 신이다. 너무나도 큰 진실은 오히려 독이 되는 법이니 말이다. 하지만 이제 말릴 수도 없다.

그들은 모두 진실을 알아버렸고, 이제 모든 것은 성진이 그녀를 얼마나 제어하느냐에 따라 일행의 안전이 좌우된다는 것을 샤이라는 이미 알고 있었다. 거기에 샤이라, 그녀는 보았다. 하늘에서 장대한 전투를 벌이던 성진을 보며 사늘하게 웃는 그녀의 모습을. 그것이 의도된 것인지 아닌지는 그녀만이 알 것이나 그래도 불길함을 지울 수는 없었다.

더 이상 깊이 들어가기 싫은 샤이라는 은근슬쩍 화제를 돌렸다.

"근데 여긴 어쩐 일이지요?"

방금 전까지 존경의 눈빛을 띠던 칼이 화들짝 놀랐다. 좀처럼 보기 힘든 샤이라의 모습에 그의 목적을 깜빡했다.

"아차! 세이진님을 찾고 있었는데!"

샤이라는 살포시 웃었다. 변신을 통해 곰보가 얽은 얼굴로 바뀐 그녀지만 미소는 여전히 풋풋했다. 샤이라는 두 손을 칼의 얼굴로 가져갔다.

"뭡니까?"

"잠깐만 있어봐요, 눈을 감고."

"아, 네."

뭔가 하려는 모양이다. 샤이라는 칼의 두 눈을 문질렀다. 시원한 기운이 눈에 뻗혔다. 손을 거둔 샤이라가 말했다.

"이제 눈을 떠봐요. 파란 길이 성진에게로 당신을 인도할 테니."

"와아!"

과연 그의 눈 위로 파란 길이 선명하게 떠올랐다. 절대로 놓칠 수 없는 흔적이었다.

"조만간 사라지니 어서 가요."

"이크! 샤이라! 고마워요!"

칼은 재빨리 몸을 날리며 창을 쥔 손을 흔들었다. 칼이 제법 멀리 떨어지자 샤이라는 짓궂은 표정을 지으며 혀를 내밀었다.

"아까 웃은 벌이에요. 메롱."

활짝 펼쳐 보인 그녀의 손, 밀가루 범벅이었다.

두 눈 한가득 밀가루를 묻힌 채 병영을 종횡하며 웃음을 모으던 칼은 무척 고마운 어느 병사의 지적에 비로소 밀가루를 지워 웃음을 피할 수 있었다.

"쳇. 조용히 넘어갈 리가 없지."

칼은 투덜대며 얼굴에 묻은 밀가루를 털어냈다. 그래서 그 파란 길이 병영 이곳저곳으로 얽혀 있었나 보다. 그 파란 길의 끝은 바로 하이단의 등. 애초 샤이라가 있던 곳과 그와의 거리가 얼마 되지 않았으니 칼은 자신이 얼마나 많은 곳을 들쑤시고 다녔는지 뼈저리게 느낄 수 있었다.

무안함에 몸부림을 치던 칼을 맞이한 것은 하이단이었다.

"뭐 하나? 어딜 그렇게 싸돌아다녀?"

"흑흑흑. 나 이제 어떻게 얼굴 들고 다니우?"

"…뭔 소리야?"

생각할수록 부끄럽다. 칼은 언제고 반드시 복수하겠다는 다짐을 굳게 하고는—불가능하다. 그것은—고개를 내저었다.

"신경 쓰지 말아요. 그나저나 세이진님은?"

"요 근처라던데. 타키안 요 녀석이 이쪽으로 끌고 오더니 볼일있다고 홀연히 사라져 버렸네."

투덜대는 하이단의 말에 칼은 고개를 갸웃거렸다. 저쪽 짐을 쌓아두는 곳에서 횃불에 의지한 채 무엇인가를 읽고 있는 이가 그리 낯설지 않은 탓이다.

"혹시 저 사람 세이진님 아니에요?"

"…맞구만."

티껍게 바라보는 칼의 시선을 애써 피한 하이단은 허름하기 짝이 없는 옷을 입고 무엇인가를 열심히 탐독 중인 성진 곁으로 다가갔다. 다가오기가 무섭게 성진은 슬며시 고개를 들어 하이단을 맞이하였다.

"왔군요. 여기 좀 앉아요."

성진은 짚으로 엮어진 커다란 부대를 툭툭 치며 말했다. 마치 기다렸다는 투였다. 하이단과 칼은 쭈뼛거리며 성진이 권한 자리에 걸터앉았다.

뭔가 굉장히 편안한 느낌이었다. 예전과는 달리 장막이 사라진 듯한 느낌. 칼과 하이단은 성진에게서 그저 주위에서 흔히 볼 수 있는 청년의 느낌을 받았다. 굉장히 익숙하면서도 매우 생소한 느낌이었다!

"아, 예. 감사합니다."

허름한 옷을 입은 성진. 다 뜯어지고 해어져 마치 누더기를 두른 것같이 보였다. 그것이 흔히 볼 수 있는 군대에서 일하는 잡역부의 모습. 지금 성진은 그러한 잡역부의 모습을 하고 있었다.

"좀 달라진 것 같네요?"

칼이 말을 건네자 성진은 웃으며 고개를 끄덕였다.

"새로 사귄 친구 탓이겠지요."

하이단은 칼의 옆에 앉아 주위를 둘러보았다. 성진 곁에서 항상 머무르던 두 사람이 보이지 않았다.

"그런데 두 친구 분은 보이지가 않습니다?"

"…우리를 찾나?"

칼과 하이단의 등 뒤에서 대답이 터져 나왔다. 인기척을 전혀 느끼지 못했다. 때문에 칼과 하이단은 매우 놀랐다.

"헉!"

근래에 이렇게 놀란 것은 오랜만인지 칼은 가슴을 부여잡고 숨을 몰아쉬었다. 하이단의 낯빛은 약간 창백하게 변해 있었다.

"흠흠……. 이거 많이 놀란 모양이군."

'자베크 루' 라는 괴이한 이름을 가진 짧은 머리의 마스터가 말했다.

칼과 하이단은 동시에 마음속으로 소리쳤다.

'당연하잖아!'

'자이나 마오 칸' 이란 이국적인 이름을 가진 붉은 머리의 마스터가 냉소를 지었다.

"몸을 다스리는 자가 그렇게 약해서야……."

"……."

마오의 말에 칼은 발끈하였지만 내색할 수는 없었다. '요것 봐라?' 라는 식의 흥미진진한 눈으로 그를 바라보는 마오가 있었다. 칼의 성취가 보통의 오러 유저에 비해 월등히 빠르다는 것을 안 마오는 칼에게 흥미를 느끼고 있던 참이었다.

자이나 마오 칸, 두 개의 단봉을 쓰는 마스터. 특이하게 제국 카이나에서 제후(諸侯)의 칭호를 받은 이다. 고위 영족(聖族)으로 태어난 그가 어느 날 마스터가 되자 제국의 황제가 직접 찾아와 제후가 되어달라고 부탁했던 인물. 남대륙에서 가장 경계하는 인물 중 하나였다. 다행히 전쟁에는 관심이 없어 참전을 거절하고 있지만, 그 존재 자체만으로 남대륙은 북대륙을 향해 칼을 뽑지 못했다. 이름만 제후지만 그 값을 충분히 하고 있었다. 그 황제란 사람은 참 영리했다.

마스터가 어째서 인간들과 엮여서 사느냐는 칼의 질문에 마오는 차가운 웃음을 짓고 답했다.

"마스터도 제각각이다. 나는 영족으로 태어나 마스터가 되었다. 모든 것을 지켜보는 마스터지만 나 하나쯤은 인간 세상에서 전설처럼 그 이름이 내려오면 좋겠지. 실체는 확인할 수 없지만 실제 하는 것. 제후라는 지위는 나라는 존재를, 마스터라는 존재를 세상에 알리는 것이라 생각한다. 당연히 지위가 나를 구속할 수는 없지."

꼬아서 표현하자면 '이름값 한다' 였다. 걸어다니는 광고판이라고 해야 하나? 하여간 언제든지 그만둘 수 있다는 완곡한 표현인 셈이다. 이들은 조금 엉뚱했다. 어느 날 갑자기 선포된 '선언' 으로 인해 성진의 존재를 확실히 알게 되었고, 그와 겨뤄보고 싶었다는 것. 단 일 수에 패했지만 그들은 성진에게 가르침을 청했다.

물론 성진은 흔쾌히 받아들였다. 그들은 정신이 제압된 상황에서 제 실력을 발휘할 수 없어 성진에게 패했다. 다시 싸운다면 역시나 패하겠지만 그때처럼 허무하게 지지는 않을 것이다.

아무튼 마스터 두 명을 거저 얻은 셈이니 일행의 안전은 한층 견고해졌다. 따지고 보면 칼과 하이단, 타키안과 길리언은 네 명의 마스터가 보호하고 있는 셈이었다. 지상 최강의 보디가드라고 할까?

아무튼 마오의 도발을 애써 넘긴 칼은 마음을 진정시켰다. 저 마스터의 무시무시한 교육은 참으로 매서웠다. 고통과 비례해 실력이 늘어났다. 끔찍하면서도 기쁜, 기묘한 경험. 그 괴이한 경험이 칼의 마음속에 '마오 경계령' 이라는 새로운 경보 시스템을 만들어냈다.

"열심히 하겠습니다."

칼의 말에 마오는 탐탁지 않다는 표정을 띠었다. 모자라서다 혹은 수련이 부족해서다라는 말이 나오면 바로 끌고 가려 했건만 틀린 것이다. 그간 샤이라의 탄압 속에서 부쩍 늘어난 칼의 눈치는 가히 마스터급이었다. 칼은 마오의 표정에 자신이 사신의 낫을 피했음을 알고 속으로 안도의 한숨을 내쉬었다.

"왔는가?"

"아아."

성진의 물음에 짧은 머리의 자베크 루는 고개를 끄덕였다. 성진과 비슷한 연령대의 나이에 같은 마스터. 통하는 것이 있으니 이들은 대번에 성진의 친우가 되었다. 역시 사람은 혼자보다는 함께 있는 것이 좋다. 마스터라고는 하지만 그것을 나눌 사람이 필요한 법. 세상에 단 하나는 오직 세상을 창조하신 그분뿐 나머지는 여럿이다. 서로 모자란 부분을 채워 나가는 것이 바로 세상이다.

그렇게 깊은 진리까지 알 리 없는 하이칸은 성진에게 자신이 궁금해하는 것을 물었다.

"물어볼 게 있어서 왔습니다."

"시체들에 관해서지요?"

"아시는군요."

"그럴 것이라고 생각했습니다."

하루에 한 번씩 찾아오지만 오늘은 조금 일찍 찾아왔다. 무엇인가 궁금한 것이 있어서 그럴 것이라 누구나 생각할 수 있었다.

"그대들의 생각이 맞습니다. 저 시체들은 모두 마스터들의 작품이지요. 다행히 저를 돕는 사람들이 있던 모양입니다. 그들은 우리가 이곳을 지나기 하루 전에 수도로 향하던 몬스터의 무리를 쓸어버렸지요. 얼추 계산해 보니 대략 5만이더군요."

"5만이라……."

칼은 질린다는 표정을 지었다. 오만의 몬스터라니. 그 숫자는 동일한 숫자의 인간 군대를 압도한다. 그 두 배는 있어야 그나마 토벌이 가능하다.

"그건 그렇고 말입니다. 하이단?"

하이단은 머리 속으로 5만의 몬스터가 들판을 질주하는 광경을 떠올리던 중 성진이 자신을 부르자 그 상상을 지우며 대답했다.

"무슨 일이신지요?"

성진은 읽고 있던 책을 덮어 하이단에게 건네주며 말했다.

"뭔가 생각난 것이 있어서 당신네 성경을 다시 한 번 읽어보았습니다."

"다시요?"

이미 한 번 읽었던 터였다. 뭔가 생각난 것이 있다면 결코 평범한 것이 아닐 것이다. 하이단은 왠지 모를 기대감에 부풀었다.

"제가 오판한 게 있더군요."

"오판이라고요?"

"그래요. 오판입니다."

하이단이 놀라 되묻자 성진은 고개를 끄덕이며 확인시켰다. 말도 안 되는 소리다. 하이단이 알기에 오판이란 인간들이나 하는 것이지 마스터가 하는 것이 아니다. 하지만 성진은 일전에 내렸던 자신의 판단이 오판이라 했으니 참으로 놀라울 따름이었다.

"그렇죠. 요즘 제가 오판을 많이 하는 것 같습니다. 이번 그대의 성경 건도 그렇고요."

성진의 말에 하이단은 잔뜩 긴장하고 말았다.

"무슨 일인지 들을 수 있을까요?"

"당연히 그래야지요. 일전 성경을 보니 제가 알고 있는 물리 지식들과 사상들이 많이 포함되어 있더군요. 저는 처음에는 그저 이 성경을 저술한 자가 지극히 지혜로운 집단일 것이라 생각했습니다. 한 사람이 깨닫기에는 너무나 방대한 양의 지식이었으니까요. 하지만……."

"하지만……?"

"이 성경에 저술된 모든 지식은 오직 인간만이 생각하는 동물이라는 기본 전제로 전개된 지식들입니다. 즉, 제 머리 속에 담겨 있던 것이지요."

"……."

칼과 하이단은 순간 성진의 말을 이해할 수 없었다. 이해의 범위를 넘어선 것이다.

"제가 살고 있는 세계는 오직 인간만의 세상이었습니다. 그 어떤 마법적인 힘도 없었지요. 기적도 없었습니다. 세상에 태어난 지극히 소수의 사람만이 극의를 깨달아 자신의 사상을 전파하였고, 그것이 종교과 되고 도덕이 된 사회입니다. 제가 알고 있는 학문도 도무지 이해할 수 없는 자연 현상을 알기 위해 수학이라는 기본적인 학문을 이용해 증명해 낸 것이지요. 말하자면 이 성경에 담긴 지식은 인간이 전부인 세상에서 발달할 수밖에 없는 지식입니다. 이곳에서는 결코 출현할 수 없는 지식이지요."

인간의 생각은 환경에 영향을 받기 마련이다. 만약 인간 말고 또 다른 지성체가 존재한다면 어찌 되었을까. 그렇게 된다면 오늘날 우리의 모습과 생활은 크게 달라졌을 것이다. 우리가 알고 있는 유교나 불교, 기독교가 출현하지 못했을 수도 있다.

성진의 말에 하이단은 두 번째 충격을 맛브았다. 성진과의 첫 만남에서 느꼈던 절망감과는 달리 이번에는 희열이었다. 그가 그토록 기원했던 단 한 가지 가능성, 성진이 그네들의 신 휘라인의 사도라는 것이다. 희열감이 그의 영혼을 지배하기 전 성진은 하이단을 저지했다.

"문제는 제가 이것을 만들지 않았다는 겁니다. 제 지식은 이제껏 그 누구와도 나눈 적이 없습니다. 도대체 누가 이것을 지었는지는 저조차 궁금합니다. 이 성경은 아주 복잡한 코드로 보호받고 있지요. 암호화된 수준은 이곳의 문명을 고려해 볼 때 높습니다. 하이단, 묻겠습니다. 이 성경은 진본이 아니지요?"

하이단은 참담한 심정으로 고개를 끄덕였다. 예전에도 언급한 적이 있지만 지금 하이단이 지니고 있는 성경은 첫 번째 필사본이었다.

"인간이 필사한 이상 반드시 실수는 있지요. 단지 철자 몇 개가 틀려 전체적인 뜻이 흐트러지는 겁니다. 지금이 바로 그 경우이지요."

불타 버린 진본이 아쉬울 따름이었다. 성진은 계속 말을 이었다.

"여러 사실을 종합해 볼 때 이 성경은 저와 분명히 관계가 있습니다. 어떻게 이러한 지식을 알아냈는지는 알 수 없지만 제가 생각할 때 이 책은 저에게 어떤 메시지를 전하기 위해 쓰인 것이라 봅니다. 한데 이 안에 수록된 유불도(儒佛道) 사상이 이곳 사람들에 의해 일종의 신앙화가 된 것 같군요. 제가 알기에 휘라인이라는 뜻은 이곳 고어로 '창조하다' 라는 뜻입니다. 즉, 당신의 신앙은 책을 바탕으로 성립된 종교지요. 여타의 종교와는 달리 말입니다."

자로 긋는 듯 명확히 구분하는 성진의 말이었다. 하이단은 이해할 수밖에 없었다. 그 말은, 즉 '그의 지식이 담긴 성경은 인정하되 성경을 바탕으로 성립된 휘라인은 인정하지 않겠다' 렀다. 반년 동안 성진 곁에서 그의 모습과 행동을 지켜본 하이단에게야 그리 큰 충격이 되지 못하겠지만, 과연 그의 교단 사람들은 인정할 것인가.

"하아……. 한숨만 나오는군요."

"언제나 말했듯이 진실은 냉혹한 법이지요."

현 교황인 시라이 4세가 알면 어찌할까. 그분을 찾으라 해서 찾았더니 더욱 잔인한 사실만 알았을 뿐이다. 첫 번째 충격의 상처를 겨우 덮었던 딱지가 사정없이 찢겨져 나갔다.

칼은 그런 하이단의 어깨를 말없이 감쌌다.

짧은 머리의 마스터 루는 그런 그들을 물끄러미 바라보더니 의기소침해 있는 하이단에게 제안하였다.

"가벼운 대련 어떤가."

이럴 땐 그저 몸을 풀어 머리로 잊는 것이 좋다. 루의 제안에 하이단은 고개를 끄덕였다.

창세력 제2기. 8013년 5월 1일. 수도 시스만 근교.

자밀 공작이 이끄는 크라인 왕국 하방군은 자신들을 반군이라 칭하는 왕이 거주하는 곳을 향해 진군하였다. 나흘에서 닷새 걸린다더니 정확히 3일째 되는 날부터는 견고한 화강암으로 포장된 가도가 나타났다. 확실히 포장된 도로는 걷기에 편하다. 덕분에 군의 이동 속도가 빨라졌고, 곳곳에 들어선 마을로 인해 보급이 원활해졌다.

십만에 달하는 대군을 움직이는 것은 여간 어려운 일이 아니다. 그러나 그들은 전장인 대평원에서 시스만까지 별탈없이 무사히 도착하게 되었으니 이는 신의 가호라 할 수 있었다. 병사들이 이곳저곳에서 그네들의 안전한 여정을 도운 신을 칭송하였다. 그 소리를 들은 성진은 생각했다.

'신의 가호는 아니지.'

결코 신의 가호는 아니다. 지금 그들 곁에는 대지의 여신이라는 그랑디아가 있다.

대지, 모든 생명이 발을 딛고 사는 곳이다. 저 하늘을 나는 새조차 생명을 유지하기 위한 먹이를 대지에서 구한다. 그런 대지를 관리하는 그녀가 대규모로 움직이는 몬스터 무리를 발견하지 못할 리가 없다.

모든 생명에게 평등해야 하는 것이 바로 신. 대지의 여신이라면 마땅히 세상의 한 고리라 할 수 있는 몬스터에게도 은총을 베풀어야 한다. 제아무리 흉측하고 난폭할지라도 말이다. 더군다나 그 몬스터들은 바로 그들, 신들의 실수 아닌가.

'어쩌면 배척할지도.'

의도하지 않은 탄생이니 미워할 수도, 무관심할 수도 있다. 그러나 제2기가 시작한 후로 장장 8,000년이 지났다. 거슬렸으면 언제나 그들이 그랬듯 멸종시켜 버렸어야 마땅했다. 아카식 스트림은 지난 수천 년간 신들의 미움으로 멸망당한 혈족과 왕국을 기억하고 있었다.

"무얼 그리 골똘히 생각하나?"

붉은 머리가 인상적인 마오가 물었다. 햇빛에 잔뜩 그을린 듯한 구릿빛 피부와 이목구비가 뚜렷한 얼굴은 그가 제국 카이나를 통치하는 영족의 피를 이어받았다는 증거. 인간으로서 가장 고귀한 영족으로 태어나 지성체로서 다다를 수 있는 한계에 도달한 마오는 성진에게 그

갈색 눈동자를 빛내며 묻고 있었다.

"아, 그냥 이런저런. 과연 그랑디아가 무슨 생각을 하고 있을까 하는."

"흠. 그거 큰일이지."

옆에서 걷고 있던 루 또한 고개를 끄덕였다. 하지만 그저 '큰일'이라고 표현할 뿐 달리 뾰족한 수가 없었다. 그들은 지난 삼 주 동안 성진과 많은 시간을 보내며 수많은 지식과 정보를 교환했다. 그 대다수가 그들, 루와 마오에게 이로운 것들이었지만 말이다.

당연히 그 수많은 정보를 교환하면서 성진은 그간 자신이 겪었던 경험을 풀어놓았고, 그 파란만장한 모험기는 두 다스터를 녹이기에 충분했다.

지고한 무력을 가진 전사 계열의 두 마스터이지만 신에게는 비할 수 없었다. 세상을 관리하기 위해 '그분'께서 친히 만들어낸 관리자. 비록 그들 신들은 관리자라는 것을 숨기고, 이것을 알아낸 모든 이들을 죽임으로써 비밀을 유지하려 했지만 성진은 알고 있었다. 그리고 다른 많은 마스터들도 알고 있었다. 때문에 신들은 마스터들을 극도로 경계했다, 그들이 통제할 수 없기에.

루와 마오는 진실을 알고 난 다음부터 그랑디아를 극도로 경계하였다. 평범한 인간 여성으로 위장해 수많은 병사들의 모성애를 불러일으켰지만 그 진실은 알고 보면 신적 존재감. 그것이 그녀를 꾸미는 바탕이었다. 어찌 보면 가증이다.

그렇다고 힘으로 해볼 수도 없다. 5대 신의 힘은 마스터 두셋을 압도한다. 현신이 아닌 강림하여 육체에 대한 지배력을 확고히 갖춘 지

금은 지상에 뿌리내린 그랑디아 교를 믿는 모든 이들의 믿음을 구체화
하여 힘으로 나타낼 수도 있다. 빛의 신 라이트라스 다음으로 많은 신
도를 확보하고 있는 그랑디아의 힘은 결국 신도들의 믿음이 더해질 때
더욱 강력해지는 것이다.

덕분에 지난 시간은 언제 폭발할지 모르는 화산 곁에 서 있는 느낌
이었다. 오죽하면 샤이라조차 소화 불량 증세를 보일까.

"하나… 무슨 일을 벌여도 우리는 저지하지 못해, 성진 자네도."

마오는 여전히 무표정한 얼굴로 말했다. 성진은 아무 말도, 행동도
보이지 않았다. 그러나 루도, 마오도 성진이 인정한다는 것을 알고 있
었다. 그들은 약해서 저지하지 못한다는 것을. 그리고 성진도 저지하
지 못한다, 바탕은 세르피아기에.

"그때 떨쳐 내야 할 것을……."

성진은 안타깝다는 표정을 지었다. 처음 그랑디아가 세르피아의 몸
에 임했을 때 강제로 떼어버렸어야 했다. 그의 힘이라면 세르피아의
육신이 무너지는 것을 최대한 저지할 수 있었다. 하지만 지금은 할 수
없다. 시간이 갈수록 그랑디아는 세르피아의 육신을 다스려 갔고, 마
침내 한계 이상의 능력까지 끌어낼 수 있는 곳에 도달했다.

한계에 다다른 육신을 지탱하는 거대한 영체가 일시에 탈락해 버리
면 세포막이 깨지면서 일시에 붕괴해 버린다. 만일 성진이 그랑디아와
세르피아를 분리시킨다면 세르피아의 육신은 그 즉시 세포 단위에서
붕괴가 시작되어 한 줌의 혈수로 녹아버리는 것이다.

그리고 잠재된 또 하나의 가능성. 이 군대의 구성 비율 절반 이상을
차지하는, 이른바 신인류(新人類)에 관해서였다. 아카식 스트림과 독립

된 이 존재들은 분명 카르노에 의해 완벽할 정도로 부활한 이들이다. 문제는 그랑디아가 과연 이들을 통제할 수 있느냐는 것.

'그 문제에 대해서는 안심해도 될지도.'

성진이 판단해 보건데 그랑디아를 대표하는 신들과 카르노 사이에는 연결 고리가 없었다. 하지만 성진은 신들이 휘라인 교단에 그들의 소유한 보물 중 가장 값진 것을 보냈다는 사실을 몰랐다.

신루(神淚). 신의 힘을 빌려올 수 있는 지고한 물건을 말이다.

온갖 생각이 교차하는 가운데 군대는 결국 수도 시스만을 둥글게 감싸는 길고 거대한 성벽에 다다랐다. 인구 70만이 모여 사는 수도 시스만은 크라인 왕국은 물론 남대륙을 통틀어 가장 거대한 도시였다. 그중 압권은 바로 수도를 감싸는 거대한 외벽. 넓은 평원 위에 세워진 시스만을 방어하기 위해 만들어진 이 거대한 성벽은 도시를 완벽하게 감싸고 있었다. 그 길이만 해도 50마일이 넘을 정도였다.

"집이다!"

"와아아아!"

"도착했어!"

기쁨에 찬 병사들의 환호성이 터졌다. 저마다 기뻐했다. 당연하다. 사지로 강제로 끌려간 지 반년 만의 귀환이다. 사랑하는 아내와 자식과 어머니를 남겨두고 전쟁터로 끌려가야 했다. 그때의 참담한 기분을 그 누가 이해하랴.

소란을 떠는 병사들 사이로 일행은 하나둘 모였다. 그중에는 그랑디아도 있었다. 놀랍게도 그랑디아는 길리언과 사이좋게 손을 잡고 오고 있었다. 길리언의 얼굴에 떠오른 행복한 미소. 성진과 있을 때와는 다른, 그런 미소였다.

칼은 길리언의 얼굴에 서린 미소를 보고 느꼈다.

"어머니를 본 것이군."

어려서 양친을 잃은 길리언으로서는 절로 모성애를 자극하는 그랑디아가 어머니로 비칠 것이다. 더군다나 길리언은 정안(正眼)의 소유자. 진실을 보는 눈을 가지고 있었다. 길리언의 눈에 비친 그랑디아는 실로 찬란하고 따스한 노란 빛으로 휩싸인 모습일 것이다.

칼의 말을 들은 하이단은 고개를 끄덕이며 덧붙였다.

"그렇군. 그래서 요즘 바빴던 거였군?"

성진에게서 배우는 시간 외에는 길리언의 모습을 보기 힘들었는데, 이제 그 이유를 알 것 같았다. 일행은 처음 세르피아의 몸에 강림한 그랑디아의 모습을 보고 분노한 성진을 기억하고 있었다. 그렇기 때문에 의식적으로 또는 무의식적으로 그랑디아의 주변에 머무르지 않았다. 일행의 시선이 닿지 않은 곳에 길리언이 머무르고 있었기에 그가 어디 있는지 무얼 하는지 알 수 없었을 뿐더러, 타키안을 통해 단지 바쁘다는 말만 전해 들었던 것이다.

그들이 다가오는 모습을 유심히 지켜보던 칼은 하이단의 옆구리를 팔꿈치로 찌르며 작게 소곤거렸다.

"세이진님 기분이 상하지 않겠수?"

"다 들려! 멍청아."

"아참."

"……."

몇 번이나 거듭 언급하지만 마스터의 오감은 일반인을 훨씬 상회한다. 그 최정점에 달한 성진 같은 경우는 듣고자 하면 몇십 미터 밖에서 곤충들이 다툴 때 나는 키틴질이 부딪치는 소리까지 들을 수 있다.

칼과 하이단은 성진을 훔쳐보았다. 그의 얼굴은 별반 달라지지 않았다. 칼은 아무렇지도 않은 저 모습이 절대 그의 본심이 아닐 거라 확신했다.

'내 심장을 걸어도 좋다니까!'

칼이 진심으로 존경하면서도 두려워하는 인물이 오직 하나였으니, 그가 바로 성진이다. 하늘을 꿰뚫는 이지(理智)와 세상을 뒤덮는 무력. 칼이 생각하는 천재와 무적을 동시에 갖춘 인물이 바로 성진이었다. 범인의 상식으로 감히 재어볼 수 없는 것이 성진이다. 칼은 성진이 제자를 저렇게 그랑디아와 같이 있게 하는 것도 다 뜻이 있어서일 거라고 생각했다.

길리언과 그랑디아가 모이자 이제 일행은 한자리에 모두 모였다. 바로 그 시각에, 아주 오랜만에 자밀 공작이 군수 통제권을 발동하였고, 수뇌부들은 이에 동의하여 장교들을 통해 병력을 움직여 시스만을 포위하기 시작했다. 개미 떼처럼 모여 있는 10단, 아니, 이제는 더욱 불어나 12만이 된 병력이 일렬로 늘어서며 성벽을 따라 시스만을 둘러쌌다.

시스만을 방위하는 성벽에서 보는 모습은 얼마나 가슴 답답할 광경일 것인가. 사실 그때 성벽보다 더욱 높은 워치 타워에서 병력의 이동을 보던 병사는 너무도 놀라 소변을 찔끔 흘렸을 정도였다.

하여튼 병력의 이동을 본 시스만의 성문 부근을 경비하던 병사들 사이에 소요가 일어났다. 일선 장교들이 뛰어다니며 공포에 질려 버린 병사들을 다스리려 하였지만 장교 본인조차 심장이 콩닥거리고 있는 판이다. 당연히 통제가 이루어질 리가 없었다. 급히 왕궁에서 파견된 일단의 정예군이 성문을 열고 투항하려는 일부 병사들을 베어버리고 성문을 접수하지 않았다면 싸움은 매우 싱겁게 끝났으리라.

"이틈에 움직이지요."

성진이 말하자 사람들은 고개를 끄덕였다. 일행은 천천히 뒤로 빠졌다. 원래 여덟 명이나 되는 사람이 한꺼번에 몰려 다니면 당연히 시선을 끌게 되지만 성진은 인식 장애라는 조건을 부여하여 그것을 간단히 해결해 버렸다. 바로 앞에 서 있으면서도 없는 것처럼 느끼는 것, 그것이 인식 장애다.

일행이 상당한 거리를 후퇴하여 해방군에게서 꽤나 멀어졌을 때 해방군은 거의 도시를 절반쯤 감싸고 있었다.

"상당히 굼뜨군."

해방군의 움직임을 본 마오의 평이었다. 아무래도 조직을 지휘해 본 경험이 풍부한 탓이다. 하지만 해방군의 실상을 알고 보면 당연히 움직임이 굼뜰 수밖에 없었다. 병사들은 너무도 많은데 장교는 부족했다. 군대라는 조직은 상하복명이 확실하고 훈련이 매우 잘되어야만 효과적인 전투력을 발휘하나 지금은 적도 없는 판이다. 시스만을 방위하는 병력은 고작 1만에서 2만. 그것도 사력을 다해 끌어 모은 정도니 지원군은 더 이상 없었다.

아니, 오히려 더욱 좋지 않았다. 시프 길드의 필사적인 방해로 인해 국왕은 모르겠지만 지금 수도를 향해 5만에 달하는 민병대가 진군하고 있었다. 이들은 각지에서 일어난 농민들로, 전쟁 물자 수급이라는 나라의 가혹한 수탈에 견디다 못해 봉기한 농민들이 대다수였다. 몇 갈래로 갈라져 전국을 휩쓸던 민병들은 시라이 4세라는 영명한 지도자를 만나 하나로 합쳐진 것이다. 사실상 국왕의 적은 20만에 달했다. 아마도 며칠 뒤에 도착할 5만의 민병대를 볼 병사들의 심정은 끔찍할 것이다.

"그런데 어떻게 들어가죠?"

누군가가 물었다. 급히 후방으로 빠진 일행에게는 이제 어떻게 수도 안으로 들어가느냐 하는 문제가 남았다. 가장 최선의 방법은 샤이라의 마법을 이용하여 움직이는 것이지만 사실상 그것은 불가능하다. 게일이 내건 조건 중 하나는 바로 마법적인 이동의 금지였다.

'그러고 보면 게일은 꽤나 약올랐겠지?'

문득 금지 조건을 떠올리던 샤이라의 생각이 게일에까지 미쳤다. 분명 게일은 일행을 전쟁터로 몰았다. 그러나 성진의 놀라운 무력과 수단으로 사상자는 거의 발생하지 않았고, 오히려 매우 편하게 여정의 마지막을 마칠 수 있었다.

샤이라는 게일이 분해할 모습을 상상만 해도 좋았다. 만약 게일이 아무렇지도 않았다는 걸 알았다면 샤이라는 매우 실망스러워했을 것이다.

샤이라는 곧 상상에서 현실로 추락했다. 지금은 시스만으로 들어갈 방법이 없다. 아무도 모르게 조용히 들어갈 방법은 없는 것인가?

"흠. 어쨌든 들어가야겠는데……. 그래도 비교적 조용히 들어갈 수 있는 방법은 없을까요?"

샤이라의 말에 루와 마오는 잠시 고민하더니 서로를 바라보았다. 잠시 서로를 응시하던 중 마오가 검지로 턱을 문지르며 말했다.

"다 쓸어버릴까?"

"……."

칼과 하이단의 입이 딱 벌어졌다. 어이가 없었다. 진심이란 말인가? 진심이기 이전에 조용히 들어갈 수 있을 리가 없다. 대량 살상의 지옥이 벌어질 것이다.

"그건 좀……."

타키안이 더듬거리며 말했다. 그냥 침묵해 버리기에는 제안한 사람의 신분이 너무나 의식되었다. 진짜로 해버리면 그야말로 난리가 날 것이다. 일행의 반응을 가만히 지켜보던 루가 말했다.

"아무도 다치지 않길 원하는 것 같은데… 그럼 자밀 공작을 잡아서 협박할까?"

"……."

샤이라는 눈을 감았다. 같은 마스터라고 하기에는 너무나 부끄러웠다. 루는 빙그레 웃었다.

"이봐, 이봐. 농담이라고. 원래 너무 골똘히 생각하면 도리어 생각나지 않는 법이지."

"내게 방법이 있다네."

성진은 담담히 말했다. 모두의 시선이 성진에게 쏠렸다. 성진은 눈을 감고 천천히 호흡을 가다듬으며 생각했다.

'그대는 알고 있겠지.'

카르노는 알고 있을 것이다. 그는 자신을 주시한다. 자신을 놓칠 수 없다.

'그럼 보이리라.'

성진은 눈을 뜨며 의식을 확장시켰다. 영성이 극격히 타올랐다.

풍운심결(風雲心訣).

풍운이 조화를 이루니 그 모든 것을 아우른다.

분광심결(分光心訣).

빛을 쪼개니 세상은 작아진다.

두 가지 심결이 동시에 펼쳐졌다. 타오르는 영성에 심결이 둘러지자 기묘한 상승효과를 만들었다.

풍운심결은 성진의 몸에 무한한 자유를 부여한다. 공간과 물리 법칙의 제약을 넘어선다. 분광심결은 성진에게 극한의 빠름을 부여했다. 마찬가지로 물리 법칙을 넘어 이곳과 저곳을 극히 짧은 시간에 이동할 수 있었다.

두 가지 심결이 합쳐진 효과는 무궁무진했다. 성진은 가장 곁에 서 있는 두 아이의 손을 잡고 한 걸음 움직였다. 눈앞이 흐려지며 모든 사물이 지나쳐 갔다. 가로막는 공간의 제약은 없다. 그가 원하는 대로, 뜻하는 대로 펼쳐지는 것. 그것이 심결이다. 그의 힘이다. 지금 이 순간 성진은 그 무엇보다 우선이었다.

두 아이를 커다란 광장에 내려놓고 성진은 다시 몸을 돌려 한 걸음 걸었다.

본래의 장소로 돌아왔다. 거리로 다지면 수십 마일을 단 한 걸음에 이동하는 것이다. 샤이라가 알았다면 기가 닥혀 했을 일. 성진은 공간과 시간의 제약을 완벽하게 넘어섰다.

그렇게 몇 번을 움직이자 일행은 광장 한복판에 서 있었다.

"……."

"……."

"…뭐야?"

일행으로서는 기가 막힐 노릇이었다. 성진이 뭔가를 한다고 하더니 눈앞의 풍경이 뒤바뀌어 있었다. 인지고 뭐고 할 시간이 없었다. 마치 인형극의 세트가 바뀌는 것처럼 아주 간단하게 순식간에 바뀌어 버리니 현실감이 들지 않을 정도였다.

오죽하면 성진이 행사한 그 강력한 힘의 위력을 조금이나마 느낀 그랑디아마저 놀랐겠는가. 장담컨대 이것은 신도 할 수 없는 일이었다.

"사기다… 자네라는 존재는 사기야……."

루는 자신의 짧고 모발이 굵은 검푸른 머리를 매만지며 중얼거렸다. 마오는 피식 웃으며 말했다.

"그렇지. 예언에 기록된 가벼운 톱니이니……."

"가벼운 톱니의 뜻이 성진을 가리키는 말이었나요? 가벼운 톱니가 가라앉는다는 구절."

샤이라가 흥미를 느끼며 물었다. 몰랐던 사실이다. 하긴 그녀는 거대한 흐름에 회귀한 적이 없다. 한때 거대한 흐름 속에 파묻혀 마스터 간의 정보를 공유하고 있었던 루와 마오가 아는 사실을 샤이라 그녀는 몰랐다. 비교적 사교성이 좋은 루가 샤이라의 물음에 답했다.

"샤이라 당신은 아직 모르겠군요. 선대 마스터들은 일찍이 추측했습니다. 뻐꾸기는 마스터를 가리킵니다. 뻐꾸기의 역할은 다섯 아이들, 즉 관리자들이 멈춰 버린 시계추를 다시 돌리는 역할을 하지요."

"흐음……."

잠시 생각하던 샤이라는 그때 고대의 도시에서 읽었던 예언을 읊으려 하였다. 하지만 마오가 그것을 제지했다.

"의문은 나중에 풀지. 우선 저쪽 휘라인의 신전으로 가는 게 어떨까?"

마오의 말에 샤이라는 주위를 둘러보았다. 이곳은 시스만의 중심부인 대광장이다. 각종 석상과 분수가 있는 곳.

꽤나 넓은 지역이다. 험악한 분위기로 인해 사람들이 돌아다니지 않는다고 하지만 한 사람도 없는 것은 아니다. 혹시나 모를 시민들의 반란을 막기 위해 순찰대가 돌아다니고 있었다.

지금도 저쪽에서 순찰대가 멍하니 이쪽을 보고 있었다. 갑자기 눈앞에 나타난 이들이 믿기지 않는 탓이다.

"어쩌지?"

칼은 아직도 움직이지 않는 순찰대를 보며 중얼거렸다. 도망가자니 당장 호각을 불 것 같았다. 그렇다고 도망치지 않자니 이 같은 분위기에 광장을 거닐고 있는 사람으로 생각할 수 없었다. 이래저래 의심받을 수밖에 없는 상황. 그렇다면 방법은 하나다, 가장 효율적이면서도 무식한.

하이단과 칼이 몸을 날렸다. 단련될 대로 단련된 두 전사는 50야드를 순식간에 주파하여 여섯으로 이루어진 순찰대 앞에 순식간에 도착했다. 처음 그들을 보고 '어!' 하는 소리를 치는 순간, 코앞에 서 있으니 그야말로 질풍(疾風)이 무색할 정도였다. 하지만 그것으로 끝이 아니었다.

병사들 앞에 도착한 하이단은 성진에게서 전수받은 기술인 진각을 사용하며 바닥을 찍었다.

쾅!

단단한 화강암이 부서져 나가며 하이단의 발자국이 새겨졌고, 동시에 얻어진 반발력이 근력과 조화를 이루며 막대한 힘으로 변화하였다. 법력을 가미하지 않은 그 힘은 하이단의 근력과 어울린 것으로도 충분히 강력했다.

앞으로 나아가는 힘이 그의 어깨에 집중되었고, 하이단은 어깨로 가장 앞의 병사를 힘껏 받아버리며 팔을 거칠게 휘둘렀다.

픽!

"헉!"

비명을 지르지도 못하고 단지 헛바람만을 내쉰 병사가 스르륵 무너졌다. 가슴이 무너질 정도의 강렬한 타격이 심신을 울렸다. 휘두른 오른팔에 맞은 병사가 공깃돌처럼 팅겨져 나갔다. 하이단이 휘두른 팔은 마치 철퇴 같아 그의 팔에 맞은 병사는 비명도 지르지 못하고 기절해 버렸다.

단번에 두 병사를 날려 버린 하이단은 물이 흐르는 것 같은 유려한 동작으로 몸을 돌려 오른발로 그 왼쪽 병사를 찼다.

뻑!

돌덩이가 부서지는 소리가 울려 퍼지며 병사가 기절했다. 당연했다.

바위도 부수는 발차기다. 아무리 그 힘을 조절했다고 해도 그것을 인간이 머리에 맞고도 서 있을 수는 없었다.

전력 질주하여 두 병사를 날려 버리고 즉시 멈춰 서서 돌려차기로 다른 병사를 침묵시켜 버린, 거의 인간 같지도 않은 몸놀림을 보인 하이단과 마찬가지로 칼도 무지막지했다.

병사 셋을 향해 동시에 검을 날린 것이다. 비록 검집에 들어 있다 해도 비기라고 할 수 있는 검식에 따른 검로는 하나가 셋이오, 셋이 하나라 할 수 있으니 칼의 모든 것이 모조리 녹아든 한 수라고 할 수 있었다.

빛처럼 뻗어나간 일격은 한 치의 오차없이 병사 셋의 정수리에 작렬하였다.

퍽! 퍽! 퍽!

세 번의 타격음이 거의 동시에 울려 퍼지며 병사들이 나동그라졌다. 칼의 일격은 강철로 만든 투구가 형편없이 찌그러질 정도로 강력했다.

"끝."

완전히 의식을 잃어버렸는지 병사들의 입에서 맑은 침과 바지의 사타구니 부근이 축축하게 젖어들었다. 이렇게 깨끗하게 제압하는 것은 어지간한 수준의 오러 유저는 불가능하다. 경보를 발할 시간도 없이 삽시간에 제압해 버렸으니 그간 칼과 하이단의 성취는 이루 말할 수 없이 높아진 것이다.

"좋군요."

이어진 성진의 한마디는 그들의 기분을 단숨에 끌어올렸다. 하지만 계속 기분을 즐기고 있을 순 없었다. 어디서 누군가가 숨어서 보는 눈이 있을지도 몰랐기 때문이다.

"어서 가지."

마오가 붉은 머리칼을 흩날리며 앞장섰다. 그들의 예측은 과연 틀리지 않아 광장이 한눈에 보이는 어두운 구석에서 그들 일행을 지켜보는 눈이 있었다.

＊　　　＊　　　＊

"뭐라고?"

우당탕!

도시가 해방군에 의해 불타 버리기 직전인 상황에도 팔자 좋게 사과를 씹어 먹으며 노닥거리고 있던 길드원의 보고에 타슈가 놀라 벌떡 일어섰다. 그 바람에 그가 앉아 있던 의자는 무참히 바닥을 굴렀다. 그래도 제법 명인이라고 할 수 있는 사람이 만든 것이라 돈으로 따지면 꽤나 비싼 물건이었다. 하지만 물건은 부서져도 다시 살 수 있으나 시기는 놓치면 다시 붙잡을 수 없다. 지금이 바로 그 순간이었다.

"다시 한 번 말해 봐. 진짜야? 사실이야?"

"네, 분명하다니까요. 일행은 조금 더 늘었지만 분명 꼬마 둘에 하이단 마르티어스가 같이 있었습니다. 그 검은 머리의 사내도요."

"맙소사!"

그들이 왔다! 크라인 왕국군을 강제로 해산해 버린, 역사에 길이 남을 전쟁을 간단하게 종식시켜 버린 위대한 자. 산을 날려 버릴 수 있는 지상 최강의 존재가 이곳에 등장했다. 복잡한 생각이 타슈의 머리 속을 스치고 지나갈 때 길드원은 이상하다는 듯 고개를 갸웃거렸다.

"그런데 어떻게 도시 안으로 진입할 수 있었는지 모르겠습니다. 성문은 물론, 모든 개구멍도 전부 수리, 보수되어 폐쇄되었거든요."

"…너는 그것들로 그들을 막을 수 있다고 생각하나?"

"……."

길드원은 입을 다물었다. 60만 군대를 제압한 자다. 상식으로 생각하면 안 된다. 타슈의 귀찮다는 손짓에 길드원은 조용히 물러갔고, 그는 복잡한 상념의 바다에 들어갔다.

'왜 그들이 여기 왔을까?'

'어째서 그들은 군대와 동시에 도착했을까.'

'무슨 목적일까?'

여러 가지 생각이 스쳐 가는 가운데 하나만은 확실했다. 저들의 검이 시프 길드라는 단체를 겨누지 않았다는 것, 그리고 크라인 왕국을 겨누지 않았다는 것이다.

시프 길드에 그들이 볼일은 없다. 빈약한 이유였지만 타슈의 날카롭게 다듬어진 직관력은 그러하다고 외치고 있었다.

크라인 왕국도 아니다. 그것은 그들이 조용히 수도 안으로 들어왔기 때문이다. 왕국을 엎어버리려면 저번과 같은 섬광을 근처 들판에 한 방 떨어뜨려 주면 된다. 압도적인 무력 앞에서 반기를 들 자는 없다.

그러면 도대체 무엇 때문일까. 왠지 불길했다.

"조용히 있자."

타슈는 그들을 감시하지도, 접촉하지도 말라고 전 길드원에게 알렸다. 그들이 지나는 구역 전부에서 길드원을 철수시키라고 명령했다.

그것은 매우 잘한 선택이었다.

＊　　　　＊　　　　＊

"그들이 도착했습니다."

"아… 왔군요. 이제 시작인 거군요."

"끝일지도……."

"하하하! 어차피 우린 나쁜 놈들 아닙니까."

"어차피 감내했습니다. 못할 짓 많이 했으니 상관없습니다. 저희 종족을 구원하기 위해서라면……."

"가끔 그런 생각이 드네. 이 모든 것이 누군가의 장난이 아닌가 하고. 그나저나 세상을 뒤바꿀 날치고는 너무나 조용하군. 그렇게 생각하지 않나?"

"그것도 그렇지요. 당신도 그렇게 생각하나요, 세르피아?"

우우우우웅―

창생의 인이 사라져 버린 어두운 공간. 그렇게 신기는 조용히 울었다.

＊　　　　＊　　　　＊

일행은 성진의 초감각으로 순찰대에게 흔적을 잡히지 않고 휘라인 신전에 다가서고 있었다. 아주 오랜만에 집으로 돌아가는 하이단과 타키안으로서는 절로 흥분이 되었다. 길리언도 마찬가지였다. 아주 깡촌인 길리언의 고향인 셔우드 마을에서는 수도 시스만을 구경하는 것이 일생의 영광일 정도로 큰일인 셈이었다.

요새 범인으로서는 상상도 못할 여정을 거쳐 와 그 감동이 조금 퇴색되었을 것이라 생각될지도 모르나, 아직도 시골 아이의 순박함(?)이 남아 있는 길리언으로서는 크라인 왕국의 역사를 대변하는 시스만의 놀라운 자태에 두 볼이 발갛게 상기될 정도였다.

칼도 한동안 이곳에서 살았다. 갓 성년이 되었을 나이에 칼은 이곳 수도 기사단의 수련 기사가 되어 한창 검을 휘두르고 있었다. 그때의 기억이 추억이라면 추억일 것이다. 이곳저곳 변한 곳이 없나 두리번거리던 칼은 무언가가 생각났다는 듯 성진에게 물었다.

"그런데 말입니다. 우리는 분명 시스만까지 일직선으로 오라는 게일의 조건이 있잖습니까. 가도야 일직선으로 시스만까지 뚫려 있으니 별반 문제는 없겠는데, 이곳에서 이 골목 저 골목 돌아서 가면 분명 일직선이라는 조건에 어긋나지 않을까요?"

"그렇게 생각할 수도 있겠죠. 하지만 일직선이란 없습니다. 일직선이라는 개념은 가장 곧다는 뜻입니다. 어느 하나 굽힘이 없지요. 예를 들어 여기서 우리가 있던 모디프스의 레어까지 나타내는 몸통만한 지도가 있습니다. 시스만과 모디프스의 레어, 그 두 지점을 펜으로 긋는다면 일직선처럼 보이지만 세상은 둥글기 때문에 일직선이 아닌 셈이지요. 그것을 무시한다 하더라도 지도에 나타난 가는 선의 굵기는 실제로 나타내 보면 우리는 0.6마일(약 1㎞) 굵기의 거대한 통로로 걷는 셈입니다. 만약 게일이 고작 몇십 야드의 구불구불한 통로를 걷는다고 일직선이 아니라며 인정하지 않는다면 제가 친히 밟아주지요."

말을 마친 성진이 칼에게 웃어 보였다. 지극히 현대적인 어법인 '밟아주다'. 하지만 칼은 성진이 말한 뜻을 이해할 수 있었다. 때문에 마음속으로 게일의 명복을 빌었다.

'무사하세요.'

마스터이지만 성진의 분노를 산다면 무사하지 못한다. 이미 마스터 서넛을 합쳐 놓은 것처럼 강력한 멸절자 둘의 합공을 받아내 이겼지 않은가. 여신 그랑디아마저 무슨 말을 못할 정도로 강력한 것이 성진이다. 미움받는다면 결코, 절대로 무사하지 못했다. 그렇게 마음속으로 명복을 빌어준 칼은 하이단에게 관심을 돌렸다.

"하이단, 신전까지 얼마나 남았수?"

칼의 물음이 하이단의 머리 속 깊은 곳에 잠들었던 기억을 끄집어냈다. 코흘리개 시절부터 청년의 열병이라는 여드름이 피어나는 시기. 그때 활개치고 돌아다녔던 곳이 바로 이 골목이다. 신전의 뒷문과 연결된 이 골목.

하이단의 눈앞에 과거의 영상이 환상처럼 떠올랐다. 골목길을 걸어가면 저 모퉁이쯤에 다 썩은 벽이 있었으며, 그 벽에는 그가 남겨놓은 '대머리 영감 로슈'라는 낙서가 있었다. 존경받는 시라이 4세의 이름이 들어간 낙서를 한 사람이 지금은 파문당한 하이 프리스트 하이단 마르티어스라는 것을 믿을 사람은 아무도 없을 것이다. 그리고 그 낙서를 하이단이 했다는 사실도 몰랐다. 그만큼 비밀스러웠고, 아득했던 시기였다.

하이단은 모퉁이를 돌았다. 과연 석회로 만들어진 다 썩어가는 벽이 나타났다. 곰팡이가 이곳저곳 피어나고 담쟁이 넝쿨이 벽을 파먹어 이제는 다 허물어져 가는 벽. 신전과 역사를 같이했기에 까마득히 오랜 옛날부터 이곳을 지켜온 벽.

하이단이 앞서 걸어가 벽 앞에 섰다. 허리를 굽혔다. 옛날에는 머리 부근이었다. 그 당시 하이단은 날카로운 나무 송곳으로 정성스레 낙서를 하였다. 있었다, 옛날 그대로. 벌써 사십 년 전이다. 이 낙서를 새긴 지.

작은 꼬마는 성인이 되었고, 이제는 허리를 굽혀 낙서를 바라볼 나이가 되었다. 발갛게 윤기가 흐르던 피부는 어느덧 노화되어 탄력을 잃어갔고, 짙은 갈색 머리칼은 빛을 바래 회색 석회 벽을 닮아가고 있었다.

"로슈 영감……."

하이단은 시라이 4세의 본명을 불렀다. 아련한 기억이다. 어린 두 눈에 눈물을 그렁그렁 달고 새기던 미음의 낙서는 이제는 추억과 그리움이 되어버렸다. 아버지 같던 사내는 이제 할아버지가 되어 그에게 의지하고 있었다. 아버지 같던 사내가 그토록 찾던 신의 사도. 이제 그와 함께 귀환하고 있었다.

"하이단, 울어요?"

어느새 곁에 선 칼이 물었다. 하이단은 붉어진 눈시울을 문질렀다.

"아닐세. 석회 가루가 눈에 들어간 모양이야."

"그럼 그렇지."

"……."

달아올랐던 분위기가 삭 가라앉았다. 하이단은 한숨을 내쉬며 말했다.

"도대체 자네한테는 긴장감이란 녀석이 있는 건가, 없는 건가?"

그의 말에 칼은 씨익 웃으며 답했다.

"당장 몇 시간 후면 죽을지 몰라요. 지금이라도 웃어야지요."

"……."

하이단의 말문이 막혀 버렸다. 저런 말을 할 줄은 몰랐다. 그랬다. 지금 그들은 사지를 향해 걸어가고 있었다. 앞에는 어떤 관문이, 그리고 어떤 위험이 도사리고 있는지 아무도 모르는 그런 곳. 저 아름다운 석조로 지어진 휘라인 신전 깊은 곳에는 카르노가 있었고, 지금 그들은 카르노의 음모 속으로 걸어가고 있는 셈이었다.

스피노자가 말했다. '내일 지구가 멸망하더라도 나는 오늘 한 그루의 사과나무를 심겠다' 라고. 그것은 앞날이 어찌 될지 알 수 없더라도 지금의 나는 최선을 다하겠다는 말이다.

그런 의미에서 칼의 말은 참으로 뜻 깊었다.

오늘 밤 나는 죽더라도 지금은 웃겠다.

죽음은 그 누구에게나 공평하고, 그 누구에게나 무서웠다. 그런 죽음 앞에서 초연할 사람은 아무도 없다. 하이단이 지금 과거의 추억을 더듬으며 애써 그의 은사인 로슈를 떠올리는 것도 그의 집이라 할 수 있는 곳에 도사린 죽음을 떠올리지 않기 위한 일종의 도피였다. 하지만 칼은 직시했다. 죽을지도 모른다. 그러나 웃겠다고 했다.

"칼……. 정말 강해졌군."

"…내 손을 보실래요?"

칼은 허리춤에 꽂았던 오른손을 빼어 하이단 앞에 펼쳐 보였다. 그의 오른손은 차갑고, 식은땀으로 홍건히 젖어 계속 떨고 있었다.

"무서워요. 무서워 죽겠어요. 하지만… 죽기 직전에 검이라도 뽑아 보고 죽으려고, 따뜻하게 하려고 데우고 있었어요. 억울해서, 그토록 피 토하며 배웠던 검술 한 번 써먹지도 못하고 죽는 게 억울해서……."

칼은 말을 잇지 못하고 울먹였다. 그러나 결코 눈물은 흘리지 않았다. 언젠가 맹세했다. 눈물은 남을 위해 흘리겠다고. 결코 자신을 위해서는 흘리지 않겠다고. 그 맹세가 생각나 떨어지려는 눈물을 가까스로 참아냈다.

그들을 물끄러미 바라보던 마오는 칼의 머리에 왼손을 턱 올리며 말했다.

"실컷 웃어라. 그리고 내일도 웃을 것이다."

내가 널 지켜주겠다라는 우회적인 표현. 그것을 알아듣지 못할 칼이 아니었다. 지극히 개인적이어 세상이 멸망하더라도 자신의 신념을 관철시키며, 그 외의 것에는 눈 하나 깜짝하지 않는 마스터의 호의를 얻기는 지극히 힘들다. 그런데 칼은 마스터를 안 지 불과 삼 주 만에 그 호의를 얻었다.

칼의 굳은 신념과 불타는 열정이 마스터의 마음을 움직인 것이다. 그 고귀한 호의를 얻어낸 칼은 그저 웃는 것으로 대신했다.

성진은 길리언과 타키안을 보았다. 성진의 시선 속에는 염려가 녹아 들어 있었다. 스승의 눈빛을 읽은 길리언은 단호한 목소리로 말했다.

"따라갈래요."

“안 된다.”

생각해 볼 것도 없었다.

당연한 거절. 두 소년은 싸움에 그리 능하지 않았다. 더군다나 길리언은 물리적 능력이 전무하다시피 했다. 단지 15, 16살 먹은 아이이다. 이런 아이들을 사지에 끌고 갈 수는 없었다.

샤이라는 빙그레 웃으며 말했다.

“물러서렴. 너희가 갈 곳이 아니란다.”

“하지만… 저희가 안전하게 있을 곳이 있을까요?”

길리언이 말했다. 사실 그렇다. 마스터 넷이 지키고 있다. 어찌 보면 세상에서 가장 안전했다. 하지만 지금 그들이 갈 곳은 넷이나 되는 마스터의 울타리로도 보호할 수 없을지도 모르는 곳이었다. 차라리 멀리 있는 것이 안전할 수도 있었다.

“있다.”

샤이라의 생각은 이미 아이들이 어디에 있어야 안전할지까지 미쳐 있었다. 샤이라는 길리언과 타키안의 볼을 쓰다듬으며 말을 이었다.

“도둑들은 세상의 재물을 훔치지. 덕분에 적이 많단다. 이들은 자신이 훔친 재물을 숨기기 위해 혹은 자신을 잡으러 오는 사람들로부터 피하기 위해 숨게 되었지. 한데 세상에 도둑은 한둘이 아니란다. 많은 도둑들이 숨다 보니 서로 도우면 더욱더 쉽게 재물을 훔치고 숨을 수 있다는 것을 깨닫게 되었지. 그밖에 수많은 이점이 있다는 것을 깨닫고 그들은 뭉치게 되었단다.”

“시프 길드?”

“그래, 시프 길드. 이곳 시스만은 그들의 본거지가 있는 곳이지. 그 어떤 탄압 속에서도 살아남은 그들이야. 나는 그거 그들에게 특별한 것을 남겨두었단다. 그들이 만약 그것을 소중히 간직하고 있다면 너는 그들을 찾을 수 있을 거야."

샤이라의 손이 파랗게 물들며 두 아이의 머리를 쓰다듬었다. 푸른 빛은 그녀의 손 위에서 머물다 두 소년의 정수리로 빨려들어 갔다. 특별한 마법, 선택된 자에게만 비춰지는 마법이다. 그리고 그것은 샤이라가 남긴 물건을 볼 수 있게 해주는 마법이었다.

"너희는 이제 약속된 사람이 되었다. 시프 길드는 너희를 보호할 수밖에 없어."

그것이 샤이라와 오래전 시프 길드의 마스터였던 사람이 맺은 약조였다. 약속이란 신의. 도둑은 법을 어기지만 신의는 저버리지 않는다.

"찾아가거라. 미안하지만 나는 못 가겠다. 루, 그대가 대신 해줄 수 있을까요?"

짧은 생각 끝에 루는 승낙했다. 얼마 걸리지도 않을 길이다. 더군다나 호위하는 대상은 친우라고 할 수 있는 성진의 제자였다.

"나도 곧 따라갈 테니 모두 정리해 버리지는 말라고."

패나 싸움을 좋아하는 성격이다. 샤이라는 짓궂은 미소를 지어 보였다.

"제 마법 한 방이면 정리될 겁니다."

실은 샤이라는 성진이 가르쳐 준 지식을 바탕으로 놀라운 위력을 지닌 마법을 개발해 냈다. 원자핵을 쪼개어 강제로 질량을 감소시켜 거기서 발생한 에너지를 고스란히 열로 전환하는 마법, 바로 뉴클리어 블

러스터였다. 최강의 마법을 그녀가 만들어낸 것이다.

이 회심의 비밀 병기는 그 누구도 본 적이 없으니 샤이라의 말을 다들 농조로 들었다.

"그럼 다녀오지. 먼저 가게나."

루의 말에 길리언과 타키안은 아쉬운 눈빛으로 성진을 보고는 돌아섰다. 성진은 제자의 등을 향해 말했다.

"곧 가마."

천 마디 위로보다 더 큰 한마디다. 길리언은 그 한마디로 안정을 되찾았다. 두 아이를 보내자 성진은 다시 일행을 재촉하여 길을 걸었다.

구불구불 이어진 길은 어둡고 축축하였으나, 한편으로는 놀라웠다. 많은 사람의 손길이 스친 듯 벽 곳곳에는 낙서와 그림이 그려져 있었고, 그것은 수많은 사연을 담은 메시지였다.

평온했다. 큰일을 앞둔 기분이 느껴지지 않았다. 상형문자 혹은 형이상학적인 그림 같았던 사연들이 성진의 눈 속에서 풀어지며 그 모습을 드러냈다. 성진은 그 메시지를 읽으며 지나갔다. 너무나 엉켜 있어 그것은 흡사 그림처럼 보일 지경이었지만, 성진은 그 모든 것을 읽어 내려가고 있었다.

수많은 사람이 무작위로 적어 내려간 낙서가 너무나도 엉켜 버려 그 내용조차 알기 힘들어진 사연. 몇백 년 동안 그 사연을 간직했던 벽. 사람이 만들어낸 우연과 세상이 만들어낸 우연, 그리고 시간이 맞물려 묘한 규칙성을 만들어냈다.

그것은 세상이 자신의 위를 살아가고 있는 자에게 보내는 메시지였다. 범인으로서는, 그리고 세상을 깨달았다는 마스터들도 읽지 못했던 메시지였다. 성진은 그 규칙을 읽어 내려가고 있었다. 그리고 세상은 눈을 떴다. 지금이다, 지금이 그때다. 지금 그 메시지의 길은 세상의 마지막을 결정짓는 걸음을 휘감으며 펼쳐졌다.

기묘한 느낌이었다. 벽에 잠들어 있던 수많은 메시지가 형상화되어 성진을 보았다. 작은 아이, 어른, 여자, 노인 할 것 없이 벽에서 튀어나와 성진에게 손을 뻗었고, 그가 지나가자 사라졌다.

***** ** ******.

*** *** ****?

***** ***** ***!

귓가로는 그들이 소곤거리는 수많은 사연이 들렸다. 들리는 사연은 영상이 되어 성진의 머리를 스쳐 지나갔다.

나는.

너는.

그는.

그녀는.

그들은.

우리는.

한꺼번에 수많은 사람들의 일생이 펼쳐졌고, 성진은 그 가운데를 걸었다. 담쟁이 넝쿨이 급격히 벽을 뒤덮더니 사라졌고, 그 위로 수많은 낙서가 새겨졌다가 부서져 떨어졌다. 시간을 빠르게 되돌리는 느낌.

성진은 하늘을 보았다. 하늘이 검게 물들어 있었다. 그리고 그 검은 하늘 너머에는 아카식 스트림이 있었다. 아카식 스트림이 구슬처럼 뭉친 가운데 길게 찢어지며 황금빛 눈동자가 모습을 드러냈다. 성진의 시선과 그 황금빛 눈동자가 교차한 순간, 모든 것이 무너져 내리며 성진은 그 축축하고 어두운 석회의 벽을 따라 걷고 있었다.

불현듯 찾아왔고, 갑작스레 물러났다. 징조, 그것은 세상이 성진에게 던지는 징조였다. 그것이 무엇일까 생각하기도 전에 성진은 그 의미를 알고 있었다. 우습게도 성진은 지금이 그 마지막이라는 것을 깨달았다.

"지금이군."

너무도 뜻밖이어서 그는 자기도 모르게 중얼거렸다. 샤이라가 이상하다는 듯 보았지만 성진은 신경 쓰지 않았다.

갑작스레, 불현듯, 느닷없이, 뜻밖의. 이 모든 것이 징조도 없이 어떤 일이 생기는 것을 의미한다. 인간사는 그 같은 사건으로 크게 돌변했다. 성진의 예리한 초감각으로도 지금이 바로 그때라는 것을 지금에야 알 수 있었다. 그 초감각으로 재구성된 세상이 그에게 던진 메시지는 그 마지막이 영원한 마지막이라는 것을 알려주었다.

그러다 성진은 문득 깨달았다. 그들의 주위에 있어야 할 한 명이 보이지 않았다. 성진은 걸음을 멈추고 뒤를 돌아보았다.

"그랑디아는 어디 있습니까?"

"그게 무슨 말이에요? 그녀는 분명……!"

성진의 말에 샤이라는 의아한 듯 고개를 돌리다가 굳어버렸다. 그녀가, 그랑디아가 보이지 않았다. 언제 사라진 것인가. 도대체 언제부터?

"어디로 갔지?"

그 냉철한 마오조차 놀라 주위를 둘러보았다. 보여야 할 사람이 보이지 않았다. 바로 조금 전만 해도 곁에 있었는데. 이게 어찌 된 일일까.

성진은 고개를 저었다. 대지가 그녀를 감쌌다. 그리고 사라졌다.

"돌이켜 봐요. 언제부터 그녀가 사라졌는지."

그의 말에 샤이라는 기억을 더듬어갔다. 하루에 무얼 했는지 초단위로 끊어서 기억해 낼 수 있는 그녀에게 있어 그것은 별로 어려운 일이 아니었다. 기억을 돌이키자 그녀가 보았던 모든 것들이 눈앞을 스쳐 갔다.

'없다!'

없었다. 언제부터인가 그랑디아가 그녀의 기억 속에서 보이지 않았다. 어디로 간 것인가. 샤이라는 계속 기억을 더듬었다. 하이단과 칼이 이야기를 나누던 부분, 기다란 골목을 걷던 부분에서도 없었다. 칼들이 순찰대를 제압했던 때도 없었다.

'아!'

광장. 그 광장에 들어섰을 때부터 그랑디아는 없었다.

"광장! 광장 때부터 없었군요."

성진은 고개를 끄덕였다. 그랑디아 그녀가 무슨 수를 썼는지 몰라도 신묘한 술수로 모두를 속였다. 성진은 분명 그녀의 손을 잡고 광장으로 이끌었다. 그리고 그녀와 함께 광장에 도착했다. 그리고 그 뒤로 '인식' 하지 못했다. 그녀가 마치 당연히 곁에 있다는 듯 행동했다. 불과 여덟에 불과한 일행 중에서 한 사람이 사라졌는데 아무도 눈치 채지 못했다.

"어떻게 된 거죠? 성진, 당신은 언제부터 알았나요?"

샤이라의 물음에 성진은 말했다.

"방금 문득 깨달았습니다. 그녀가 없다는 사실을요. 만약 제가 일깨우지 않았다면 모두 몰랐을 겁니다."

그랬다. 최면이라고까지 할 수 있는 술수였다. 그 강력한 술수에 모두가 현혹되었다. 대지는 그녀를 보호했고 숨겼다. 그리고 모두가 느끼지 못하도록 이목을 가렸다. 칼은 고개를 저으며 말했다.

"놀랍습니다. 전 그녀가 우리 뒤에서 따라온다고 생각했었는데……."

"나도 그렇다네."

"마찬가지일세."

"저도요."

칼의 말에 하이단과 마오, 샤이라도 동의했다. 그녀는 왜 사라졌을까, 무슨 목적으로. 그러나 하나는 확실하다.

"언젠가는 다시 나타납니다."

목적이 있으니 세르피아의 몸에 강림하여 성진의 분노를 샀던 것이다. 그러다 그의 제자와 친해졌고 일행을 따라나섰다. 그리고 사라졌다. 샤이라는 도무지 그녀의 꿍꿍이를 알 수 없었지만, 아무튼 기분이 나빴다. 그것은 본능이라고 해야 할까.

"하지만… 그랑디아의 몸은 세르피아의 육신이잖아요. 찾지 못한다면……."

샤이라는 예전 왜 그렇게 세르피아와 성진과의 관계를 시샘했는지요 근래에 깨달았다. 그것은 독점욕이다. 남자로서의 성진이 아닌 친우로서의 성진. 성진의 무궁무진한 지식이 그녀를 매료시켰던 것이다. 그랬기에 답답했고 조급했다. 세르피아와 성진이 함께 영원히 사라져버릴 것처럼 느껴졌었다. 하지만 성진은 친구를 만들었다, 루와 마오라는. 그리고 샤이라 그녀 자신도 성진의 좋은 친구라는 것을 깨달았다.

그것을 깨닫고 나자 조급함도 없어졌다. 마스터들 사이에 연인이란 없었다. 연인이란 인연. 인연이란 인과율의 사슬이다. 그 사슬에서 그나마 벗어난 마스터들 사이에서 피어나는 것은 우정이다. 성(性)이 아닌 친구다, 지식을 교류할 수 있는.

샤이라의 걱정에 성진은 고개를 저었다.

"상관없습니다. 정 안 된다면 '만들던' 되니까요."

샤이라의 얼굴 위로 간만에 황당함이 떠올랐다. 만들어? 뭘?

"뭘 만들어요?"

"육신 말입니다."

성진은 주머니에서 한 줌의 머리칼과 손톱 조각을 꺼냈다.

"이건 그녀의 몸에서 나온 겁니다. 샤이라, 세상 모든 생명은 근원적인 중표를 가지고 있습니다. 너무나도 작아 눈에 보이지 않을 만큼 작지요. 하지만 그 작은 곳에 새겨진 정보가 우리의 육신을 구성합니다. 뇌를 만들고 심장을 만듭니다. 생각을 만들고 사랑을 만들지요. 즉, 사람이 되는 겁니다. 저는 창생력으로 그녀의 몸을 재구성해 볼까 합니다. 그녀의 몸을 만들기는 여간 어려운 일이 아니지만… 그래도 해야지요. 그녀니까요."

성진의 말이 가슴을 울렸다. 샤이라는 중얼거렸다.

"그녀니까라……."

참 단순한 이유였다. 하지만 그 단순함 속에는 구구절절한 성진의 심정이 스며들어 있었다. 이 연인들은 도대체 뭘까. 마스터라는 것도 초월한 사랑. 그들을 볼 때마다 느꼈다. 마스터란 인과율을 벗어나지 못했다. 다만 인과율로부터 잊혔을 뿐.

감정의 파랑(波浪)이다. 마오도, 칼도, 하이단도, 샤이라도 성진의 말에 가슴이 울렸다.

일행은 다시 걸었다. 얼마 지나지 않아 석회벽의 길이 끝나고 화강암으로 쌓아 올린 벽이 들어서 있었다. 화강암으로 벽을 만들어놓다니. 누구 집인지는 몰라도 어지간히 부자인가 보다.

"이야… 최고급 석조를 담으로 쓰다니. 돈이 남아도나?"

"흠흠."

기실 이 벽은 휘라인 신전을 감싸는 담이었다. 이곳까지 와본 적이 없는 칼로서는 이 담이 누구네 집의 담인지 알 수 없었다. 그저 돈 많은 집안의 담이라고 생각했던 것이다. 하이단이 헛기침을 토해내는 것을 본 칼은 즉각 눈치 챘다.

"오호라? 이 사치스러운 담의 주인이 휘라인 교단이었어요?"

"그렇다네. 꾸미기 좋아하는 선대 교황이 예산을 결정했지. 덕분에 교황께서는 재정부의 잔소리 좀 들었지만."

휘라인 교단의 모토가 바로 근검절약이다. 이렇게 사치 부릴 돈이
있으면 자선 사업을 벌이거나 밭을 사들여 사람들에게 경작시킨다. 이
렇게 호사스러운 담을 만든 것도 알고 보면 다 이유가 있다. 다 허물어
져 가는 석회담은 신전의 이미지를 퇴락시키고 있었기 때문이다. 해서
교황은 재정부의 잔소리를 감당하면서까지 예산을 결제하였고, 결국
신전의 이미지 향상에 큰 도움을 주었다.

"하여간 본전은 뽑았네. 부자들의 헌금이 늘었거든."

"세상은 예산이군요."

"그렇지."

돈 없으면 죽도 밥도 안 된다. 성직자들도 돈이 있어야 신에게 감
사를 지낼 수 있다. 돈이 있어야 비생산적인 기도를 올리면서 밥을
먹을 수 있었다. 교단이라는 것도 알고 보면 좀 더 많은 헌금을 끌어
모으려고 만든 집단이다. 조직적이면서도 뭔가 그럴듯하게 보여야 굴
러 들어 오는 게 많다. 거듭 밝히지만 세상을 움직이는 것은 예산이
었다.

"이쪽으로."

하이단은 신전을 두르는 기다란 담을 따라 일행을 인도했다. 뒤쪽에
마련된 출입구가 있으니 그리 들어가면 되겠지만 지금의 하이단은 배
덕자다. 그가 당당하게 신전의 출입구로 발을 들이민다면 그를 잡아들
이려 수많은 사람들이 움직이게 될 것이다. 그리고 그것은 결코 성진
이나 일행이 원하는 결과가 아니었다.

"여기가 바로 개구멍이죠."

"누가 만들었는지 기차네요?"

“내가 만들었다네.”

칼의 말에 하이단은 가장 밑의 화강암덩어리를 밀며 말했다. 이음새에서 진흙이 부서져 나가며 화강암덩어리가 하이단의 손길을 따라 밀려났다. 그렇게 몇 개 밀자 성인 남성이 허리를 굽혀 들어갈 수 있는 구멍이 만들어졌다.

구멍을 본 칼이 믿기지 않는다는 듯 말했다.

“이렇게 큰 구멍이 났는데도 안 무너지다니, 말도 안 돼.”

“안 되긴 뭐가 안 돼?”

밝히지는 않았지만 기실 하이단은 이 구멍을 뚫기 위해 복잡한 수학적 계산을 통해 힘의 분배를 실현해 담이 붕괴되지 않을 정도의 석조 이탈을 구해냈다. 그리고 그 결과에 따라 치밀하게 개구멍을 만든 것이다. 휘라인 교단의 고귀한 지식을 한낱 개구멍을 뚫는 데 사용하니 하이단도 참으로 알 수 없는 사람이었다.

하이단은 먼저 구멍을 통과했다. 그러자 눈앞에 나타난 것은 푸른색 잔디가 멋들어지게 깔려 있고, 정원수가 울창하게 우거진 외각 장원이었다. 이제 초봄의 기운을 발산하는 듯 나무의 연녹빛 이파리가 이방인들을 맞이하였다. 새순이 피어나 이제 한창 자랄 시기였다. 늙은 정원수와 우거진 가지가 어울려 만들어진 멋진 장애물은 무단 침입자들을 효과적으로 가려주었다.

하이단을 따라 칼이 구멍 안으로 들어서자 재빨리 주위를 살폈다. 다행히 주위에는 아무도 없었다. 하이단은 일행에게 어서 들어오라는 신호를 보냈다. 그러자 담 위에서 누군가가 툭 떨어졌다.

마오였다.

"뭔가?"

"……."

생각해 보니 그들은 마스터다. 놀라운 육체 능력을 보유한 이들이다. 그들에게 몇 야드 높이의 담장은 별반 문제가 아니었다. 그저 훌쩍 뛰어서 손을 짚고 넘어버리면 그만이었다. 거기다 동작도 원체 빨라 일반인이 본다면 뭔가 흐릿한 것이 지나갔다고밖에 생각할 수 없을 정도였다.

성진까지 넘어오자 일행은 하이단을 앞세워 걷기 시작했다. 성진은 감각을 펼쳐 신전 전체를 더듬었다. 하지만 누구 하나 발견할 수 없었다.

"하이단, 신전에는 아무도 없습니다."

"네? 설마요?"

신전에는 수많은 사람이 기거한다. 나라에서 사제들을 강제로 군에 배속시켰다 하더라도 신전을 관리해야 할 관리인들은 남아 끊임없이 신전을 빛냈다. 아직 사제의 서품을 받지 못한 어린아이들도 이곳저곳을 돌아다니며 공부하며 심부름을 해야 했다. 아무도 없을 수가 없었다.

뭔가 불길함을 느낀 하이단은 조심스러운 이동을 포기하고 당장 과거 인장이 안치된 봉인의 방으로 향했다. 화려한 프레스코라든지 신화가 가득 새겨진 벽화와 석조는 이미 눈에 들어오지 않았다. 무인 지경인 그의 집이 왜 이렇게 되었는지 알아야만 했다.

"이리로."

하이단은 기다란 복도 가운데 어느 벽에 도착하여 벽돌 한 장을 손으로 밀었다. 그러자 벽 한쪽 전체가 스르륵 밀려 나갔다. 봉인의 방으로 통하는 지름길이었다. 하이단이 계단으로 들어서자 기관 장치가 발동하며 벽면에 걸려 있던 횃불에 자동으로 불이 붙었다.

"이거 고대의 도시 같은 기분이 드는군요?"

장소는 달랐지만 분위기는 비슷했다. 칼의 말에 기억이 난 하이단은 더 더욱 기분 나빠져 버렸다. 아직도 무시무시한 망령 군단과 그 처절한 기억, 그리고 불타 버린 유노를 기억하고 있었다.

'아니, 잊고 있었다.'

언젠가부터 잊고 있었다. 친구 유노가 섬기던 분이 나타났으나 하이단은 그런 그녀를 향해 유노에 대해 한마디도 묻지 않았다. 어째서일까. 잊어서다. 잊어버렸기에 생각나지 않아 묻지 않은 거다. 그러나 그것은 하이단의 탓이 아니었다. 알게 모르게 발하는 그랑디아의 강력한 신성이 하이단의 기억에서 유노가 튀어나오지 못하게 막아버린 것이다.

그 사실을 알 리 없는 하이단은 치밀어 오르는 모멸감을 애써 억누르며 걸음을 재촉했다.

봉인의 방은 여러 관문으로 되어 있다. 성진의 힘의 근원이면서도 교단의 상징이었던 만큼 그 경비는 철통같았다. 하지만 지키는 사람이 없으니 최종 관문을 빼놓고는 일사천리로 나아갔다. 더군다나 비밀 통로는 최종 관문 바로 곁에 붙어 있어 유사시에 사람이 대피할 수 있게 만들어놓은 것이다.

하이단은 최종 관문의 기관을 움직이기 위해 품 안에 깊게 숨겨놓았던 정십이면체 열쇠를 손바닥에 올려놓았다. 그것을 힐끗 본 성진이 말했다.

"정십이면체 열쇠군요. 만드는데 고생깨나 했겠습니다."

그의 말에 하이단은 쓴웃음을 지었다. 사실 그랬다. 사실 정십이면체 열쇠는 이 시대의 야금학을 뛰어넘었다. 녹슬지 않는 금속과 정십이면체로 커팅할 수 있는 기술, 그리고 정교한 문양을 새겨 넣기 위한 조각 등 하나같이 쉬운 것이 없었다. 결국 휘라인 교단에서는 많은 돈을 들여 겨우 이 열쇠를 다섯 개 만들 수 있었으며, 그중 하나가 파괴되어 지금은 네 개 남았다. 그중 하나가 바로 하이단이 들고 있는 것이다.

하이단은 열쇠를 정해진 구멍에 끼우고는 원반과 같이 생긴 것을 왼쪽으로 세 번, 오른쪽으로 네 번 돌렸다. 정해진 동작과 각도가 일치하자 기관 내에 있던 톱니가 맞물리며 정교한 술식으로 이루어진 마법진이 발동하였다.

쿠르르릉—

관문이 기성을 토해내며 좌우로 입을 벌렸다. 안은 밖과 다른 아주 어두운 공간이었다.

"흐음……."

하이단이 신음하였다. 이곳은 매우 넓으면서도 견고하고, 철저히 밀폐된 공간이었다. 그도 그럴 것이 그들의 신물이라 할 수 있는 인장이 안치된 곳이다. 사방은 빛으로 밝았고, 어둠이라고는 전혀 없는 성스러운 곳이었다. 이런 어둠으로 가려져 하나도 보이지 않는 곳이 아니었다.

샤이라가 라이트 마법을 시전해 빛의 구를 만들어 안으로 보내봤지만 취소당했다. 이곳은 권역(權域)이었다. 느낌은 지극히 깊은 어둠.

어둠은 사악이 아니다. 악의 기운이 아닌 순수한 어둠, 순수한 빛과는 정반대되는 개념이었다.

카르노였다. 샤이라는 온몸을 긴장시키며 말했다.

"긴장하세요."

카르노는 평범한 마스터가 아니었다. 깨달음을 얻되 전혀 다른 깨달음을 얻어 마스터가 된 인물. 수많은 마스터들을 타락시킨 네거티브 플레인의 무서운 유혹을 뿌리치고 이용할 수 있는 자였다. 힘으로 따지면 성진 다음 가는 마스터였다.

성진은 손을 어둠 속으로 뻗었다. 성진의 개방된 영성에서 발현된 빛이 손을 감싸고 어둠을 물리쳤다.

치지지징—

기괴한 소음과 함께 어둠의 장막이 강제로 걷히며 빛이 방 안을 잠식해 나갔다. 성진의 영성은 카르노보다 높고 강했다. 어둠은 연신 빛을 잠식하려 하였으나 빛은 어둠을 살라 먹고 더욱더 커져 갔다.

그때 안쪽에서 말소리가 들려왔다.

"왔군요. 장막을 걷겠습니다."

그와 동시에 어둠의 장막이 사라졌다. 안은 다시 빛으로 들어차 사방을 밝혔다. 일행 중 마스터가 아닌 칼과 하이단은 갑작스런 빛에 순응하지 못하고 손으로 눈을 가렸다. 성진은 터져 나오는 빛을 묵묵히 견디며 방 안을 둘러보았다. 봉인의 방이라 하더니 그 말이 맞았다. 중앙의 제단과 그 제단을 감싸는 형식으로 바닥에 새겨져 있는 결계가 한눈에 들어왔다.

그리고 몇 사람이 그 결계 외각에 서 있었다. 그들 중 한 명이 딱딱한 어조로 말했다.

"과연 이곳에 도착했군. 배덕자 하이단 마르디어스."

그의 말을 들은 하이단은 순간 몸이 굳었다. 하이단은 얼굴을 가렸던 손을 내리고 눈을 떠 몇 번 깜빡였다. 눈이 빛에 순응하자 방 안의 광경이 한눈에 들어왔다. 하이단은 자신을 불렀던 목소리의 주인공을 기억하고 있었다. 결코 마주치고 싶지 않은 인물들.

"으음. 오랜만입니다, 융 장로님."

하이단의 말에 근육질의 몸에 배까지 길게 내려오는 수염이 아주 인상적인 휘라인 교단 원로원 오장로 융은 발끈하여 외쳤다.

"닥쳐라, 이 배덕자! 어디서 함부로 얼굴을 드미느냐. 이곳이 어딘 줄 알고 온 것이냐! 파문되었으면 곱게 숨어 지낼 것이지, 그분께서 내려준 힘을 함부로 사용하다니."

노기가 가득한 음성이 방 안을 쩌렁쩌렁 울렸다. 하이단은 그런 융의 분노를 말없이 받았다. 경위가 어찌 되었든 그는 교황의 기슴을 부숴 버린 것으로 되어 있었다.

펄펄 뛰는 오장로 융을 말린 것은 일장로 로어였다.

"그만 하게나. 그나저나 하이단 자네는 여기를 어찌 들어왔는가. 거기다 저 외인들은 다 뭔가. 설마 신물을 반출하러 왔나?"

하이단에게 그렇게 말을 한 로어는 빈 제단을 향해 손을 벌리며 외쳤다.

"보게나! 이 장엄한 광경을! 그 누구도 우리의 신물을 침탈하지 못해! 다른 교단이 보내준 그들의 제일 보물이라 할 수 있는 신루가 신물을 감싸는 저 영화로운 광경을! 외인들이여! 그대들은 결코 뜻을 이룰 수 없을 걸세. 그 누구도 저 위대한 업적을 가져가지는 못해!"

성진을 비롯한 두 마스터는 무심한 눈으로 로어를 바라보았다. 칼과 하이단은 당황스러운 표정으로 로어를 보았다. 보라니? 뭘? 빈 제단을 가리키며 왜 저렇게 감동적인 표정을 짓는 것인가.

"로어 장로님, 지금 무슨 소리를……?"

그러고 보니 이상했다. 분명 이곳은 어둠의 장막으로 가득 싸여 있다. 거기에 그들 뒤로는 게일이 서 있었다. 한데 그들은 게일이 없는 듯 행동하였고, 없는 제단을 향해 난리법석을 피우고 있었다.

당황하는 두 사람을 위해 성진은 한마디 하였다.

"인식 장애."

"아!"

칼이 탄성을 터뜨렸다. 있으면서도 없게 하는 것. 직접 목도하니 신기하기 이를 데 없었다. 로어 말고도 어떤 장로가 뭐라고 하였지만 게일이 싱긋 웃으며 그들의 성대를 막아버렸다. 그러자 그 장로는 아무 말소리도 못 내면서 그저 입만 벙긋거렸다. 놀랍게도 본인은 그 사실을 전혀 자각하지 못하는 것 같았다.

"인형극은 재미있었는지요. 이제 연극은 그만 하도록 하죠."

말이 끝나는 동시에 네 명의 장로가 마치 마네킹처럼 뻣뻣하게 굳어버렸다. 유일하게 남아 있는 인물은 네 번째 장로인 로이드뿐이었다. 그의 얼굴은 애처로울 정도로 창백하게 질려 있었고, 연신 식은땀을 흘려댔다.

성진은 그런 로이드를 무심하게 보았다. 그가 성진과 세르피아를 음모의 구렁텅이로 빠뜨린 주체라는 사실을 안다면 결코 무사하지 못할 것이다. 그 사실을 잘 알고 있는 로이드는 저 경의적인 마스터가 부디 자신을 향한 관심을 접어주기를 간절히 빌었다.

"약속은 지켰다. 세르피아는?"

성진을 달갑지 않은 여정으로 끌어들인 원인. 그녀를 찾기 위해서라면 세상을 파괴하라면 기꺼이 파괴할 성진이었다. 성진의 말에 게일은 멀쩡히 자라난 왼팔을 들어 보였다.

"이것 보입니까? 영혼까지 왼팔이 없었다라고 철저하게 소멸되었지만 카르노의 놀라운 네크로맨시가 다시 왼팔을 부활시켰지요."

본래 게일의 피부색과는 다른 밝은 색이어서 약간 부조화를 이루었지만 움직임에는 지장이 없는 듯 원활하게 움직이고 있었다. 놀라운 일이 아닐 수 없었다. 그러나 성진의 표정은 변함없었다.

"세르피아는?"

"아, 제 말만 했군요. 그럼 카르노를 불러 오지요. 로이드?"

게일의 곁에 바싹 있던 로이드는 게일이 부르자 황급히 답했다.

"무슨 일이신지요? 말씀하십시오."

"좀 아플 겁니다."

"……?"

의아하다는 표정으로 게일을 바라보던 로이드의 눈이 순간 커졌다.

퍼억!

게일의 창이 로이드의 가슴을 뚫었다. 심장을 정통으로 관통한 듯 창에 매달려 경련하던 로이드의 몸이 축 늘어졌다. 즉사였다. 돌연한 사태에 칼과 하이단의 입이 딱 벌어졌다. 무슨 일인가? 같은 편을 왜?

게일은 아무렇지도 않은 듯 창을 놓았다. 둔탁한 소음과 함께 로이드의 몸이 바닥을 굴렀다. 잠시 로이드의 시신을 보던 게일은 창을 뽑았다. 한데…….

"피가……?"

여간해서는 놀라지 않던 샤이라도 이번에는 자기도 모르게 중얼거렸다. 심장을 관통한 창이다. 죽었더라도 창을 뽑으면 피가 약간이나마 솟구치기 마련이다. 하지만 창이 뽑힌 자리에서는 피가 솟구치기는 커녕 그저 시뻘건 살만이 쩍 입을 벌리고 있었다. 심지어 심장을 관통한 창날에도 피 한 방울 묻어 있지 않았다.

"그만 일어나시지요, 카르노?"

게일의 말이 끝나기가 무섭게 축 늘어져 있던 로이드의 시체가 움찔거렸다. 관통당했던 심장 부근이 급격히 매워지면서 그의 몸 주위로 검은 영기가 피어올랐다. 영기는 늙은 로이드의 육신을 감쌌다. 그러자 변화가 일어났다.

육신이 젊어지고 있었다. 주름지고 축 늘어져 탄력없던 피부가 팽팽해지고 윤기가 났다. 얼굴의 노인 반점이 사라지기 시작했고, 하얗게 셌던 머리칼은 다시 짙은 갈색으로 물들어갔다. 노화의 역전 현상. 말 그대로 회춘(回春)하는 것이다. 피부의 회춘이 끝나자 이제 몸 안쪽에서 변화가 일어났다. 삐쩍 말라 버린 근육이 부풀어 오르고, 뼈가 신음하며 다시 맞춰졌다. 그 과정이 끝나자 마침내 그가 눈을 떴다.

"흠."

가벼운 신음성을 낸 카르노는 고개를 좌우로 흔들어 목을 풀더니 서서히 몸을 일으켰다. 바닥에 앉은 카르노는 잠시 주위를 둘러보더니 게일을 보고는 오른손을 뻗었다. 게일은 카르노의 손을 잡고 당겨 그를 일으켜 세웠다.

"흠. 이제 완전해진 건가? 완전한 나로 돌아간 게 몇 년 만인 지……."

카르노는 감회가 새롭다는 듯 자신의 몸을 살폈다. 하이단의 충격은 대단하였다. 갑자기 네 명의 장로가 굳어버렸고, 네 번째 장로 로이드가 즉사하더니 카르노가 되어 일어났다. 어려서부터 그들을 보아왔고, 때로는 그들에게서 가르침을 받았던 하이단으로서는 무슨 일인지 이해할 수 없었다.

"아, 미안하군. 혼란스럽겠지?"

카르노의 음성은 지극히 부드러웠다. 하이단은 자기도 모르게 고개를 끄덕였다.

"그렇다면 설명해 줘야겠지. 나는 네가 알다시피 데스 마스터라 불리는 카르노다. 난 400년 전 마스터로 각성할 수 있었지. 마스터로 각성하기 전 나는 당시 로이드 가의 장로였다."

카르노의 입을 통해 숨겨진 비사가 드러나기 시작했다. 지금 이 같은 일을 만든 카르노의 탄생 비화.

"당시 나는 5대 교단의 탄압 속에서 신음하는 교도들의 힘이 되고자 마법을 연구하고 있었다. 우리 가문은 200년 전, 지금으로부터 600년 전에 얻은 네크로맨시 학파의 마법서를 바탕으로 휘라인 교단의 숨은 검이라 할 수 있는 쉐도우 워커들을 창설하고 운용해 왔다. 당대 장로로서 나는 쉐도우 워커를 보다 발전시킬 필요가 있었고, 때문에 보다 깊게 학문에 매진했다. 그러던 어느 날 나는 선대 장로, 즉 전대 가주로부터 놀라운 소식을 들을 수 있었지. 가문의 지하 창고에 100년 전

수많은 쉐도우 워커의 희생으로 죽일 수 있었던 마스터의 육신이 잠들어 있다고 말일세. 특수 처리해서 100년의 시간 경과에도 불구하고 그 마스터의 육신은 놀라울 정도로 잘 보존되어 있었지."

마오는 그가 누군지 알아차렸다. 그 당시 살해당했던 마스터. 때문에 마스터들 사이에서 꽤나 시끄러웠다.

"존 다이크."

"맞네. 카이나 제국의 제후여. 존 다이크 그의 육신은 놀라웠지. 인간의 영역을 넘어 신에 가장 가까이 다가선 육체. 완벽에 가까웠어. 무한의 생명과 헤아릴 수 없는 힘이 꿈틀거리는 육신이지. 100년이라는 시간 경과에도 불구하고 완벽에 가까울 정도의 모습에 난 전율했지. 그 즉시 존 다이크의 육신을 탐구하기 시작했지. 그러기를 20년. 나는 마침내 네크로맨시의 극의를 깨달았고, 네거티브 플레인으로의 마인드 스키핑을 통해 그 악마적인 유혹을 물리치고 마스터가 되었지. 그대들과는 전혀 다른 의미의 마스터가 말이야. 최초였지."

그랬다. 제2기 초창기의 비밀 문서에 기록되어 있는 내용 중에 이와 같은 것도 언급되어 있었다. 전혀 다른 식의 마스터의 탄생은 자칫 세상에 혼란을 초래할 수 있다고. 그리고 마스터들 사이에서도 큰 위협이 될 수 있다고. 그 결과를 카르노는 몸소 증명하였다.

"존 다이크는 내 네크로맨시로 완벽하게 부활했다. 죽은 육신은 따뜻한 피가 흐르는 살아 있는 육신으로 바뀌었지. 하나 되살아난 존 다이크는 완벽하지 못했다. 마스터가 되기 위해서는 육신과 정신의 조화가 필요하지. 존 다이크는 육체적으로는 그 조건을 만족하지만 영혼이 사라져 버린 터라 정신적인 조건은 만족하지 못했다. 그래도 충분히 강했지. 마스터에 준할 정도로 말이야. 그래서 나는 존 다이크를 내 심복으로 삼고 쉐도우 워커의 수장에 임명했다. 네크로맨시는 놀라운 학문일세. 죽음이란 필연적이지. 어느 생명이든 죽는다네. 죽음을 거부할 수 있는 존재는 단 하나, 세상의 관리자뿐이지. 지금은 신이라 불리는 것들."

카르노의 얼굴에 냉소가 스쳐 갔다. 잠시 하늘을 올려다보던 카르노는 다시 말을 이었다.

"나는 이제 늙지도 죽지도 않는 마스터가 되었어. 그러다 보니 문제가 생겼지. 나와 가장 가깝게 지내던 이들, 즉 원로원 가문들이 걸림돌이 되었지. 나는 쉐도우 워커를 동원해 그들 전원을 죽였지. 그리고 다시 부활시켰지. 그들은 내 완벽한 꼭두각시가 되었다. 스스로 생각하고 판단하며 살아가는 꼭두각시 말일세. 로이드 가는 쉬웠지. 그들은 전원 암시를 걸었어. 자세한 것은 생략하지. 확실한 것은 나에게 있어서 원로원은 더 이상 걸림돌이 아니었다는 것이야."

그의 놀라운 이야기에 모두 숨을 죽이고 들었다. 여타의 마스터와는 전혀 다른 각성기였다. 그의 이야기 속에서는 허무함이 없었다. 마스터들은 깨달은 즉시 모든 것이 허무해짐을 느낀다. 자신을 얽매던 인과율이 부서지는 것을 느끼고, 모든 인연이 끊기는 것을 깨닫는다. 그래서 속세를 벗어난다. 하지만 카르노는 달랐다.

"네크로맨시는 연구할수록 더욱 놀라운 학문이지. 어느 날 문득 내 네크로맨시는 완벽한 것이 아니라는 생각이 들더군. 생각해 봐. 모든 사람은 죽지. 그리고 죽은 영혼은 아카식 스트림으로 빨려가 생전의 기억을 모두 토해내고 정화되어 다시 세상으로 배출되지. 한데 그 아카식 스트림은 왜 그러한 일을 할까 생각해 봤어. 내 조악한 머리로는 세상을 창조한 분의 뜻을 이해할 수 없었지. 때문에 나는 그대로 지켜 보기로 했다. 그것을 보기 전까지……."

그의 말에는 깊은 여운이 배어 있었다. 과연 무엇을 본 것인가. 성진은 문득 그것이 자신이 알고 있는 것이라는 생각이 들었다.

"예언?"

불쑥 내뱉은 성진의 말에 카르노의 눈에 뜻밖이라는 눈빛이 스쳐 갔다.

"과연 그대군. 그래, 난 예언을 발견했지. 고대인들이 지상에 남긴 예언 말일세."

샤이라는 탄성을 질렀다.

"아!"

그랬다. 고대의 도시에서 고대인들은 과연 지상이 멸망했는지를 알아보기 위해 지상으로 나갔다고 했다. 그리고 그들은 그들의 예언을 그곳에 남기고, 잔뜩 공포에 질려서 새로운 사람들과 함께 도시로 귀환했다고 했다. 그 시를 카르노가 발견한 것이다.

"실은 어느 마스터가 발견해 마스터 사이에 비밀리에 퍼진 시지. 나는 그것을 존 다이크의 기억 속에서 읽었고 말이야. 예언은 참으로 뜻밖이었어. 샤이라, 당신은 그것을 기억하고 있겠죠?"

카르노는 샤이라를 보며 물었다. 이제 그들 사이에 적의는 사라지고 있었다. 카르노의 이야기는 그만큼 신비로웠다. 과연 그는 무슨 생각일까, 어째서 이런 일을 벌이는 것일까 하는 생각이 들었다. 그리고 그 의문은 전부 그의 이야기 속에 들어 있었다.

카르노의 물음에 샤이라는 예언을 읊었다.

흔들리는 시계추, 돌고 도는 톱니바퀴.

원점을 돌아 한 번 째각.

원점을 돌아 다시 한 번 째각.

째각째각째각째각. 덜크덕.

멈춰 버린 시계추, 놀란 다섯 아이.

시끄러운 다섯 아이 시계추를 붙잡으니.

지나가는 뻐꾸기, 시계추를 돌려주다.

다시 흔들리는 시계추, 돌기 시작하는 톱니바퀴.

두 번 돌아 세 번 도니

무거운 톱니바퀴 튀어오르고,

가벼운 톱니바퀴 가라앉고.

뻐꾸기가 톱니바퀴를 물어뜯다.

다섯 아이 크게 울자

엄마가 주신 톱니.

다섯 아이 웃으며

톱니바퀴를 고친다.

"정확하군."

눈을 감은 채 그녀가 읊는 예언을 듣던 마오가 고개를 끄덕였다. 카르노는 빙긋 웃으며 말을 이었다.

"나는 깨달았지. 그리고 주목했다. 무거운 톱니바퀴와 가벼운 톱니바퀴. 내가 바로 무거운 톱니바퀴라는 것을 깨달았지. 어둠이다. 어둠의 이미지는 무거움으로 표현할 수 있지. 내가 깨달은 것은 네거티브 플레인이지. 지극히 무거워 세상의 모든 악한 감정이 모이는 곳이지. 아카식 스트림의 최하층이라는 이야기도 있고, 전혀 다른 차원이라는 이야기도 있지. 그 정체에 대해서는 실은 나도 모른다. 아무튼 무거운 톱니바퀴인 내가 튀어 올랐으니 무언가 변고가 생긴다는 말이지. 그렇다면 가벼운 톱니바퀴는 누굴까?"

카르노는 손을 저었다. 그러자 허공에 짙은 어둠과 빛이 동시에 생겨났다. 가벼움과 무거움, 빛과 어둠 그 정점에 있는 자.

"세, 세이진님?"

카르노의 물음에 하이단이 답했다. 카르노는 만족스럽다는 미소를 지었다.

"잘했구나, 아이야. 그래, 가볍다는 것은 여기서 빛을 의미하지. 가장 빛나는 자. 신이 아니면서도 가장 찬란하게 빛나는 자. 예언은 성진의 출현을 의미하고 있지. 자, 이제부터 재미있어지지. 두 가지 큰 의미가 변고를 일으켰어. 두 번째 뻐꾸기 이야기가 나오지. 톱니바퀴를 물어뜯는다는 표현. 이건 뭘까? 뻐꾸기가 무엇을 가리키는지 알 수 없었지. 때문에 넘어갔단다. 직유법에 가까울 정도로 예언은 적나라하게 표현되어서 마지막 네 구절은 쉬이 이해할 수 있었지. 문제는 가장 마지막 구절인 '다섯 아이가 웃으며 톱니바퀴를 고친다' 라는 구절이야. 톱니바퀴는 알다시피 마스터를 의미한다. 하지만 어머니가 주셨어, 톱니를. 새로운 톱니지. 고장난 톱니바퀴를 대신할 톱니바퀴. 어쩌면 이 구절은 전체를 의미할 수 있어."

무슨 뜻일까. 하이단과 칼의 눈빛이 복잡하게 물들어갔다. 마오도 마찬가지였다. 마오는 미간을 모았다.

"그래, 어렵지. 상당히 어려워. 때문에 간단하게 생각하기로 했어. 모든 톱니바퀴도 단지 톱니바퀴로 표현할 수 있다고 말이야. 그럼 설명되지. 시계를 만들 때 대부분을 차지하는 것은 톱니바퀴. 흐름이고 규칙이지. 즉, 아카식 스트림이다. 마스터는 아카식 스트림에 속한 작은 톱니바퀴인 셈이지. 이렇게 생각해 볼 때 마지막 구절에 표현된 톱니바퀴를 웃으며 고치는 아이들은 비로서야 제 것이라고 기뻐해 웃는 것이라고 생각해 볼 수 있어."

순간 칼과 하이단은 전율이 일었다. 제 것. 그것은 완벽하게 통제한다는 것과도 같다. 내 것이니 내 마음대로 할 수 있다는 것. 아카식 스트림을 다섯 아이가, 신들이 마음대로 다루면 어찌 될까. 그럼 그들은 더 이상 관리자가 아니다. 진정한 의미의 신이다. 세상을 완벽하게 지배할 수 있게 된다.

"이같은 사실을 깨달았을 때 신들은 내게 제안을 했지. 자신들을 도와준다면 나를 신으로 만들어주겠다고 말일세. 생각해 보니 재미있었어. 해서 결심했지. 세상의 근간이 되는 아카식 스트림을 폭주시키기 위한 계획. 그런 생각이 들자 나는 학문에 매진했지. 이제 나에게는 한 가지 과제가 생겼지. 그것은 네크로먼시를 초월한 네크로맨시였다. 완벽한 부활, 그리고 부활한 대상조차 자신이 죽었었다는 사실을 모를 만큼. 다시 살아난 이들이 서로 사랑하며 아이를 낳아도 내가 부여한 속성이 이어지게 하는 것. 죽어서도 영혼에 담긴 기억이 아카식 스트림에 뺏기지 않아야 할 것. 그래야 기억을 기반으로 활동하는 아카식 스트림이 기억이라는 동력을 얻지 못해 제어를 잃고 폭주할 것이 아니야? 바로 그것. 내가 원하는 것은 아카식 스트림의 순환 작용에서 독립된 신인류였다."

칼과 하이단의 마음속에 냉기가 스멀스멀 피어올랐다. 소름 끼쳤다. 저 마스터는 진정 무서웠다. 카르노가 다시 이야기를 꺼내려는 찰라 성진은 카르노의 말을 막았다.

"이제 그만. 네 지겨운 이야기는 더 이상 못 듣겠다. 네가 말한 것들은 나와는 아무런 상관이 없다. 내가 원하는 것은 단 하나. 세르피아, 그녀뿐이다."

성진은 시기적절하게 카르노의 말을 막았다. 더 이상 계속했다가는 칼과 하이단이 바로 카르노의 네크로맨시로 재탄생한 존재라는 것을 알게 될 것이다. 바로 신인류라는 것을.

성진의 뜻을 알아차렸는지 한동안 성진의 눈동자를 응시하던 카르노는 이내 고개를 젓고는 게일을 바라보며 고개를 끄덕였다. 카르노가 승낙하자 게일은 어디선가 창을 가지고 왔다. 그것은 신기, 대지의 창이었다. 바로 세르피아의 영혼이 스며들어 있는 창.

"이것이오. 당신의 연인."

게일이 성진에게 창을 던지자 성진은 그 창을 잡아챘다. 창이 우웅하고 울었다. 아련한 느낌이 손을 타고 가슴까지 퍼졌다. 확실히 그녀였다.

신기는 본주인의 손에서만 위력을 발휘한다. 대지의 창 같은 경우는 엘프의 손에서만 그 빛을 유지한다. 이종족이라 할 수 있는 성진의 손에 창이 쥐여지자 창은 그 힘을 잃고 빛을 잃었다. 때문에 창이 지니고 있는 포용 능력이 떨어지면서 창에서 세르피아의 영혼이 이탈하기 시작했다.

'아차!'

게일이 창을 던진 이유도 이것이다, 한순간 성진을 묶어놓기 위해. 성진은 길게 생각할 겨를이 없었다. 세르피아의 혼이 아카식 스트림의 강력한 흡입력에 빨려들어 가버린다면 그녀를 찾기는 무척 요원해진다.

'창생의 인을……!'

생명의 육신을 재구성하기 위해서는 상상도 못할 힘이 필요하다. 하물며 마스터의 육신을 무(無)에서 창조하는 일이다. 성진은 모디프스의 레어 깊숙한 지하에 있는 창생의 인을 소환했다. 공간을 넘어 창생의 인은 삽시간에 성진의 앞에 나타났다.

성진의 앞에 나타난 창생의 인은 성진의 영혼 속으로 들어가려 했지만 신루가 이루는 결계가 그것을 방해하고 있었다. 기분 나쁘다는 듯 웅웅거리는 창생의 인을 달랜 성진은 곧바로 세르피아의 머리칼과 손톱을 꺼내어 그 안에 잠재된 DNA를 기초로 그녀의 육신을 재구성하기 시작했다.

부우우웅─

발현된 창생력이 승천하려는 세르피아의 영혼을 구속하면서 한편으로는 가장 간단한 수소 원자를 만들어냈다. 수소 원자는 이리저리 합쳐지더니 탄소와 산소 원자로 바뀌었고, 이윽고 폭발적으로 생성되었다. 세르피아의 머리칼 속에 들어 있는 DNA를 기초로 탄소 원자들은 일단 기초적인 아미노산으로 결합하졌다. 그리고 그 아미노산들이 사슬처럼 엮어지며 DNA를 복제, 증식시켰다.

세포 분열의 과정이 초고속으로 진행되면서 DNA는 세포가 되었고, 세포는 조직이 되었다.

DNA에 지정된 코드에 따라 일부는 뼈를 만드는 골아세포가 되어 세르피아의 골격을 형성시켰고, 일부는 신경 섬유가 극도로 길어져 엮어지는 뉴런이 되어 그녀의 뇌를 구성하였다.

"아아아……!"

칼은 감격에 겨워 감탄사를 터뜨렸다. 장엄하였다. 성진의 손에서 생명이 구축되고 있었다. 찬란한 백색 빛에 쌓인 공간 위로 눈에 보일 정도로 허공에서 뼈가 나타나 골격이 되었고, 뇌와 내장 기관이 생겨났다. 골격 근처에서 빨간 근육이 꿈틀거리더니 천천히 자라나 온몸을 장식해 나갔다. 그 사이사이로 심장에서 시작된 혈관이 마치 넝쿨처럼 뻗어나갔다. 그것은 차라리 예술이었다.

넋이 나갈 정도로 아름다운 광경과는 다르게 성진은 사력을 다해 그녀의 육신을 만들어내고 있었다. 예상보다 더욱 힘들었다.

'이제 보니!'

창생의 인에서 발현된 창생력은 성진의 의지에 따라 '생성'이 각인되어 있다. 이 상태에서는 강한 정신력을 가진 사람이 원하는 것을 만들 수 있었다. 창생의 인을 두르는 신루의 결계가 그런 창생력의 상당 부분을 흡수해 가고 있었다.

그렇다고 여기서 중지할 수 없었다. 여기서 중지했다가는 마치 과학실의 표본처럼 기괴하기 짝이 없는 고깃덩어리만 탄생할 뿐이었다. 세르피아의 DNA로 이루어진 참혹한 표본이.

창생의 인에서 흘러나오는 창생력이 강할수록, 세르피아의 육신이 완성되어 갈수록 신루는 더 더욱 빛을 발했다. 그에 비례해 성진은 더욱 큰 저항을 느꼈다. 성진은 자신이 덫에 잡혔다는 것을 깨달았다.

번쩍!

플래시가 터진 것처럼 강렬한 오색 섬광이 신루에서 터져 나오며 결계가 찢겨 나갔다. 노란 빛을 띤 신루를 제외한 네 개의 신루가 유성처럼 날아 마네킹처럼 뻣뻣하게 굳어 있는 장로들의 몸속으로 빨려들어갔다.

신루를 흡수한 네 장로의 몸이 신루의 빛으로 뒤덮였다. 흰색, 초록색, 붉은색, 검은색으로 뒤덮인 네 장로의 몸이 심하게 꿈틀거리더니 그들 모두가 동시에 눈을 떴다.

퍼퍼퍼펑!

폭풍이 몰아쳤다. 공기가 요동치며 사방으로 불어닥쳤다. 눈앞이 절로 어두워질 만큼 강렬한 풍압이 일행을 강타했다.

"……!"

칼과 하이단은 숨이 막힐 것 같은 느낌에 목을 떨었다. 그것은 샤이라와 마오에게도 마찬가지였다. 마스터마저 제대로 숨 쉴 수 없게 만드는 위압감을 지금 네 장로가 만들어내고 있었다.

"이, 이건……!"

마오는 신음하였다. 붉은 빛, 느껴본 적이 있는 기운이었다. 그의 고향 카이나 제국은 강철과 폭풍의 신 마르세우스를 숭상한다. 그리고 그들 신성력의 고유의 빛은 붉은색이다. 그러한 느낌이 그 어느 때보다도 강렬하게 느껴졌다.

"샤이라! 혹시……?"

무슨 생각이 들었는지 마오가 황급히 샤이라를 돌아보며 외쳤다. 샤이라 또한 마오를 향해 고함쳤다.

"맞아요! 그들! 신들이……!"

번쩍!

두 번째 섬광이 터졌다. 이번 섬광은 영혼마저 멀게 만들어 버릴 정도로 강렬했다. 마치 빛도 폭풍이 된다면 이런 느낌일 것이다. 빛의 포말이 사방으로 휘몰아쳐 온몸을 감싸고 눈을 헤집는 느낌. 눈을 감아도 너무나 눈이 부셔 괴로웠다.

"아악!"

"크으윽!"

하이단과 칼이 눈을 감싸며 무릎을 꿇었다. 샤이라와 마오 또한 괴로웠다. 빛의 폭풍은 공간마저 뒤흔들었다. 휘라인 신전이 그 기반째 흔들렸고, 진동은 곧 퍼져 나가 시스만을 뒤흔들었다. 이윽고 세상이 알게 되었다.

제각각 생업에 종사하던 사제들이나 군종 신부들을 비롯하여, 대륙을 남북으로 가르는 거대한 산맥 너머의 카이나 제국을 넘어 아주 산골짜기 시골까지. 그 강력한 위압감은 대륙을 뒤흔들었다.

그러한 빛의 폭풍 속에서도 그 광경을 사늘하게 지켜보던 카르노가 중얼거렸다.

"드디어 열렸군, 신들의 문이."

신루는 신의 눈물이 아니다. 그것은 관리자를 구성하는 일부분을 압축해 물질화하여 지상에 떨어뜨린 그들의 조각이다. 그것은 일종의 문으로 신루가 신기를 발하는 이유는 그 때문이다. 신과 연결되어 있기에. 신들은 신루를 통해 인간 세상을 보았고 간섭하였다.

이러한 신루에는 또 하나의 효능이 있다. 그것은 신루를 통해 그들의 힘을 구체적으로 드러낼 수 있는 것. 강림과도 비슷한 효과를 만들어낼 수 있는 것이다. 그 효과는 매우 탁월하여 역사에서도 몇 번 드러났었고, 그때마다 대륙은 그런 그들을 경배하고 찬양했다.

그리고 그들 모두가 지금 이 자리에 임하였다.

"크으윽!"

마스터들도 고통스러운 판국에 범인에 속하는 하이단과 칼이니 온몸을 짓누르는 위압감에 도저히 일어설 수 없었다. 눈에서는 눈물이 흐르고, 가슴은 도무지 알 수 없는 감정이 치밀어 올라 뜨겁기 그지없었다. 그것은 경외며 감동이었다. 하지만 그것은 칼이 만들어내는 감정이 아니었다. 신들이 발산하는 무지막지한 기운, 그것이 일으키는 혼란이었다.

칼은 감동 아닌 감동의 눈물을 흘리며 절규했다.

'이런 건 감동이 아니라고! 난 저들을 존경하지 않아!'

자의가 아닌 타의가 만들어내는 감정의 폭풍은 실로 괴로웠다. 머리로는 경외하지 않으나 몸은 경외하며 떨었다. 감동과 희열에 젖어 울부짖고 있었다. 그것은 자신이 아니었다. 내가 아니게 되어버리는 것. 그것은 고통이며 고문이었다.

성진은 그들이 뿜어내는 존재감에 자칫 창생력의 통제를 잃을 뻔했다. 네 신들이 뿜어내는 힘들은 대단하였다. '그분' 께서 친히 창조하신 세상의 관리자. 그 관리자는 헤아릴 수 없는 시간 동안 세상을 관리

하며 강해졌다. 그 힘에 '그분' 의 힘이자 성진의 힘인 창생력이 더해
지자 가히 두려울 정도였다.

―하하하하! 이계의 마스터! 오랜만이도다! 하하하하! 헛된 꿈은 버
려라! 하하하!

일장로 로어는 백색의 빛을 뿜어냈다. 순백의 상징은 바로 빛의 신
라이트라스. 세상을 울리는 신언(神言)에 급기야 칼과 하이단은 피를
토하고 말았다.

라이트라스는 진심으로 기뻐하였다. 이때가 오기만을 장장 일만 년
이나 기다렸다. 진정한 지배자가 되는 꿈. 더 이상 관리자가 아닌 완전
한 신으로 신성을 획득할 수 있는 그의 꿈이 실현되기 일보 직전이었
다.

세상은 그의 존재에 떨었고, 그의 음성에 신음하였다. 실로 광포한
존재. 그러나 빛의 신 라이트라스는 무한의 자유를 누리고 있었다.

그것은 다른 신들도 마찬가지였다. 신루를 빌어 임시로 갖은 몸이었
지만 참으로 마음에 들었다. 자신들의 힘을 잘 받아들일 수 있는 그릇
이었다. 그리고 날카롭게 세워진 감각이 세상을 두루 느낄 수 있게 도
와주었다.

성진은 그들이 뿜어내는 압력과 싸우며 세르피아의 육신을 재구성
해 갔다. 이제 조금만 더 하면 된다. 그러면 그녀는 다시 부활하고, 그
는 신들에게 맞설 수 있다. 이제 조금만 더!

그때 이변이 나타났다.

―안됐지만 실패예요, 이계의 마스터여.

입구에서 시작된 부드러운 봄바람이 방 안을 휘감았다. 가슴이 따뜻

해지는 음성. 모든 투지가 사라지게 만드는 기운 그랑디아였다. 성진들이 들어온 입구를 통해 그랑디아와… 선혈로 범벅이 된 길리언이 걸어 들어오고 있었다.

길리언은 초점이 없는 흐릿한 눈으로, 오른손으로 그랑디아의 손을 잡고 천천히 걷고 있었다. 머리칼이 피로 흠뻑 젖어 있었다. 얼굴은 물론 옷도 마찬가지였다. 길리언이 걸을 때마다 바닥은 피의 발자국이 새겨졌고, 그의 머리칼에서 피가 뚝뚝 떨어져 내렸다.

그와 반대로 그랑디아의 모습은 지극히 거룩하였다. 노란빛 후광(後光)을 뿜어내 황금빛 머리칼이 한 올 한 올 흩날리고, 하늘거리는 흰색 옷과 지극히 아름다운 그녀의 얼굴, 순백의 피부가 조화를 이루었다. 그 기묘한 광경에, 신들이 뿜어내는 위압감에 몸부림치던 일행은 고통도 잊고 벌떡 일어섰다.

"길리어언!"

길리언은 이곳에 있어서는 안 된다. 마스터 루가 그를 지키고 있었다. 한데… 한데 저 모습은 무엇인가. 피가 거꾸로 솟는 기분이었다. 분노는 위압감을 몰아내고 마비된 몸을 해방시켰다. 칼이 피를 토하듯 외치며 그랑디아를 향해 달려들었다. 무시무시한 기세로 발검하여 그랑디아를 향해 내리찍었다. 은색의 궤적이 성광을 파헤쳤다.

—신에게 검을 들이대다니…….

그랑디아는 일고의 가치도 없다는 듯 칼에게서 시선을 거뒀다.

펑!

"커흑!"

그녀를 감싸는 영롱한 빛이 뭉쳐지더니 폭발하며 칼을 날려 버렸다.

그랑디아를 찔러가던 검은 끝부터 부서지며 박살났고, 그의 상반신을 보호하던 레더 아머가 갈기갈기 찢겨 나갔다. 그 강렬한 반격에 칼은 피를 토하며 바닥을 뒹굴었다. 온몸의 뼈가 부서진 것처럼 아파왔다. 고통과 분노와 무력함이 그를 감쌌다.

"크아악! 길리어어언!"

피를 토해내는 칼의 처절한 외침에 이제껏 흐리멍덩했던 길리언의 눈빛에 이지가 돌아왔다. 잠시 몸을 떨던 길리언이 더듬더듬 한마디를 내뱉었다. 그리고 그 한마디는 하이단과 샤이라를 얼려 버렸다.

"타키안이… 타키안이……."

그 한마디를 겨우 내뱉은 길리언의 눈은 다시 몽롱하게 변했다.

"……!"

하이단은 자신의 귀를 의심하였다. 타키안이 왜? 길리언은 선혈로 흠뻑 젖어 있었다. 하이단은 무엇인가 찾으려는 듯 두 눈이 끊임없이 흔들렸다. 그리고 마침내 발견하였다. 그랑디아의 손을 잡지 않은, 길리언의 왼손에 달려 있는 것. 그것은… 손목만이 남아 있는 아이의 손이었다.

"……!"

갑자기 숨이 막혀왔다. 눈에 들어오는 것이 무엇인지 실감이 나지 않았다. 누구의 손인가? 아는 손인가? 가만 보니 엄지와 검지 사이에 까만 점 하나가 박혀 있다. 하이단은 그러한 특징을 가진 사람을 알고 있었다.

그리고 그 사람의 영상이 떠오른 순간… 하이단의 머리 속에서 무엇인가가 툭하고 끊어졌다.

"우아아아아아아!"

벌떡 일어선 하이단의 눈이 붉게 물들며 근육이 부풀어 올랐다. 그의 피부 위로 맑은 오러가 넘실대기 시작하였고, 바람이 그의 전신을 감싸 안았다.

손의 주인공은 로슈 영감이 그에게 부탁했던 아이다. 한없이 착한 아이. 그 힘든 여정에서도 싫은 내색 한 번 안 했던 아이. 자신의 마음을 따뜻하게 했던 아이.

"크아악!"

하이단은 미쳐 갔다. 분노가 그를 잠식했고, 폭급하게 만들었다. 오러와 바람이 섞이며 지극히 파괴적인 돌풍이 일었다. 미친 바람이 불기 시작했다.

"아아아악!"

하이단은 오러 유저로서 그 정점에 다다른 자다. 그가 분노하니 마침내 마음의 조화를 깨뜨렸고, 그를 마성에 빠뜨렸다. 마성은 그의 잠재력과 생명력을 불태웠다. 오러는 울부짖었다. 평소의 고요한 음률이 아닌 괴성이 울려 퍼지며 모든 세포를 들끓게 만들었다. 그리하여 주인이 원하는 파괴력을 만들었다.

"캬악!"

하이단의 얼굴이 흉하게 일그러지며 그랑디아를 향해 돌진했다. 하이단의 다리가 바닥을 박차는 순간 단단한 화강암으로 만든 바닥이 부서져 나가며 그의 신형이 흐릿해졌다.

경이적인 힘. 그는 지금 마스터의 영역에 도달한 상태였다. 그러나 하이단은 무모한 상대에게 도전했다. 상대는 신. 그와는 비할 수 없는 힘을 가진 이였다.

영롱한 노란 빛과 함께 창처럼 집중된 그의 모든 힘이 그 끝부터 바스러지더니 사라졌고, 빛은 날카로운 번개가 되어 하이단의 복부에 작열했다. 복강을 구멍 낸 번개는 내장을 태워 버렸고, 마침내 등으로 빠져나왔다.

"…허."

하이단의 입에서 피가 섞인 숨이 나왔다. 성화가 그의 내장을 태워 버렸다. 폐가 불타 버렸고 피가 끓었다. 몇 걸음 더 달리던 그의 육신은 심장이 멈추는 순간 무너져 내렸다.

"하이다… 크륵……."

연신 피를 토하며 바닥에 누워 꿈틀거리던 칼의 눈에서 피눈물이 흘러내렸다. 그의 몸도 계속 식어갔다. 강렬한 충격은 그의 내장을 헤집어놓았고, 내출혈로 복강 내에 피가 차기 시작했다. 심장은 비명을 지르며 연신 펌프질을 했지만 멈출 날도 멀지 않았다. 마스터인 샤이라와 마오만이 간신히 방어막을 형성해 자신들을 보호하고 있을 뿐이었다.

그 모습을 빠짐없이 본 성진의 얼굴이 붉게 물들었다. 그가 붙잡혀 있을 동안 그의 동료들이 죽어갔다. 제자가 인질로 잡혀 있었다. 성진은 치밀어 오르는 분노를 억누르며 재생에 몰입했다. 이제 조금만 더 하면 됐다. 육신은 완성되었다. 눈앞에서 빛나는 세르피아의 영이 육신으로 들어가고 있었다.

"눈 떠요! 어서!"

성진은 그녀의 몸을 흔들며 소리쳤다. 그녀의 DNA를 바탕으로 재

생시켰다고는 하지만 만들어진 육체다. 엄연히 괴리감이 존재했다. 그
래서 성진은 그녀의 이름을 불렀다. 청각은 오감 중 가장 먼저 활성화
되는 기관이다. 청각이 활성화되면 대뇌에서 그 자극에 반응하여 다른
감각들을 일깨운다. 기억은 대뇌에 저장된다고 하지만 그녀가 마스터
로 각성한 이상 기억은 영혼에 각인되어 있었다.

"깨어나요!"

"하아……."

세르피아의 호흡이 터졌다. 성진의 눈가로 기쁨이 스쳐 갔다. 이제
그녀를 보호해야 했다. 아직 살아 있는 칼도 지켜야 했다. 제자를 구해
야 했다.

─어리석군. 한 가지 알고 싶은 게 있지 않나? 뻐꾸기의 의미를?

성진은 입을 굳게 다물고 그에게 뜻을 전하는 그랑디아를 바라보았
다. 그랑디아는 환하게 미소 지으며 길리언의 머리를 쓰다듬었다.

─뻐꾸기는 재생과 파괴를 결정하는 키워드지. 세상이 만들어낸 열
쇠야. 멸절자들은 가장 먼저 뻐꾸기를 죽여 파괴를 시작하고, 세상을
재생시키지. 시계추를 다시 돌린다는 의미는 그것이야. 한데 두 번째
언급되는 뻐꾸기는 톱니바퀴를 물어뜯지. 왜일까?

그랑디아의 손이 진한 노란 빛으로 물들었다. 그 빛은 길리언의 머
리 속으로 스며들어 가기 시작했다. 길리언의 갈색 머리가 탈색되면서
백발로 변하였다.

─무슨 짓이냐!

분노하여 소리쳤지만 그의 영성 대부분은 세르피아를 유지시키는
데 사용하고 있었다. 그녀가 완전히 의식을 되찾을 때까지 성진은 창

생력의 대부분을 그녀의 육신을 유지시키는 데 사용할 수밖에 없었다. 그렇지 않는다면 당장 그녀의 육신은 무너져 내릴 터였다. 결코 그러한 일을 만들 수는 없었다. 그러한 사실을 잘 알고 있는 신들이었기에 더욱 여유로웠다.

—우리가 사용하는 힘은 관리지. 운용하는 힘, 북돋아주는 힘이지. 이 힘을 이 아이가 가지고 있는 능력에 전하면 어떻게 될까?

그녀가 전하는 힘이 강해질수록 길리언의 눈이 점점 노랗게 빛나기 시작했다. 부들부들 떠는 모양새가 심상치 않았다. 필시 뇌에 무리한 부하가 걸리고 있는 것이리라.

—이 아이는 내가 주목한 아이야. 나는 여신. 모든 것에 공평해야지. 왜 내가 이 아이를 주목했을까. 실은 정안의 눈이 바로 뻐꾸기의 증표야. 신의 힘을 머금은 뻐꾸기는 모든 힘을 파훼하지. 그리고 무효로 만들어 버려. 대상이 되는 존재를 부정하게 만들지. 정안의 눈은 진실만 보는 게 아니라 진위(眞僞)를 결정해 버리거든.

온몸의 피가 머리로 몰렸는지 길리언의 얼굴이 시뻘겋게 변했다. 그랑디아는 싱긋 웃었다.

—부정하렴, 아이야.

파앗!

부드러운 그녀의 뜻과 함께 길리언의 몸에서 빛이 터져 나왔다. 빛은 성진에게 쇄도했고, 그 빛을 쪼이는 순간 성진은 일시적으로 무력해졌다. 성진과 창생의 인이 연결되는 정신의 고리가 끊겼다. 그를 두르던 강력한 의지가 일시에 해체되어 사라졌다.

한데 문제는 그것뿐이 아니었다. 길리언의 눈은 성진을 부정했다.

이 세상에서 성진을 부정해 버렸다. 일시적으로 영성을 펼칠 수 없는 성진은 자신과 연동되고 함께했던 세상에서 동떨어져 버렸다. 성진은 일시적으로 지워졌다. 벌거벗은 성진 위로 길리언의 눈이 만들어낸 거짓이 덧씌워졌다. 세상은 성진을 알아보지 못했다. 오히려 거짓에 씌어진 성진의 존재에 분노하였다.

감히 내 위에 존재하다니!

땅이 그를 거부했다. 바람이 그를 거부했다. 빛이 그를 거부했고, 물이 그를 거부했다. 숨 쉬는 공기가 독이 되었고, 수분이 독액이 되어 그를 자극했다. 단단한 화강암으로 만든 땅이 그가 싫다는 듯 꿈틀거렸다. 분노한 세상의 살기가 그를 찔렀다.

"크윽!"

그의 오감이 차단당했다. 청력을 제외한 모든 감각이 무기력해졌다. 길리언이 발하는 빛은 굉장하였다. 세상이 고래부터 만들었었던 키(key)다. 그 강력함은 세월의 힘과 그랑디아의 신성이 더해져 성진을 무력화했다.

그런데도 성진은 세르피아를 놓지 않았다. 오히려 더욱 강하게 끌어안았다. 이 모든 희생은 그녀를 위해 생긴 것이다. 이제 그녀마저 잃는다면 성진은 자신을 용서하지 못할 터였다.

"성진……."

그를 부르는 부드러운 음성. 반년 동안 듣지 못했던 달콤한 목소리. 따뜻하면서도 부드러운 손길이 그의 볼을 어루만졌다.

"세르피아!"

성진은 그녀를 애타게 불렀다. 분명 안고 있으되 그녀의 따스한 온기를 느낄 수 없었다. 그녀는 웃고 있을 것이다. 하지만 그녀의 얼굴을 볼 수 없었다. 그녀의 향긋한 체향도 맡을 수 없었다. 그러나 성진은 감사하였다. 최소한 청력만은 살아 있으니.

성진의 볼을 연신 어루만지던 세르피아가 말했다.

"미안해요……. 정말 미안해요……. 날, 날 경멸해 줘요……."

"무슨……?!"

퍽!

화끈한 고통이 가슴에서 피어올랐다. 무엇인가가 그의 왼쪽 가슴을 파고들더니 늑골을 분지르고 심장을 구멍 내버렸다. 그 충격에 성진의 시각이 일시적으로 돌아왔다. 그의 눈에 들어온 것은… 울고 있는 세르피아의 모습과 피에 젖은 그녀의 손이었다.

─잘했구나, 아이야!

그랑디아는 기뻐했다. 결국 성공했다. 창생의 인을 손에 넣기 위해서는 주인의 피를 봐서는 안 된다. 그들 관리자는 그렇기에 성진을 결코 죽일 수 없었다. 이제 창생의 인을 얻어! 그분의 힘을 얻어! 진정한 신으로 태어나는 것만 남았다!

"쿨럭……."

성진의 입과 가슴에서 시뻘건 선혈이 분수처럼 터져 나왔다. 그의 신형이 스르륵 무너져 내렸다. 무방비 상태에서, 그것도 가장 믿었던 이에게 당한 일격은 그의 모든 것을 깨뜨려 버렸다. 불타는 영성이 일시에 꺼져 나갔고, 온몸을 질주하는 무한의 힘이 사라졌다.

성진은 죽지 않았다. 심장이 구멍났으나 그 강력한 의지가 성진의
생명을 지탱하고 있었다. 바닥에 쓰러진 성진은 흐릿한 눈으로 세르피
아를 올려다보았다. 왜일까? 어째서일까. 성진은 단 한 마디의 말을 하
기 위해 혼신을 다했다.

"…왜?"

그의 음성이 왜 그리도 슬펐을까. 세르피아는 끊임없이 눈물을 흘렸
다. 그 맑은 눈물이 성진의 얼굴로 떨어졌다.

"나는… 흑, 내 종족을……!"

성진은 그녀가 왜 자신의 심장을 후볐는지 이해할 수 있었다. 그녀
의 종족은 엘프다. 멸절자의 인자가 녹아 있는 피. 종족을 구원하기 위
해 그녀는 카르노에게, 신들에게 협력했을 것이다. 그녀는, 그녀
는…….

울지 마요, 세르피아.

성진은 더 이상 생각을 이을 수가 없었다. 그의 의식은 점점 침체되
어 갔다. 죽어가고 있었다. 눈이 보이지 않았다. 느껴지지도, 냄새를
맡지도 못했다. 말을 할 수도 없었다. 오직 청력만이 살아 있을 뿐이었
다. 성진은 그저 들을 수밖에 없었다.

"흑흑흑……! 약속대로 했어요. 나는… 나는… 흑흑."

―잘했도다! 그랑디아의 아이여! 드디어! 드디어! 하하하!

―우리가 고대한 일만 년의 염원을!

―이 세상을 파괴하는 거다! 그리고 진정한 신이 되는 거다!

—하하하하하!

"좋아하기는 아직 이르지요, 라이트라스여."

—무슨 뜻이냐! 카르노! 허어억!

—뭐야, 몸이! 몸이! 크아아악!

콰콰쾅!

"으아아아악!"

"어리석은 양반들. 자기들이 깃든 몸이 내 인형인 줄도 모르고… 이제 다 끝났군요, 그랑디아여."

—그렇군, 카르노. 이제 내가! 유일신이 되어야 한다! 너도 사라져라! 카르노! 자, 나의 아이들아! 눈을 떠라!

"그럴 줄 알았지!"

—아니! 변하지가 않잖아!

"내 목적은 단 하나! 영구한 해방이다. 너도 소멸되어야 한다!"

—유일신이 되고자 하는 나에게 감히!

콰콰광!

방 안이 폭발하였다. 그나마 유지되었던 강력한 의지가 깨어졌다. 성진의 몸은 돌연한 폭발에 휩쓸려 산산조각났다. 태초를 열었던 '그분'의 힘을 이은 성진의 몸은 흩어졌다.

그는, 성진은…….

죽었다.

제20장 다반전

『그 모든 것이 끝났다고 생각하지 말라.

네가 끝났다고 생각한 순간, 포기한 순간

마지막, 최후의 기회는 사라진다.

모든 일에는 마지막 찬스가 존재한다.

그 찬스를 어떻게 사용하느냐에 따라

운명이 바뀌게 된다.

우리는 이것을 '대반전'이라 부른다.』

도박사들에게 내려오는 전설적인 지침

제20장 대반전

성진은 자신의 몸이 아카식 스트림의 강력한 흡입력에 떠오르는 것을 느꼈다. 그제야 성진은 보았다. 유일신이 되고자 하는 그랑디아와 모든 이들을 속여 마침내 아카식 스트림마저 무너뜨려 진정한 해방을 이루려 하는 카르노를 보았다.

성진은 그의 마지막 말을 듣고 모든 것을 이해하였다. 카르노는 대단하였다. 그가 만든 사기극에 신까지 놀아날 줄이야. 유일신이 되고자 했던 그랑디아의 욕망을 자극해 냈고, 이종족을 단합하였으며, 아카식 스트림에 독립할 수 있는 신인류를 탄생시켰다. 그 모든 것은 단 하나 '자유'. 진정한 자유를 위해 아카식 스트림마저 파괴하려 한 이였다. 그는 결코 악당이 아니었다.

성진은 이제 방 안을 벗어나 휘라인 신전 위로 떠올랐다. 저 멀리 해방군이 보였다.

'음?'

해방군은 누군가와 싸우고 있었다. 자세히 보니 변이된 몬스터들이었다. 일반 몬스터들보다 월등히 강한 그들. 그들은 십만이 넘는 해방군을 유린하고 있었다.

영체가 된 성진에게 더 이상의 구속은 없었다. 성진은 감각을 확장시켰다. 전 세계를 느꼈다.

비단 이곳뿐만이 아니었다. 그랑디아가 내린 지령은 모든 몬스터들을 미치게 만들었다. 겨우 이종족만이 카르노의 권능으로 화를 피했을 뿐. 그런 그들도 변이된 몬스터들에게 죽어가고 있었다.

전 대륙에서 엄청난 양의 영혼들이 일시에 아카식 스트림 속으로 빨려들어 갔다. 아카식 스트림은 세 번째 맞이하는 말세를 이루기 위해 변이를 준비하였다.

하지만 많이 모자랐다. 모디프스에게 묶인 행성 에너지로 인해 아카식 스트림의 효율이 떨어졌다. 신인류의 영혼은 죽어도 기억을 뱉어내지 않는다. 때문에 아카식 스트림은 필요한 회전력을 얻지 못했다. 오히려 신인류의 영혼을 정화하기 위해 에너지를 소비했다.

<u>으으으으으으─</u>

아카식 스트림은 절규하였다. 지상에서는 카르노와 그랑디아가 치

열하게 싸우고 있었다. 누구 하나 승리할 기미를 보이지 않았다. 이대로 가다가는 아카식 스트림이 먼저 무너지고 만다. 그렇게 되면 일시에 세상은 정지하고 무(無)로 변한다.

남은 것은 공멸밖에 없었다.

그 모든 것이 사라진다. 기억도 뭐도, 모든 것이 사라진다. 심지어 그녀조차도……

'안 돼!'

성진은 자신을 잡아당기는 아카식 스트림의 흡입력에 저항했다. 이대로 사라져 버린다면 진정 허무밖에 남지 않는다. 이렇게 사라져 버릴 수는 없었다. 최소한 그가 사랑했던 세르피아만이라도 지켜야 했다.

'안 돼!'

영성은 영혼이 그 기반이다. 성진의 영혼은 순결했다. 의지 또한 영혼에 기원했다. 성진의 영성이 다시금 환하게 불타올랐다. 심결은 의지를 기초로 한다. 창생력의 도움을 받지 못해도 성진은 단 한 번에 한해 심결을 펼칠 수 있었다.

'아아아!'

초월심결(超越心訣).

의지는 모든 것을 제압한다.

부동심결(不動心訣).

동(動)하지 아니하니 불변이라.

무한심결(無限心訣).

하늘은 높고 높아 그 끝을 알 수가 없도다.

풍운심결(風雲心訣).

풍운이 조화를 이루니 그 모든 것을 아우른다.

분광심결(分光心訣).

빛을 쪼개니 세상을 덮는구나.

성진은 자멸하는 심정으로 그 모든 심결을 한꺼번에 펼쳤다. 다섯 개의 심결이 그의 영체를 둘렀다. 그의 강력한 의지가 썰물처럼 빠져나가며 공백이 형성되었다. 의식이 하얗게 변했다. 그리고 그 순간 완벽하게 맞물린 다섯 개의 심결은 공간을 압도하였다. 시간을 넘어섰다. 시공간이 일그러지며 길을 만들고, 심결은 스스로 성진의 영체를 이끌었다.

하늘이 무너져 내리며 성진은 마침내 시간과 공간을 거슬러 올라가기 시작하였다. 일방적으로 흐르는 강 위로 성진은 뛰었다. 그가 의식을 되찾았을 때, 성진은 시간의 강이 품고 있는 모든 기억을 보았다.

역사.

세상이 멸망하기 전, 또 멸망하기 전의 기억을 보았다. 기괴한 식물과 사람과 동물이 살아가고 사랑하며 죽어갔다. 이전에 보았던 것과는 비교도 할 수 없었다.

시간의 강은 복합된 빛의 집합체였다. 작은 포말 하나하나가 커다란 역사였다. 형용할 수 없는 빛의 흐름, 그것이 시간의 강이었다. 그리고 그 시간의 강 위로 엮어진 인과율은 수많은 인연의 흐름에 따라 끊임없이 끊겼다가 이어졌다. 형형색색의 빛으로 이어진 거대한 끈. 하늘을 가두는 거대한 그물. 하늘을 가두는 것이 아니었다. 시간을, 세상을 엮는 그물이었다. 그 인과율 속에 성진은 유독 빛나는 한 가닥 인연을 발견하였다.

'이건?

그것은 그와 세르피아의 인연이었다. 그가 원하자 끈 쪽으로 성진의 몸이 다가갔다. 그 인연의 끈 위로 거센 시간의 강이 흐르고 있었다. 이제 보니 시간의 강은 이 끈 위로 흘러가고 있었다. 의아한 마음에 성진은 그 인연을 거슬러 올랐다.

그들이 여행한 것과 처음 만났을 때가 스쳐 갔다. 그에게 화살을 겨누던 그녀의 사늘한 얼굴이 스쳐 갔다. 불과 1년도 되지 않았지만 참으로 오래전 일처럼 느껴졌다. 성진은 슬며시 웃으며 연신 걸었다. 인연은 세르피아의 어린 시절로, 그리고 태어나지도 않은 때로 가고 있었다. 이제 세르피아는 보이지 않았다. 그런데도 인연이 이어지고 있으니 신기한 노릇이었다.

'어째서?

의문이 일었다. 그 의문을 풀기 위해서는 다른 한쪽인 자신을 보아야만 했다. 성진은 자신을 좇았다. 자신이 원하자 자신의 모습은 빛과 함께 거대한 영상이 되어 시간의 강 위로 떠올랐다. 그때 자신은 차원의 틈을 지나고 있었다. 차원의 틈을 지나는 시간의 강은 격류를 이루고 있었다.

지금까지 잔잔하게 흐르던 빛의 흐름은 거기서 요동치고 있는 것이

다. 이쪽 차원과 저쪽 차원 사이의 시간차가 존재한다는 것. 그것은 성
진에게는 아주 짧았지만 성진이 진입하고 있는 이쪽 세상에서는 아주
길었다. 너무도 길어 만 년이 걸릴 정도였다.

성진은 계속 시간의 강을 거슬러 올라갔다. 그의 머리 위로 다른 지
류가 보였다. 분화된 시간의 강. 갈라진 흐름이었다. 그 분화된 지점에
다가섰다.

성진 그 자신의 모습이 보였다. 그때 자신은 잠시 열려진 차원의 틈
으로 공간 결계를 집어넣어 강제로 확장시키고 있었다.

성진은 시선을 돌려 이쪽 세계를 보았다. 그가 고대인의 도시에서
보았던 예언자의 모습이 보였다. 그 순간 그는 예언을 하고 있었다. 시
간의 강이 분화되고 있었다.

'아!'

성진은 자신이 이 대격변의 원인이라는 것을 깨달았다. 지구에서의
그의 인연은 끊긴 것이 아니었다. 그의 아내가 될 인연을 끊어버리고
나서 더 크고 질긴 인연이 생겨났다. 그것이 이 세계로 이어졌다. 자신
은 그 스스로 생각하고 이쪽 세계로 건너왔다고 여겼지만 알고 보니
인연을 좇은 것이다. 그 인연의 시작이 이 세계의 변혁을 가져오게 되
었다.

성진은 다시 시간의 강을 타고 달렸다. 자신이 차원의 틈을 건너는
동안 수천 년이 흐르고 있었다. 마침내 차원의 틈이 끝나는 지점에 도
착한 순간 그는 환희에 젖었고, 그의 정신의 일부가 이 세계로 전해졌
다.

아주 우연찮게도 자신의 정신파는 명상에 잠겨 있던 어느 현자의 뇌

파와 일치했고, 현자는 자신이 가지고 있던 방대한 지식의 일부를 엿보게 되었다. 그래서 현자는 그 지식을 암호화시켜 책으로 필사했고, 마침내 책은 휘라인 교단을 만들어냈다.

성진은 전율을 느꼈다. 이 얼마나 놀라운 것인가. 그분은 결코 이 세계에 무관심하지 않았다. 그래서 그분은 성진에게 인연의 족쇄를 채웠다. 인연을 따라 성진을 이 세계로 끌어들였다. 성진이라는 커다란 돌을 던져 이 세상에 파문을 일으켰다. 파문은 시간의 강을 분화시키고 예언을 만들어냈다. 예언은 다섯 관리자를 동요시켰다.

어긋난 말세로 관리자는 신들이 되었다. 신들은 야망을 품기 시작했다. 그래서 기다렸다, 성진을. 장장 만 년에 달하는 기다림 끝에 성진이 바로 곁에까지 다가섰다. 그 거대한 존재가 다가서자 세상은 일순간 동요하였다. 그때 일부 유출된 성진의 지식이 책으로 써졌고, 책은 종교를 만들어냈다. 종교에서 데스 마스터 카르노가 탄생했으니 예언이 완성된 셈이다.

'참으로 놀랍구나.'

혀를 내두르지 않을 수 없었다. 그분의 뜻은 모든 것을 꿰뚫으니 어느 하나도 소홀함이 없었다. 세상은 오직 이것을 위해 달려온 셈이니 그저 놀라울 지경이었다. 자신이 죽는 순간 심결을 발휘해 시간의 강까지 들어올 것을 짚어내셨으니 혹시 그분께서 모든 것을 짜놓은 것은 아닌가 하는 의심마저 들었다.

성진은 이제 자신이 개입할 곳을 찾아야 했다. 기억을 더듬자 어느 순간에 개입할 것인지 떠올랐다.

카밀 왕국군과 크라인 왕국근이 대치하던 대평원. 그때 성진은 뭔가가 갈라지는 것을 느꼈다. 이제 와 생각하니 그것은 자신이 시간의 흐름을 쪼개는 순간이었다.

'놀랍구나! 놀라워!'

성진이 원하자 그의 영체가 장구한 시간의 강 중 어느 한부분에 떠있었다. 도도히 흐르는 빛의 흐름 사이로 내려다보니 그가 원하던 바로 그 순간이었다. 성진은 자신이 할 일을 알았다. 그것은 그가 원하는 것이었고 또한 그분이 원하는 것이었다. 그리고 세상을 구원하는 방법이었다.

성진이 거닐고 있는 시간의 강은 한 번 흘렀던 강이다. 이미 정해진 것. 만약 어느 시점에 성진의 영체가 뛰어든다면 한 시간대에 성진이 두 명 생겨 파멸되어 버렸다. 그렇다면 어떻게 해야 할까?

방법은 간단했다. 시간의 강이 흐르는 이곳은 온통 창생력으로 가득 찬 곳. 그분의 모든 은총이 서린 곳이다. 아주 작은 의지로도 커다란 이적을 만들어낼 수 있는 곳이다. 성진이 뜻을 발하자 그분의 힘이 성진의 뜻에 따라 움직였다.

그분의 의지를 빌린 내가 원하니
갈라져라.
디맨션 디바이드(Dimension Divide).

성진은 원했다. 그가 가지고 있던 원래 힘만으로는 절대 이루지 못할 이적이 일어났다. 마치 그분은 자신이 이 같은 일을 행할 것을 미리 알고 있었다는 듯 이 거대한 시간의 강 위로 창생력을 퍼뜨려 놓았다.

성진은 계기를 마련했다. 그리고 그 계기는 언제든 변하고자 하는 창생력을 자극했다. 공간을 가득 채우던 창생력이 거대한 기류가 되어 흘렀다. 그 거대한 힘으로 성진은 아카식 스트림을 복제하였다.

그와 동시에 아카식 스트림과 연동되어 흐르는, 아니, 이미 흘러버렸던 시간의 강의 어느 한 부분이 툭 하고 끊어지면서 다른 흐름이 생겨났다. 세상은 두 조각으로 나뉘었다. 모든 것이 같은, 그러나 그 흐름만이 다른 세계. 이 순간 세상은 두 개가 되었으며, 두 개는 같았으며 달랐다.

그러나 갈라진 시간의 강은 흐르지 않았다. 흐르지 않는 강은 강이 아니다. 이건 시간의 강이 아닌 호수다. 아즉 뭔가가 부족했다. 하나 성진은 알 수 없었다. 무엇이 부족할까.

성진은 그 근간이 되는 아카식 스트림을 보았다. 과연 지고한 힘인 창생력답게 그 모든 것을 완벽히 복제했다. 영혼까지도 복제하였으니 오죽할까. 그러나 거대한 흐름은 정체되어 있었다. 왜일까 생각하자 회전이 없었다.

아카식 스트림은 흐름이다. 그 흐름을 이루기 위해서는 낙차가 필요하다. 말하자면 높낮이가 있어야 한다. 높낮이가 있어야 흐를 수 있다. 그렇다면 순환할 수 있는 시스템을 만들어야 한다.

'은하는 왜 회전하는가.'

회전이란 원심력을 낳는다. 원심력은 밖으로 튀어나가려는 성질이 있다. 아카식 스트림도 마찬가지다. 강력한 원심력은 아카식 스트림을 붕괴시킨다. 그러기 위해서는 내부에 강력한 인력이 작용해야 했다. 은하에서는 이 인력을 중심부에 자리잡은 블랙홀로 해결했다.

'소멸.'

사라지는 힘. 내부는 끊임없이 사라져야 한다. 마치 기관(機關)처럼 연료를 소비하여 동력을 만들어내는 것이다.

성진은 잠시 고민하더니 창생력을… 역전시켰다. 창생(蒼生)의 반대는 사멸(死滅)이다. 창생과 사멸은 동떨어진 뜻이 아니었다. 태어나서 살아가다 죽어서 없어지는 것은 자연의 법칙이며 도리다.

'창생력은 오직 창조만을 할 수 있는 힘이 아니었군.'

창생력, 그 이름이 가져다주는 관념에 성진은 사로잡혔다. 성진은 물질을 소멸시킬 수 있는 원리를 이미 알고 있었다. 작게는 핵분열을 통해 원자가 쪼개지면서 거기서 생기는 질량 결손이라던가 반물질을 만들어 물질을 소멸시켜 거기서 생성되는 에너지를 사용하는 법을 알고 있었다. 그러나 그것들은 모두 2차 과정을 통해 의도된 것이다.

순수한 소멸의 힘을 다룰 수는 없었다.

'이미 가지고 있던 것.'

이미 가지고 있었다, 다만 알지 못했을 뿐. 창생력의 밝은 면만을 보다 보니 어두운 면을 보지 못했다.

성진이 역전시킨 창생력은 기묘하게 변이하더니 전혀 다른 식으로 변했다. 원하면 생성되는 것이 아닌 원하면 사라지는 것. 아주 깔끔하게 사라지는 것. 애초에 없었다는 듯 무로 돌려 버렸다. 그리고 성진은 그 힘을 아카식 스트림 한가운데로 떨어뜨렸다.

콰우우우ㅡ

소멸의 힘이 주위를 잠식했다. 강력한 흡입력이 발생하자 아카식 스트림을 구성하고 있는 온갖 것들이 요동치더니 이윽고 흐름이 되었다.

흡입력이 강해질수록 회전은 빨라졌고 원심력은 강해졌다. 어느 정도 소멸이 진행되자 원심력은 걷잡을 수 없이 빨라지며 마침내 균형을 이루었다.

쿠르르르르—

소리없는 진동이 성진의 영체를 강타했다. 정체되어 있던 아카식 스트림이 발동하면서 내뿜은 압력이 시간의 호수에 파문을 일으켰다. 파문은 이윽고 흐름으로 변했고, 그 흐름은 시간의 강을 움직였다.

시간이 흐르기 시작했다. 분화된 시간의 강이 제각각의 미래를 향해 달리기 시작했다. 똑같은 세상이다. 하지만 성진은 분화된 세상을 바꿀 것이다.

성진은 파멸이 예정된 본류를 떠나 새로운 시간의 강 위에 섰다. 밑으로 자신이 보였다. 세르피아의 관을 옆에 두고 생각에 잠긴 자신의 모습.

성진은 시간 속으로 뛰어들었다.

창세력 제2기 8013년 4월 5일. 그랜드플랜 대평원 빅토리아 구릉지.

성진은 갑자기 엄습한 어지러움에 눈을 깜빡였다. 시야가 일그러지고 귓가로 들리는 소리는 왜곡되어 기괴한 음으로밖에 들리지 않았다. 후각도 제 기능을 발휘하지 못하여 이상야릇한 냄새를 맡았다.

잠시간의 역겨움 끝에 성진은 비로서 제정신을 차릴 수가 있었다.

'뭐지?'

의문과 동시에 성진은 자신의 상태를 깨달았다. 그는 시간을 분화했다. 그리고 본류에서 벗어나 새로운 흐름 위로 뛰어들었다. 그의 영과 이 시간상의 영이 합쳐졌다. 지고한 성진의 영성은 본류를 받아들였다. 마치 OS가 업데이트되듯 성진의 지식과 경험이 향상되었다.

바람이 불었다. 대평원을 뒤덮는 풀들이 몸서리를 쳤다. 바람 속에서 풋풋한 흙먼지와 상큼한 풀 내음이 느껴졌다. 그리고 그 속에 담겨 있는 사늘한 기운이 불타오르던 그의 정신을 식혀주었다.

'성공이다.'

그가 있던 시간보다 3주 전이었다. 그랜드플랜 대평원이다. 그는 시간을 거슬렀다. 성진은 주위를 둘러보았다. 그때처럼 타키안과 길리언은 잔디 위에 누워 있었고, 칼과 하이단은 두런두런 이야기를 나누고 있었다.

신들의 위압감에 짓눌려 괴로워하던 샤이라의 모습이 떠올랐다. 온몸의 뼈가 부서지고 내장이 파열되어 고통 속에서 죽어가던 칼이 떠올랐다. 피에 젖은 채 괴로워했던 그의 제자가 떠올랐다. 복부가 구멍나고 내장이 타버려 절명했던 하이단의 모습이 눈에 스쳐 갔다.

'바꾸겠다.'

성진은 이를 악물었다. 다시 실수를 되풀이할 수는 없었다. 단 한 번의 기회를 소모하여 얻은 최후의 찬스. 이제 곧 그랑디아가 강림할 것이다. 성진은 사늘하게 웃었다.

성진은 하늘을 보며 두 손을 활짝 벌렸다. 강림이 이루어지기 위해서는 그들이 거주하던 공간과 이쪽 공간 사이에 길이 만들어져야 한다. 한마디로 문과 문이 열려야 길이 생기는 원리.

성진은 금방 깨달은 힘을 사용하기로 결심했다. 계산해 보니 지금이 바로 그랑디아가 강림하기 일 분 전. 그녀는 지금쯤 그들의 공간에 문을 만들고 있을 것이다. 그리고 곧장 이곳으로 문을 뚫겠지.

이미 모든 것을 알고 있는 성진으로서는 순순히 놔둘 리가 없었다. 그의 손에서 태초의 힘을 역전시켜 발생한 완전무결한 힘이 생성되었다.

멸절(滅絶).

단 한 가지의 뜻만을 담고 있는 이 힘은 그 이름대로 닿는 모든 것을 사라지게 만들었다. 신들이 그 힘을 흉내 내어 만든 멸절자와는 차원이 다른 힘. 본질이었다. 거기에 성진은 더욱 심각한 피해를 연출해 내기 위해 다른 명령을 심어놓았다.

확장된 감각으로 공간 왜곡률을 지켜보고 있던 성진은 신들의 공간과 이쪽 세계를 잇는 문이 만들어지기 직전에 멸절의 힘을 문 한가운데 처박아 버렸다.

투웅.

멸절의 힘이 작열한 곳에서부터 공간이 왜곡되어 파문이 일었다. 파문은 파랑이 되어 방사 형태로 뻗어나갔다. 파랑은 별빛을 일그러뜨리며 퍼져 나갔다.

멸절의 힘은 원하는 곳에 모든 파멸의 위력이 집중되는 효과를 보인다. 단순히 밖으로 보이는 위력이 이럴진데 안은 오죽할까.

실제로 문을 열고 있던 그랑디아는 갑자기 눈앞에 닥친 파멸의 힘에 놀라 몸을 피했으나 그녀가 위치한 공간을 비롯하여 영체의 2/3가 중

발해 버리는 부상을 입었다. 성진이 심어놓은 명령은 물질을 그냥 소멸시키는 것이 아닌 교환 작용에 의한 소멸이었다.

소멸한 물질을 구성하는 것만큼의 에너지가 생성되었다. 에너지는 가장 단순한 형태인 열로 변했고, 발생한 초고온은 그들의 공간을 휩쓸었다. 초고온에서 발생한 각종 방사선은 관리자의 영원 불멸한 육신까지 오염시켰다. 그 위력은 어마어마해서 관리자의 공간 절반 이상을 쓸어버렸다.

지상보다 더욱 안정된 공간인 관리자의 공간은 성진의 단발 위력 시범으로 초토화가 되어버렸다. 모든 것을 생성하는 창생력이 역전하며 만들어낸 파멸의 힘은 진정 끔찍하였다.

그들은 어리석었다. 모든 것을 되돌릴 수 있는 능력을 가진 자를 궁지로 몰아넣었다. 그리고 그는 '파멸' 이라는 힘을 손에 넣었다.

궁지에 몰려 모든 것을 잃어버릴 뻔한 자의 마지막 카드는 그토록 위력적이다. 모든 결과를 뒤집고 미래마저 바꾸어 버렸다. 그것을 우리는 '대반전' 이라 한다. 성진은 미소 지었다. 가장 큰 변수 중 하나를 막아버렸다. 이것으로 신들이 지상에 강림할 수 있는 발판을 막아버린 것이다. 이제 두 번째가 남았다.

"모두 모여주세요. 이제 움직이지요."

성진의 말이 떨어지자 일행은 의아한 눈으로 그를 보더니 이내 그의 곁에 모여들었다. 성진은 다시 한 번 얻은 이 기회에 감사하며 심결을 펼쳤다.

그랜드 플랜 대평원에서 그들의 흔적이 사라졌다.

창세력 제2기 8013년 4월 6일. 크라인 왕국 수도 시스만.

공간을 이동한다는 것. 이곳과 저곳의 거리와는 상관없이 순식간에 이동한다는 데 그 의의가 있다. 한 가지 덧붙이자면 공간을 이동한다는 것은 시간과 큰 연관이 있다. 시간과 공간은 긴밀하게 맞물려 있다. 공간을 이동한다는 것은 시간대를 넘어선다는 것과 같다.

이것은 상대성 이론에 기초한다. 공간의 상태가 시간에 영향을 미친다는 것. 즉, 이곳을 이동하여 저곳에 도착하는 것을 보다 고차원적인 이론을 도입하여 확대 해석하면 단순히 공간을 이동하는 것이 아닌 시간을 이동할 수도 있다.

지극히 빠른 속도에 한정된 공간은 주위보다 시간이 늦게 흐른다. 하지만 지극히 느린 속도에 한정된 공간은 오히려 주위의 시간보다 빨리 흐른다. 성진은 이것을 몸소 실천했다.

다섯 개의 심결이 맞물려져 만들어진 효과는 성진의 시간을 멈추고 오히려 거스를 수 있게 하였다. 이것이 그가 행한 최초의 시간 여행. 이번에 성진은 그 반대로 행했다.

성진은 심결을 펼쳐 시스만으로 향하며 이틀을 흘려보냈다. 성진 일행이 시스만에 나타났을 때는 만 이틀이 꼬박 지나 있는 시점이었다.

그들은 시스만에 위치한 휘라인 신전 한복판에 나타났다.

“어?”

“……?”

“엥?”

일행은 돌연 바뀐 광경에 황당하다는 듯 주위를 둘러보았다. 뭐가 뭔지 알 수 없었다. 그들은 분명 대령원에 서 있었다. 한데 지금 보이는 광경은 어느 건물 아니었다. 그것도 그냥 그저 그런 건물이 아니었다.

주위는 밝은 빛으로 가득 찼다. 눈이 부셨다. 본디 그들이 있던 곳은 어두운 평원. 밝은 이곳에 들어서자 너무나 눈부셨던 것이다. 길리언은 계속 눈을 깜빡이며 빛에 적응하려 애썼다. 그리고 어느 정도 빛에 눈이 적응하자 고개를 들었다.

"…천장이?"

고개를 한껏 젖혀 천장을 바라보던 길리언의 말은 흥분으로 가볍게 떨리고 있었다. 그에 따라 일행도 천장으로 눈길을 돌렸다.

"엇!"

"오오!"

"흐음?"

세 가지 서로 다른 음성이 터져 나왔다. 첫 번째 음성은 타키안과 길리언의 것으로 매우 익숙한 것을 보는데서 오는 놀람이었다. 두 번째 음성은 칼의 것으로 매우 감탄하여 내뱉은 감탄사였다. 마지막의 주인공은 샤이라로 호기심에 가득 찬 음성이었다.

천장은 지극히 높았다. 반구형의 하늘을 향해 쑥 들어간 모습, 샤이라는 그것이 돔이라는 것을 깨달았다. 밖에서 보면 마치 거대한 공을 지붕에다 올려다 놓은 구조 양식. 이런 높이의 돔을 만들기 위해서는 매우 뛰어난 건축 기술이 필요했다.

돔 형식의 장점은 기둥이 필요없다는 데 있다. 또한 공감각적으로 매우 뛰어나 같은 공간을 더욱 커 보이게 하는 효과가 있다. 이것을 높은 천장에 적용하니 마치 하늘 같은 느낌을 자아냈다. 그뿐만이 아니었다. 석조 위로 덧칠한 회백색의 석회는 자칫 칙칙할 수 있는 내부를 환하게 만들었고, 돔을 두르는 아름다운 벽화는 그들이 모시는 신을 찬미하는 내용을 담고 있었다.

무엇보다도 돔의 한가운데는 거울이 설치되어 있었다. 내부에서 퍼져 나가는 빛이 거울에 굴절되어 오목하게 들어간 천장에 그림을 만들고 있었다. 색조를 이용하지 않은, 순수한 빛을 이용한 예술. 참으로 기발하였다.

"여기… 휘라인 신전이에요."

타키안은 감회에 젖은 눈으로 천장을 바라보다 중얼거렸다. 타키안의 말에 하이단은 고개를 끄덕였다. 쫓기듯이 신전을 벗어나 대륙을 떠돈 지 6개월이다. 그간 수많은 일들이 있었다. 죽을 고비를 넘기기도 하고, 그의 가장 절친한 친구가 죽기도 했다. 평생을 함께할 수 있는 사람을 사귀기도 하였고, 평생을 참오해도 다 알 수 없는 깨달음을 얻기도 했다.

하지만 그 같은 수많은 일 속에서도 하이단은 단 한 번도 이 돔을 잊지 않았다. 돔 내부에 그려진 아름다운 벽화. 아주 어릴 때부터 보아왔던 그 벽화는 이제 장년이 되어버린 그의 가슴속에 또 다른 형태로 새겨진 터였다.

"어떻게 여길……?"

샤이라는 의아한 눈으로 성진을 보았다. 공간 이동에는 좌표가 필요하다. 그녀가 알기에 성진은 단 한 번도 시스만의 이 신전 안으로 들어와 본 적이 없다.

그런데 어떻게 알았을까? 그녀의 의문은 당연하였다. 그리고 모두

궁금하였록. 성진은 어떻게 이렇게 이동할 수 있었을까? 여긴 어떻게 알았을까?

모두 한결같은 눈으로 성진을 보았을 때, 그는 고개를 저으며 말했다.

"지금 그걸 설명할 때가 아니에요. 모두 따라오세요."

"……?"

샤이라는 성진에게서 기묘한 위화감을 받았다. 왠지 모르게 서두르는 느낌. 아까부터 이상했다. 하늘을 향해 두 팔을 벌리고 있질 않나, 돌연 모이라더니 엄청난 거리를 뛰어넘어 시스만으로 이동했다. 성진이 펼친 것은 분명 마법이 아니었다. 하지만 텔레포트와 같이 엄청난 거리를 건너뛰어 도착했다. 만약 그녀가 이틀이나 지났다는 사실까지 알았다면 눈이 뒤집어질지도 몰랐다.

길리언의 눈은 성진을 좇고 있었다. 길리언은 성진의 뒷모습을 보고 있는 것이 아니었다. 그가 보는 것은 성진의 몸 위로 피어오르는 광채였다. 그간 성진의 광채는 더욱더 눈부시고 맑아졌다. 지극히 따뜻하고 투명한 불길을 보는 듯했다. 하지만 지금은 아니었다. 지금은 아무런 광채도 피어오르고 있지 않았다.

마치 무채색의 투명한 빛과 투명한 어둠이 공존하는 느낌, 그래서 아무것도 보이지 않는 것 같았다.

그가 알기로는 사람이 뿜어내는 오러가 이렇게 순식간에 바뀔 수는 없었다. 깨달음을 얻더라도 그간 보았던 불꽃에 빛과 색이 더해지는 정도에 불과했다. 저렇듯 순식간에 사라져 버릴 수는 없었다.

길리언과 샤이라가 왠지 모를 위화감에 젖어 있을 때, 성진은 등에

멘 세르피아의 무게를 느끼며 걸음을 재촉하였다. 그는 존재감을 퍼뜨리고 있었다. 그들 쪽으로 향하는 사람이 있다면 왠지 모를 느낌에 발걸음을 돌리도록 그들의 무의식을 자극하고 있었다. 그러면서 성진은 게일과 카르노의 느낌을 더듬어갔다. 정확히 표현하자면 로이드의 탈을 쓴 카르노였다.

사방을 더듬어가던 성진의 감각은 이윽고 로이드를 발견했다. 다행히 그의 곁에는 게일도 있었다. 기습의 묘야말로 반전의 의미가 있다. 그 때문에 성진은 왠지 모르게 우쭐한 느낌을 받았다. 아직은 방심할 때가 아니었다. 성진은 애써 그 느낌을 억눌렀다.

"자, 이쪽으로."

성진들은 무인지경으로 걸었다. 성진이 뿜어내는 존재감으로 인해 사람들이 발걸음을 돌린 탓도 있지만 원체 사람이 없기도 했다. 가끔 누군가가 나오더라도 멀리서 휘두르는 성진의 주먹 한 방에 의식을 잃고 쓰러졌다. 그렇게 쓰러진 사람들의 곁을 지나갈 때마다 타키안은 연신 '죄송해요, 죄송' 이라며 듣지도 못하는 사람에게 말했다.

하이단은 성진의 뒤를 쫓으며 경악에 빠져들어 갔다. 아무 거리낌 없이 걷는 것은 둘째 치고, 그 자신도 알지 못하는 비밀 통로의 위치를 알아내어 신전을 종횡무진했다. 신전의 도면을 훔쳐본 것은 아닌가 하는 의문이 들 정도로 성진은 신전의 지식에 빠삭했다. 만일 성진이 시간의 강을 거슬러 올라갈 때 신전의 공사 현장을 보았다는 사실을 알면 그는 당장 기절했으리라.

몇 번의 비밀 통로를 거쳐 성진들은 신전에서 가장 깊고도 비밀스러운 장소에 도착했다. 이 장소를 아는 사람들은 원로원의 장로를 제외한다면 교황을 비롯하여 몇몇 고위 사제뿐이었다. 하이단조차 이런 장소가 있다는 소리를 교황에게 들었을 뿐 실제로는 보지 못했다.

"다 왔습니다."

성진이 거대한 벽 앞에서 걸음을 멈추자 일행은 그의 뒤에 섰다. 이 벽은 로이드가 있는 방의 뒷벽이었다. 이 공간은 설계도에도 표시되지 않는 공간이었다. 설계자가 자신만의 비밀을 만들어보고자 만든 작은 공간이었다. 너무나 협소하여 일행이 겨우 설 수 있을 정도의 공간이다. 이러한 공간 안으로 여섯이 들어서니 답답해지는 것은 당연했다.

"숨을 못 쉬겠어……."

헐떡거리던 타키안이 작게 중얼거렸다. 길리언도 고개를 끄덕였다. 그 말을 들은 성진은 그들을 향해 부드러운 미소를 지어 보였다.

"조금만 참으렴. 곧 다 끝나니까."

그 말 그대로다. 이제 카르노를 만나 협상을 벌이고 세르피아를 되돌려받으면 모든 것이 끝난다. 성진은 그렇게 결심했다. 만약 응하지 않는다면…….

'결렬이다.'

성진은 사늘하게 웃었다. 성진을 보고 있던 길리언은 스승이 지어 보이는 미소에 별안간 등골이 오싹해졌다. 뭔지는 몰라도 저 미소의 대상은 꽤나 고생할 것만 같았다.

잠시 벽을 지켜보던 성진은 별안간 오른 주먹을 뻗었다. 주먹에는 멸절의 기운이 담겨 있었다. 성진의 주먹을 감싸는 멸절의 힘은 단단한 화강암 벽을 소멸시켰다. 성진의 주먹은 마치 두부에 찔러 넣은 막대기처럼 그렇게 벽을 파고들었다.

"헉!"

칼이 기겁하며 뒤로 물러섰다. 성진의 상상도 하지 못할 무력은 많이 봐왔지만 이런 광경은 또 처음이었다. 화강암이 무슨 진흙인가? 너무나도 자연스럽게 뚫어버리는 성진의 모습에 현실감마저 없었다.

"……!"

길리언의 입이 딱 벌어졌다. 스승의 주먹이 벽에 닿는 순간, 스승의 몸에서 투명한 어둠이 솟아나 주먹을 감쌌다. 그리곤 주먹에 닿은 암석이 잘게 부서지더니 사라져 버렸다. 저 투명한 어둠은 너무나도 거룩해 보였다. 그리고 영혼마저 떨 정도로 두려웠다. 공포와 경외가 공존하는 힘. 길리언은 본능적으로 저 힘이 모든 것을 없앨 수 있다는 걸 알았다. 생전 처음 접하는 힘에 길리언은 처음으로 스승이 무서워졌다.

화강암의 벽을 너무 쉽게 뚫고 들어간 성진의 주먹은 때마침 벽에 기대어 쉬고 있던 로이드의 목을 틀어쥐었다. 때마침이 아니었다. 성진은 다분히 기다렸던 것이다. 벽에 기대어 잠시 휴식을 취하던 로이드는 심장이 입 밖으로 튀어나올 것같이 놀랐다.

"히익!"

그가 기대고 있었던 것은 벽이다. 신전이 지어질 당시에도 존재했고, 앞으로도 존재할 그런 튼튼한 벽이다. 한데 그 벽에서 무엇인가가 튀어나와 자신의 목을 잡았다. 그 이물감에 로이드는 공포에 질려 버렸다.

소파에 앉아 한가롭게 창을 닦던 게일은 로이드의 비명에 용수철처럼 일어나 벽을 향해 창을 던졌다. 그리고는 유려한 동작으로 옆에 기대놓은 대지의 창을 잡고는 벽을 향해 겨누었다.

콰우!

게일이 던진 창에 담긴 막대한 힘은 대기를 찢으며 로이드의 바로 옆에 박혔다.

콰드득—

엄청난 회전력이 담겨 있던 터라 창은 화강암을 부수며 벽을 꿰뚫었다. 성진은 자신의 얼굴을 찔러오는 창을 보고도 눈썹 하나 까딱하지 않았다.

절대 영역.

소멸.

창생력과는 전혀 반대의 힘이 펼쳐졌다. 성진의 몸에서 투명한 어둠이 일어나 창을 부숴 버렸다. 성진의 몸에서 피어난 검은 마수는 그 흉포한 이를 드러내고는 성진의 앞을 가로막는 모든 장애물을 물어뜯었다. 마수의 송곳니가 스칠 때마다 모든 것들이 소멸했다.

샤이라는 몸을 떨었다. 성진의 몸에서 피어나는 힘은 진정 공포였다. 적은 물론 아군에게까지 공포를 줄 수 있는 힘. 샤이라는 어렴풋이나마 저 힘의 정체를 깨달았다. 모든 것을 무로 돌려 버리는 힘. 진정한 소멸을 만들어내는 힘이었다. 그 강대한 힘에 샤이라는 저도 모르게 뒤로 물러섰다.

"크윽!"

게일은 성진의 몸에서 피어난 검은 분노를 피해 몸을 날렸다. 분노의 손길이 지나간 자리의 모든 것이 흩어졌다. 나무이든 가죽이든 강철이든 암석이든 어떠한 것도 그 앞에서는 무력하였다. 불타오르는 투명한 어둠은 모든 것을 말소했다.

로이드는 자신의 처지를 믿을 수가 없었다. 그래서 그의 얼굴은 온통 불신의 빛으로 얼룩져 있었다. 가뜩이나 막혀오는 숨은 더욱 막혔다.

뜨득—

성진의 손아귀 힘이 더욱 강해졌는지 로이드의 목뼈에서 기괴한 소리가 났다. 로이드는 그것이 뭔가 부서지기 시작하는 소리라는 것을 깨닫자 온몸에 힘이 빠지는 것을 느꼈다. 바지가 축축하게 젖어들었다.

성진은 로이드의 목을 틀어쥐고는 방 가운데로 들어섰다. 그 뒤를 일행이 쭈뼛거리며 따랐다. 방 안에 들어선 성진은 등에 걸린 세르피아의 관을 바닥에 내려놓았다. 그리고는 모디프스가 걸린 속박의 권능을 풀었다. 그제야 인질을 잡은 이가 성진이라는 것을 알아챈 게일은 놀라 부르짖었다.

"아니! 성진! 당신이 벌써?!"

"창."

성진은 게일의 놀람을 흘려 버리고 왼손을 앞으로 쭉 내밀며 말했다. 단 한 마디 말과 제스처. 게일이 그 의미를 모를 리가 없었다. 하지만 순순히 줄 수 없었다. 대지의 창에 담긴 세르피아의 영은 그들 계획을 완성시켜 줄 가장 핵심적인 요소였다. 그런 요소를 쉽게 포기할 수는 없었다.

하지만 게일이 강림하기로 한 그랑디아가 강림하기는커녕 성진의 힘에 의해 몸의 2/3가 파괴되어 그네들의 공간에서 쉬고 있다는 사실을 알았더라면 그런 생각조차 하지 못했을 것이다.

게일은 용감하게도 창으로 성진을 겨누며 말했다.

"창을 원하나?"

로이드를 넘겨달라고 말하고 싶지만 오히려 그런 부탁은 인질의 중요성을 부각시키는 것이 될 수도 있었다. 성진은 웃었다. 게일은 필사적으로 숨기려 했지만 성진은 자신의 손에 들린 이의 중요성을 알고 있었다.

"소멸시켜 버리겠다."

"……!"

게일의 안색이 살짝 굳었다. 성진의 말은 결코 허투가 아니었다. 그의 말은 진실, 하고자 하는 바를 예고하는 말이었다. 로이드가 소멸되어 버리면 아주 큰 문제가 생겼다. 게일이 머뭇거리자 성진은 쐐기를 박아넣었다.

"창을 달라. 그렇지 않으면 카르노를 소멸시켜 버리겠다."

"……!"

게일의 안색이 창백하게 변했다. 그는 알고 있었다. 어떻게 알았을까! 성진은 단 한 번도 로이드의 얼굴을 본 적이 없었다. 로이드의 본신이 되는 카르노는 자신의 존재를 완벽하게 숨기기 위해 화신으로 로이드를 내놓고, 그는 육체 깊숙이 침전하였다. 그리고 게일이 부를 때마다 떠올랐다. 말하자면 로이드는 카르노가 만들어낸 또 하나의 자아면서, 완벽한 가면이었다.

그 누구도 몰랐던 진실을 성진이 단숨에 꿰어버리자 게일은 자신에게 더 이상 선택의 권리가 남아 있지 않다는 것을 깨달았다. 하지만 미련이 남았다.

성진의 눈썹이 꿈틀거렸다. 그의 몸에서 실체화된 투명한 어둠이 다시금 피어올랐다. 흉포한 마수가 이를 드러내고 울부짖자 주위의 모든 것들이 놀랐다. 도도히 흐르는 에너지도, 오래된 건물에 배어 있는 사념들도 마수의 포효에 놀랐다.

"큭!"

게일이 대지의 창을 성진에게 던지듯 건네자 성진은 오른손에 들고 있던 로이드를 그에게 던지고는 창을 잡아챘다. 그리고는 강력한 힘으로 창대를 바닥에 꽂아 넣었다.

드득―

바닥을 파고든 대지의 창은 이방인의 손길에 흠칫 놀라는 것 같더니 민감한 몸이라는 것을 증명이라도 하듯 곧바로 빛이 바랬다. 창에 서린 성광이 사그라지자 세르피아의 영혼이 창에서 분리되기 시작했다.

세르피아.

성진은 부드럽게 세르피아를 불렀다. 창에서 완전히 빠져나온 영체가 성진의 뜻에 흠칫 놀라더니 주위를 한 바퀴 돌았다. 세르피아의 육신은 자신의 영체를 간절히 원했다. 영체도 육신을 간절히 원했다. 자석이 서로를 끌어당기듯 영체가 육신 쪽으로 빨려들어 갔다. 그 순간 세르피아의 몸에서 아주 오랜만에 숨이 터졌다.

"파하……."

그녀의 코와 입에서 바람 빠지는 소리와 함께 오래된 공기가 방출되었다. 그리고 호흡이 시작되었다. 호흡이 천천히 시작되자 온몸에 혈기가 돌더니 냉랭한 체온이 조금씩 상승하기 시작했다. 잠시 세르피아의 머리칼을 쓸어 넘긴 성진은 칼과 하이단을 불렀다. 두 사람이 다가오자 성진은 그들의 눈을 번갈아 보며 말했다.

"그녀를 부탁합니다."

칼과 하이단은 비장한 표정으로 고개를 끄덕였다. 표정을 보아하니 목숨을 걸고서라도 지키겠다는 것 같았다. 하지만 그럴 필요는 조금도 없었다. 굳이 그런 말을 할 필요성을 느끼지 못한 성진은 말없이 자리에서 일어나 게일을 향해 걸었다.

"그를 깨우시오."

성진의 말에 게일은 흠칫거리더니 고개를 들어 성진을 바라보았다. 그의 얼굴에는 허탈함이 가득했다.

"도대체… 어디까지 알고 있소?"

그의 말에 성진은 고개를 저었다.

"알고 있는 것이 아닌 경험이오. 그러니 그를 깨우시오. 그와 대화하고 싶소."

성진의 말에 게일은 잠시 멍한 표정으로 그를 보더니 이내 고개를 저었다. 게일은 품속으로 왼손을 집어넣어 자그마한 목갑을 꺼내 들었다.

딸각.

목갑을 열자 자그마한 바늘이 보였다. 이 바늘은 완전한 기상을 위한 바늘이었다. 카르노를 깨울 수 있는 방법은 두 가지. 그의 죽이는 방법과 이 바늘을 미간에 꽂아 넣는 방법이었다. 죽이는 방법은 모든 계획이 완벽하게 맞아들어 갔을 때 사용하기로 사전에 약속되어 있었다. 게일은 잠시 바늘을 들여다보더니 게일의 미간에 꽂아 넣었다.

푹.

로이드의 육체가 마치 벼락 맞은 듯 파르르 떨었다. 미간에 꽂아 넣은 바늘이 확실히 제 역할을 하는 모양이었다. 눈을 까뒤집고 경련하던 로이드의 얼굴에 점차 혈색이 돌아오면서 마침내 카르노가 눈을 떴다.

머리를 감싸 쥐고 몸을 일으키던 카르노는 이마에 꽂혀 있는 바늘을 만지고는 쓴웃음을 지으며 뽑아냈다. 바늘이 꽂혀 있다는 것은 모든 계획이 실패했고, 그의 정체가 탄로났다는 뜻이다. 두통을 느낀 것처럼 카르노는 미간을 찌푸렸다.

"전부 실패한 건가? 어떻게 된 거지?"

카르노는 옆에 선 게일을 보더니 돋을 일으켜 성진을 보았다. 그 순간 카르노는 이 모든 게 어떤 식으로 일어났는지 깨달았다.

"……!"

성진과 카르노는 극과 극에 선 존재다. 인과율에서 말하자면 저울추의 반대편에 서 있는 존재. 극과 극은 어찌 보면 통한다는 말처럼 카르노는 성진의 눈을 통해 그가 겪었던 길의 일부분을 읽었다. 아주 작은 경험을 읽은 것이지만 그 속에는 시간 좌표의 일부분이 들어 있었다.

성진과는 달리 시간을 거스를 수 없는 카르노는 그 일부분을 엿보는 것만으로도 온몸에서 식은땀이 솟을 만큼 고로웠다.

예언자들이나 일부 선각자들은 천기를 엿본다고 한다. 미래를 읽을 수 있거나 그에 대해 언급한다는 것 혹은 알아낸다는 것은 이제 만들어낼 미래에 영향을 주게 된다. 기존의 미래는 현재의 누군가가 읽어내면 그에 따라 변한다는 것.

매우 아이러니한 말이지만 미래는 그만큼 불규칙적이며 유동적이다. 흘러갈 미래에 대해 일부분 알아낸다는 것은 그에 따른 책임을 져야 하는 것이 인과율이다. 지구와는 달리 이곳의 시간은 매우 안정된 형태로 흐른다. 그만큼 미래를 엿본다는 것은 치명적인 것이다.

카르노, 그가 엿본 미래는, 비록 다른 식으로 흘러간 그 자체만으로 카르노의 영성을 뒤흔들었다.

"크윽! 그렇게 된 건가?"

카르노는 고통과 찬사가 섞인 말을 토해냈다. 그의 계획은 완벽했다. 성진을 붙잡아 약속대로 그의 힘을 강탈했고 신들을 속였다. 그랑디아와 싸우는 결말은 보지 못했지만 결과는 충분히 알 것 같았다. 하지만 시간을 극복해 모든 것을 엎어버리다니. 반전이다. 정말 커다란 반전.

"어쨌든 결과는 같소. 그들은 지상에 나오지 못합니다. 하나 묻겠습니다. 당신은 세상에 진정한 자유를 주려고 했어요. 아카식 스트림을 소멸시키는 것, 맞습니까?"

성진의 물음에 카르노는 고개를 끄덕였다.

"맞소. 대안이 있어요. 아카식 스트림과 함께 세상을 지탱하는 인과율은 강합니다. 아카식 스트림이 세상의 기반이 된다고 하지만 인과율은 그보다 강하지요. 그런 아카식 스트림을 멈추기 위해 나는 신인류를 탄생시켰어요. 기존 인류와는 같은, 그러나 기억을 토해내는 코드가 사라진. 영혼의 기억은 그 영혼을 살찌게 합니다. 살찐 영혼의 영성은 높아지고 그것은 다시 태어날 사람의 운명에 영향을 미칩니다. 아카식 스트림은 위험합니다. 영혼을 수탈하고 세상을 지배할 수 있는 가능성을 가지고 있습니다. 신들이 엉뚱한 생각을 품은 것도 이해가 가지요."

"당신은……?"

"하하하! 나는 데스 마스터요, 다른 마스터와 다른 식으로 깨달은. 내 생각은 그들과 많은 차이를 보이지. 같은 문제를 보아도 나는 다른 식으로 볼 수 있소. 어찌 보면 이 같은 음모를 꾸미는 것도 나 같은 사람이 해야 어울리지. 실제로 나밖에 못했고."

카르노의 말은 자부심으로 가득 찼다. 사실 그랬다. 다른 마스터들은 신들을 속일 만큼 정교한 속임수를 결코 만들어내지 못할 것이다.

카르노의 말에 피식 웃던 성진은 자신을 부르는 칼의 목소리에 고개를 돌렸다.

"세이진님! 세르피아가 깨어나네요. 와서 봐야 할 것 같네요."

칼의 말은 조금은 울음기를 담고 있었다. 이 애절한 연인은 실로 오랜만에 만나는 것이다. 칼과 하이단, 그리고 길리언과 타키안은 다크 엘프로 변이되었을 때 세르피아가 토해냈던 독백을 들었었다. 그 때 느꼈던 아픔은 내장이 토막토막 끊어지는 고통과 같았다. 그러니 본인은 오죽할까. 연인의 몸을 그의 주먹으로 후려치고 헤집어놓았으니.

성진은 관 안에 누워 있는 세르피아를 물끄러미 바라보았다. 지금 보니 그는 그녀를 나체로 남겨두고 칼과 하이단에게 부탁했다. 연인의 나신을 남에게 보이는 것처럼 기분 나쁜 일이 없었다. 성진이 힐끗 하이단을 바라보자 하이단은 헛기침을 토해내며 고개를 돌렸다.

"흠흠, 바로 가렸습니다."

눈칫밥 먹은 지 몇십 년이다. 성진의 눈빛도 모를 하이단이 아니었다. 예전 같으면 한마디 했을 칼도 얼굴을 붉히고는 성진의 시선을 외면하였다. 한순간 세르피아의 나신에 눈이 돌아간 자신이 못내 부끄러운 탓이었다.

그런 그들의 사정과는 달리 세르피아의 영체는 아주 오랜만에 육체와 조우하여 결합해 갔다. 영은 무사히 그릇에 안착했다. 그녀는 따스해졌다. 확실히 원활한 혈액 순환이 온몸을 달구는 것이다. 혈액 순환 탓이 아니었다. 마스터로 깨달은 정신과는 달리 육신은 아직 그대로였다.

정신이 육신에 안착하자 부활과 동시에 각성이 시작되었다.

부우우우―

세르피아의 나신이 밝은 빛으로 물들며 주위를 밝혀갔다. 그녀를 감싸던 모포가 빛에 떠밀려 날아갔고, 그녀는 부드럽게 떠오르기 시작하였다. 밝은 빛은 마치 고치처럼 그녀의 몸을 감쌌다. 빛은 더욱더 짙어지고 밝아지며 동시에 강해졌다.

"아… 각성!"

마스터로서의 각성, 육신의 변이를 의미했다. 세상이 또 하나의 마스터를 축복해 주고자 움직이기 시작하였다.

노래하라, 세상아.

연인의 각성을 축복해 주고자 성진은 그의 뜻을 세상에 떨쳤다. 그 강력한 의지에 세상의 이목이 그녀를 주목하였다. 그녀의 각성은 빠르고 아름다웠다.

그녀의 몸에서 피어난 빛의 실타래가 아름답게 풀리며 피부 위를 스쳐 갔다. 새하얀 나신 위로 피어오르는 축복의 영기는 그녀를 감싸며 흘렀다. 사방으로 흩날리는 머리칼과 함께 그녀의 등 쪽에 빛의 입자가 모여들기 시작했다. 빛들은 뭉치고 뭉쳐 아름다운 날개를 만들어가기 시작하였다. 노란 빛을 띤 한 쌍의 날개가 간들어지자 다시 그 위로 푸른 빛의 날개가 만들어졌고, 이제 찬란한 백색의 날개가 만들어졌다.

광익(光翼), 빛의 날개. 그것도 세 쌍의 날개였다. 순백색으로 빛나는 날개를 단 세르피아는 아름다움을 넘어 성스러울 지경이었다.

칼과 하이단은 세르피아가 각성하는 모습을 보며 눈시울을 적셨으며, 두 아이는 결국 감동의 눈물을 흘리고 말았다.

샤이라는 세르피아의 모습을 보며 아주 오래전에 읽었던 고문헌을 떠올렸다. 진정으로 축복받은 존재. 사랑을 깨달아 모든 것을 사랑할 수 있는 자는 아름다운 날개를 단다고 한다. 그 지고하고 순결한 사랑은 세상을 감동시키며 관심을 받는다고 했다.

"하하… 설마 하니……."

샤이라는 혀를 내두르고 말았다. 이제 보니 세르피아는 엘프에게는 극히 결여된 감정으로 깨달음을 얻었다. 특히나 엘프에게는 거의 없다고 알려진 이타심이다. 이타심을 깨달은 마스터라니. 데스 마스터 카르노만큼이나 당황스러운 마스터의 탄생이었다.

영원할 것만 같은 각성의 순간이 끝난 그녀의 모습은 모든 엘프의 흔적이 지워져 있었다. 엘프의 상징이었던 뾰족한 귀가 사라졌고, 마찬가지로 날카로운 턱 선이 부드럽게 변해 있었다.

엘프는 멸절자와 인간 사이에 태어난 사생아. 광익을 얻은 그녀의 육신은 제 스스로 그 위험한 인자를 제거해 본연의 모습으로 돌아왔다. 따지고 보면 지극히 기본적이면서 안정적인 육신이 바로 인간이었다.

세르피아의 발끝이 땅에 닿자 성진은 들고 있던 모포로 그녀를 감쌌다. 여태 눈을 감고 있었던 그녀의 눈꺼풀이 파르르 떨리며 열렸다. 깊고 깊은 에메랄드 빛 눈동자를 본 순간 성진은 깨달음을 얻은 이후 처음으로 코끝이 시큰해지는 것을 느꼈다.

부드러운 미소를 띠며 자신을 올려다보는 세르피아의 얼굴을 보면서도 성진은 그 어떠한 말도 할 수 없었다. 지난 반년 동안 속으로 골백번 더 생각했던 그 말들을 풀어낼 수 없었다. 성진의 얼굴은 발갛게 상기되었고, 숨이 가쁜 듯 더운 숨을 몰아쉬었다.

세르피아는 성진의 얼굴을 찬찬히 뜯어보았다. 그녀는 대지의 창 속에 있으면서 많은 것을 보고 생각했다. 그리고 자신이 성진을 만난 것이 얼마나 큰 선물인지를 알았다. 그가 너무 그리웠고, 그가 그리운 만큼 세상이 소중하다는 것을 알았다. 그녀를 비롯한 그들의 동족과 모든 이종족들의 운명이 너무나도 가혹해 울기도 많이 울었다.

성진에 대한 끝없는 사랑이 한계를 넘어버린 순간 그녀의 영체는 마스터가 되었다. 세르피아는 그 새하얀 손으로 성진의 얼굴을 부드럽게 쓰다듬으며 말했다.

"울지 마요."

단 한 마디가 성진의 가슴을 무너뜨렸다. 성진은 그녀를 안은 두 팔에 힘을 주었다. 고개를 숙여 얼굴을 그녀의 머리칼 속에 파묻었다. 숨을 들이켰다. 향긋한 체향이 콧속 깊숙이 빨려들어 왔다.

"…미안해."

그들 연인의 모습을 보며 일행은 코끝이 찡해졌다. 오죽하면 샤이라조차 손수건을 꺼내 눈을 찍어댈 정도일까. 샤이라는 난생처음 자신이 깨달은 마도학을 후회하면서 세르피아가 몹시 부러웠다.

카르노는 그 모든 것들을 담담히 보더니 어렵사리 말을 꺼냈다.

"저, 방해해서 미안하네만……. 마저 일을 끝내야 하지 않을까?"

그랬다. 아직 일이 남았다. 신들은 아직 이종족들과 몬스터들 속에 잠재된 멸절자의 인자를 발동시킬 수 있었다. 아직 카르노가 만든 결계가 완성되지 않았기에 신들이 선수를 쳐버린다면 당장 모든 이종족들과 몬스터들이 변이를 시작할 판이었다.

다행히도 신들은 그들의 공간 내에 있었던 사고가 문을 열며 공간 좌표와 시간 좌표가 어긋난 바람에 일어난 참사로 알고 있었다. 과거에도 여러 번 그런 적이 있었으니 말이다.

성진은 창생의 인을 소환해 냈다. 모디프스 레어 깊은 지하 속에 잠들어 있던 창생의 인이 공간을 초월하여 성진의 눈앞에 떠올랐다. 순백색의 빛의 인장을 둘러싼 각기 다섯 조각의 빛들. 신루가 만드는 결계였다. 아니, 각기 다섯 조각의 빛이 아니었다. 본디 노랑, 빨강, 흰색, 초록, 검은색으로 이루어져 있다. 지금은 다섯 색이 아닌 단 하나의 색, 노란색으로 통일되어 있었다.

"흐음. 뭔가 변고가 일어난 것 같은 것 같소만?"

카르노는 결계를 이루는 신루를 보며 중얼거렸다. 신루의 빛은 바로 그 신을 나타낸다. 신루는 신들과 지상이 직접 연결된 일종의 문이다. 그 문의 색깔이 바뀌었으니 뭔가 심상치 않은 일이 일어난 것이라.

성진은 창생력을 발동시켰다. 일부러 신루를 이루는 결계 속으로 창생력을 불어넣기 시작했다. 결계는 부여된 속성에 따라 창생력을 흡수하기 시작했고, 노란 빛의 신루들이 점차 밝아지기 시작했다.

빛이 밝아질수록 따스한 노란 빛이 주위를 잠식하기 시작했다. 이것은 바로 그랑디아의 신성력이었다. 지극히 고조된 그녀의 힘이 피어오르자 목재로 된 가구들이 변화를 일으켰다. 죽었던 나무들이 살아나 초록 싹을 틔우기 시작했다.

싹 중 하나가 길게 자라나더니 이윽고 뭉치기 시작하였다. 나뭇가지가 두꺼워지며 하얗게 변해갔다. 나뭇가지가 이리저리 꿈틀거리더니 사람의 얼굴을 만들기 시작했다. 입사귀는 가늘고 길어져 머리칼처럼 변했다.

"히야!"

놀라운 광경이었다. 타키안은 저도 모르게 감탄하였다. 나무로 깎은 인물상은 그토록 많이 봐왔지만 지금처럼 생동감 넘치는 얼굴상은 보지 못했다. 나무로 만들어졌으되 너무나 아름다웠다. 실제로 봤으면 정녕 미의 여신 같았다.

나무 얼굴이 꿈틀거리며 조금씩 움직였다. 마치 맞지 않은 가면을 쓴 듯 이곳저곳 꿈틀거리더니 이윽고 자연스럽게 눈꺼풀이 열렸다. 나무 눈을 감싸고 있던 나무로 만든 눈꺼풀이 열리는 광경이라니! 정녕 생각지도 못했다. 그렇게 드러난 눈동자는 너무나도 아름다웠다.

그 눈동자는 이곳저곳을 둘러보더니 성진의 곁에 서 있는 세르피아를 보며 반색하였다.

―나의 아이야!

부드러운 그녀의 음성. 그것은 세르피아의 기억 속에 잠자고 있었던 어머니의 음성이었다. 세르피아의 눈이 동그랗게 떠졌다.

그러나 성진의 눈썹은 꿈틀거렸다. 저것이다. 저 여신의 가증스러운 모습. 가장 사랑하는 사람의 음성으로 현혹시킨다. 인간의 가장 밑바닥에 깔려 있는 감정을 자극해 그것을 이용하는 모습. 그런 그녀가 어찌 자애의 여신이자 풍요로운 대지의 여신이라고 할 수 있겠는가.

그런 성진의 심정과는 상관없이 그랑디아의 얼굴은 세르피아를 향해 애처롭게 호소하였다.

―나의 아이야. 세상이 위험하단다. 네가 나와 함께 세상을 구원할 수 있는 유일한 사람이란다. 나를, 나를 받아주렴. 어서.

세르피아는 슬픈 표정을 지었다. 그녀의 어머니, 대지의 여신은 진정 걱정스럽다는 듯 말했다. 하지만 진실은 냉혹하다. 그리고 그 처절한 진실을 알고 있었던 그녀는 그랑디아의 따스한 말에 더욱더 가슴이 아파왔다.

어느새 손 모양의 나뭇가지가 자라나 세르피아를 향해 뻗어왔다. 성진은 세르피아를 향해 뻗어오는 팔을 힐끗 보더니 사정없이 잘라 버렸다.

―악!

파란 체액이 튀었다. 고통으로 얼굴을 일그러뜨린 그랑디아의 모습을 보며 성진은 사늘한 어조로 말했다.

"다른 신들은 어찌 되었나요? 왜 당신만 나타났죠? 그래, 선물은 마음에 드셨습니까?"

성진의 말에 그랑디아의 얼굴이 의문스럽다는 표정으로 바뀌었다. 그러다 이내 일그러졌다.

—네가 감히…….

분노에 떠는 그녀의 얼굴을 보며 성진은 계속 말을 이었다.

"왜 그녀를 유혹하지요? 완전하고 싶습니까? 유일신이 되고 싶어서? 하지만……."

성진은 그랑디아의 시야를 가리던 장막을 치웠다. 그 장막 뒤에는 카르노가 빙글 웃으며 서 있었다.

"유일신의 꿈은 무너졌다. 멍청한 여신이여."

—……!

그랑디아의 얼굴이 순식간에 고사하여 사라졌다. 대신 결계 위로 그녀의 얼굴이 떠올랐다. 이제껏 청초하면서도 아름다운 모습이 아닌 불교에서 전해 내려오는 아수라와 같은 흉한 얼굴이었다. 그랑디아는 핏빛 눈동자로 성진을 노려보며 비명을 질렀다.

—아아아아아악!

"크으윽!"

그랑디아의 분노에 찬 외침은 엄청났다. 미친 여신은 진정 두려웠다. 마에 물들어 모든 관리자를 살해하고, 그들의 모든 것을 먹어치운 여신. 광마여신(狂魔女神)의 탄생이었다.

일행은 귀를 감싸 쥐었다. 직접 현신한 것도 아닌데 이렇듯 공포를 만들어냈다. 그때 세르피아의 날개가 펼쳐졌다. 순백으로 빛나는 여섯 장의 날개가 일행을 가리는 순간 공포가 사라지며 평온이 찾아왔다.

세르피아의 날개를 본 그랑디아가 질투에 휩싸였다.

―네년이! 네년이!!

그 날개는 그랑디아가 그토록 염원하던 것이었다. 그래서 유일신이 되고자 했다. 유일한 신이 되면, 세상을 지배할 정도로 강해지면 그 날개가 자신에게서 자라날 것이라 믿으며. 하지만 날개는 그녀의 자식을 선택했다. 그녀는 선택받지 못했다.

―복수할 테다! 복수할 테다! 죽일 테다! 모두! 다 죽어버려어어!

그녀가 발광하는 것을 지켜보며 성진은 이만 년에 걸친 사건의 마지막을 맺기로 결심하였다. 성진이 염원하자 창생의 인은 신루의 결계를 강제로 떨쳐 냈다. 그의 힘이 고조되었다. 성진은 한 다리를 인과율에 걸치고 다른 한쪽 다리를 아카식 스트림에 걸쳤다. 왼손으로 시간의 강을 쓸었고, 오른손으로 법칙을 어루만졌다.

"준비 되었습니까?"

새 술은 새 부대에 담으라는 말도 있듯 신세계를 창조하기 위해서는 인과율을 비롯한 기존의 모든 질서를 무너뜨리고 다시 만들어야 했다. 이제 세상의 모든 것을 조율할 수 있는 성진이지만 이 마지막을 위해서는 카르노의 도움이 필요했다.

그들은 극과 극의 인물. 새로운 창조를 위해서는 두 개의 서로 다른 상반된 의지가 필요했다.

성진의 물음에 카르노는 고개를 끄덕였다. 어느새 그의 육신은 젊어져 있었다. 이제부터 할 작업은 고되며 그 끝은 지난했다.

성진은 모든 것을 다시 시작하기 전 샤이라를 돌아보았다. 샤이라의 눈이 성진과 얽히는 순간 성진은 그녀를 위해 한마디 조언을 건넸다.

“잘 선택하세요.”

“에……?”

샤이라는 성진의 조언을 곰곰이 생각해 보기도 전에 눈앞에 터진 강렬한 빛에 휩싸였다.

빛은 지하를 뚫고 세상에 펼쳐졌다.

새로운 세상의 시작이었다.

제21장 그 이후로

『길리언, 끝은 끝이 아니란다.

끝이란 새로운 시작일 수도 있지.

모든 것이 끝나 버린다면 세상을 만드신 그분께서는 더없이 슬퍼할 거야.

그래서 세상은 영원하단다. 그것이 어떤 형태이든 그 속에 살아 숨쉬는 모든 것들은 끝을 새로운 시작으로 만들기 위해 열심히 살고 있단다.

너도 그러렴. 그럼 오늘은 이만 잘 자라.』

대학자 길리언 테인즈가 남긴 〈유년기의 꿈〉 중 발췌

제21장 그 이후로

찌륵찌륵—

매미가 시끄럽게 울어댔다. 도심 한가운데 사는 매미는 유난히도 시끄러웠다. 아니, 오히려 주변에 울려 퍼지는 사람들의 함성과 여기저기서 벌어지는 공사 현장에서 들려오는 소음에 매미가 발악을 하는 것인지도 몰랐다.

무더운 여름날이었다.

"후우… 덥다 더워."

길리언은 얼굴을 뒤덮는 모자의 창을 약간 들어 하늘을 보았다. 세상을 온통 달구는 태양이 유난히도 눈부셨다. 그런 길리언의 머리 위로 그늘이 덧씌워졌다.

"현자님, 어서 가셔야지요."

건장한 체구의 사내가 그의 머리 위로 양산을 씌웠다. 길리언은 코에 걸쳐진 안경을 왼쪽 검지로 밀어올리며 말했다.

"고맙구만."

"아닙니다, 현자님."

사내는 허리를 접으며 겸양을 떨었다. 길리언은 씁쓸하게 웃었다. 길 한복판에 서 있던 길리언은 천천히 걷기 시작했다. 사내는 황급히 뒤따라오며 그의 머리 위에 다시 양산을 씌웠다.

같은 방향으로 걷던 사람들은 그런 그들을 향해 길을 열어주었다. 노인과 젊은 사내가 하는 이야기를 들었다. 현자라는 단어는 세상에 오직 한 명만을 가리켰다. 삼십이라는 나이부터 백발이 무성했던 사내. 그러면서도 가장 존경받는 사내. 세상은 그를 가리켜 순백(純白)의 현자(賢者)라 불렀다.

사람들은 길리언이 그들 곁을 지날 때마다 존경의 의미로 고개를 숙여 보였다. 그런 그들을 향해 길리언은 일일이 답했다.

이제 육십이 넘어선 길리언은 그런 존경을 받기에 충분했다. 세상에 도학(道學)이라는 새로운 학문을 퍼뜨린 그는, 이제 심신을 닦고 세상에 봉사하는 모든 수양자들의 우상이며 스승이었다. 도학은 세상에 파고들었으며, 남대륙에서 화려하게 일어난 공화국의 기초 학문이 되었다.

"칼 형님은 매우 바쁘겠구만?"

길리언의 말에 사내는 몸을 움찔했다. 그가 그토록 존경하는, 그리고 공화국을 넘어 남대륙을 거니는 사내라면 누구라도 존경하는 검왕

칼 리터 마르헨을 형님이라 불렀다. 생소한 호칭에 사내는 놀란 것이다. 그러다 이내 수긍했다. 눈앞에서 걷는 순백의 현자는 충분히 그럴 만한 자격과 인연을 가지고 있었다.

"네. 검왕께서는 지금 개국식을 총괄 지휘하고 계십니다."

"쯧. 이제 팔십이 다 되는데……."

길리언은 혀를 차면서도 웃음 지었다. 순간 오십 년 전의 일이 생생하게 떠올랐다. 정열로 가득 찼던 젊은 시절 칼의 모습과 스승과 세상을 주유했던 경험, 그리고 그분의 말씀.

길리언의 가슴이 아련하게 아파왔다.

"못 본 지 벌써 사십 년이 넘었군……."

"네?"

"아닐세. 혼잣말일세."

길리언은 한숨을 토해내고는 하늘을 보았다. 스승은 오 년간 그의 곁을 머물다 사라졌다. 그때의 상실감을 떠올리면 지금도 눈물이 났다. 길리언은 고개를 저으며 마음을 다잡았다.

"어서 가지. 내 친우 타키안을 보러 가야겠군."

사내의 몸이 이번에도 움찔했다. 두 번째 나오는 이름도 사내에게는 엄청난 압박이었다. 북대륙까지 위세를 떨치는 휘라인 교국의 차대 교황 후계자. 그러고 보면 이 사내의 백부는 현 휘라인 교국의 교황이었다.

엄청난 사실을 떠올려 버린 사내는 애써 굳어가는 몸을 풀며 심호흡을 했다. 그는 배짱이 두둑한 사내다. 그래서 근위단의 단장은 그를 길리언의 접견인으로 선택했다. 누구나 이 현자의 말을 들으면 몸이 얼어버릴 것이기에.

사내는 이 시대의 가장 위대한 사람 중 한 사람의 등 뒤를 경애에 가득 찬 눈으로 바라보았다.

"와아아아아!"

사람들의 함성이 온 광장을 뒤흔들었다. 그들이 존경해 마지않는 검왕 칼 리터 마르헨이 모습을 드러낸 것이다. 공화국을 세우는데 그토록 일조했으면서도 수상이 되기를 거부한 사나이. 전장에서는 가장 앞장서 피를 마셨으며, 전쟁이 끝나고는 병사들을 보며 눈물짓던 사나이. 이 시대 최강이자 최고의 남자였다.

칼은 공개 석상 위를 오르며 그를 위해 환호하는 사람들에게 손을 흔들었다. 칼은 감회에 잠겼다. 세상에 평등을 가져오기 위해, 자유를 가져오기 위해 싸운 지 어언 사십 년. 그는 결국 해냈다. 그는 자기도 모르게 자신을 지도해 준 성진을 떠올렸다.

'고맙습니다.'

사람들은 모를 것이다. 대륙이 그토록 존경하는 이 사내에게도 존경하는 사람이 있다는 것을. 그리고 그 사람이 이 모든 사람들을 구원했다는 것을. 세상을 구원했다는 것을.

칼은 오러를 북돋아 말했다. 그의 음성은 온 광장에 퍼져 나갔다.

"여러분! 자유를 수호하는 일리안 공화국의 시민 여러분! 그리고 남대륙을 사랑하는 여러분! 오늘은 참으로 기쁜 날입니다. 사십 년 전 저는 검을 뽑아 들며 맹세했습니다. 세상에 혼돈을 물리치고 자유와 평등을 가져오겠다고 맹세했습니다. 그리고 오늘 저는 그 맹세를 이루었습니다. 여러분, 저는 기쁩니다. 그리고 슬픕니다. 기쁨은 결국 내가 해냈다는 것이고, 슬픔은 이 맹세를 이루기 위해 나를 돕다 비명에 간 사람들 때문입니다. 저와 함께 공화국의 기치를 높인 타슈 카미유 씨가 생각납니다. 그는 비록 가셨으나 제가 그 뜻을 이어 마침내 공화국을 일으켰습니다. 여러분, 길게 말하지는 않겠습니다. 단지 기억해 주십시오. 오늘을 기억해 주십시오. 이 땅에 자유와 평등을 수호하는 나라가 탄생했다는 것을 기억해 주십시오.”

칼의 연설이 끝나자 광장은 폭발 같은 함성과 함께 뒤흔들렸다. 과거 크라인 왕국의 수도였던 시스만은 오늘로 자유와 평등을 수호하는 일리안 공화국으로 재탄생했다. 세상 모든 사람이 환호하였다. 그 가운데에는 칼도 있었고, 타키안도 있었으며, 길리언도 있었다.

그리고 성진과 세르피아, 샤이라도 있었다.

광장의 가장 구석진 곳에서 그 모든 것을 보고 있던 세르피아는 성진의 팔을 붙잡으며 말했다. 주위는 시끄러웠지만, 그것을 듣지 못할 성진이 아니었다.

“드디어 해냈군요, 칼이.”

세르피아의 말에 성진은 고개를 끄덕였다.

“그래, 해냈지.”

“칼, 대견하네?”

옆에 서 있던 샤이라가 웃음기를 머금은 미소를 지었다. 그녀는 칼을 부단히도 골려먹었다. 그 때문에 칼의 실력이 일장월취했지만 괴롭기도 많이 괴로웠다.

사람들이 진심으로 기뻐하며 환호하는 모습과 칼이 눈물을 흘리며 손을 흔드는 모습을 물끄러미 바라보던 성진은 생각이 났다는 듯 샤이라에게 물었다.

"아, 그러고 보니 게일과 카르노가 곤란을 겪고 있다면서요?"

"아, 네. 제3계에서 어떤 녀석이 큰 사고를 쳤나 봐요. 마스터가 되는 요건을 없애면서 제재 장치가 없어졌다고 카르노가 투덜거리던데요?"

성진과 카르노는 큰일을 해냈다. 성진과 카르노는 창생의 인을 폭발시켜 네 개의 세상을 만들어냈다. 그 모든 세상은 같았으면서도 달랐다. 그도 그럴 것이 세상의 구성 요소 중 시간과 공간의 요소가 조금씩 달랐으며, 무엇보다도 그 세계에 거주하게 된 마스터들의 존재가 그 이유였다.

성진과 카르노는 새로운 세상을 짜며 마스터가 되기 위한 요건을 삭제해 버렸다. 이제 더 이상의 멸망은 없으니 마스터의 사명 중 하나인 문명의 계승과 발전이 필요없었다. 또한 마스터가 되면서는 일개인이 가지기에는 너무나도 큰 무력을 손에 넣었기에 안정된 세상을 위해 그러한 요건을 없애 버렸다.

그러면서 새로운 활력을 불어넣어 주기 위해 마스터들에게 선택을 강요했다. 마스터들은 자신들의 생각과 사상을 펼치기 위해 제각각의 세상을 선택하여 평범한 사람으로 다시 새 삶을 살아가고 있었다.

"하아… 그래도 말입니다. 너무나도 흥미롭더군요. 제각각 흘러가는 세상이……. 뭐, 그 덕에 바쁘기는 하지만."

성진과 세르피아, 샤이라는 다섯 세계를 넘나들며 조율하는 조율자가 되었다. 너무 뒤틀린 움직임을 막기 위한 최소한의 개입. 예전 마스터가 했던 임무를 그대로 행하고 있었다.

게일과 카르노는 자신들이 범한 죄를 속죄한다고 직접 네거티브 플레인으로 뛰어들었다. 네거티브 플레인을 평정해 버린 두 사람은 성진의 제안에 따라 죄진 이들을 심판하그, 영혼을 재생시키는 명계(冥界)로 네거티브 플레인을 재탄생시켰다. 그리고 카르노는 그들을 관리하는 총지배인, 성진이 칭하길 염라대왕.

"흠. 이제 일하러 가야겠죠. 그럼 저 먼저 갈게요. 두 사람은 천천히 오세요."

샤이라는 성진에게 손을 흔들며 근처 뒷골목으로 사라졌다. 아무래도 그 문제가 있다는 세계로 향한 듯하였다.

성진은 세르피아의 손을 굳게 잡으며 이제는 늙어버린 제자를 바라보았다. 제자는 훌륭하게 자랐다. 예전같으던 마스터로 각성하는 경지를 넘어섰을 것이다. 혹여나 계속 수양하게 되면 신선(神仙)이 될지도 몰랐다.

"최초의 신선이 내 제자가 될지도 모르겠군."

"아, 신선요? 성진 당신이 숨겨놓은 그 요건에 충족된다면 말이지요?"

성진은 마스터의 요건을 삭제해 버린 대신에 신선이 되기 위한 요건을 만들었다. 이 요건은 극히 어려워 몇백 년이 흘러도 한 명 나올까 말까 했다. 성진 스스로가 그렇게 계산하고 만든 요건이었다. 한데 그의 제자는 놀랍게도 그 요건에 거의 다가서고 있었다.

"그나저나 하이단은 지독하군요. 모든 힘이 사라졌는데도 휘라인 교단의 경전만으로 교국을 일으키다니."

도학과 함께 대륙에 새롭게 주목받은 것이, 바로 휘라인 교리였다. 성진의 유불도 사상이 조화된 이 교리는 대륙 사람들을 감화시켰다. 하필 이름이 휘라인이라는 것이 마음에 들지 않았지만 말이다.

"이름은 마음에 안 들어."

성진의 작은 투덜거림에 세르피아는 살포시 웃으며 성진의 귀밑머리를 쓰다듬었다.

"이제 우리도 가야지?"

성진은 세르피아의 어깨를 감싸 안으며 말했다. 세르피아는 고개를 끄덕였다. 그들은 사람들의 인파에 묻혀 사라졌다.

"칼 형님, 정말 너무하시는군."

칼이 불러일으킨 감동은 정말 사람을 뒤흔들었다. 예전 그 가벼운 사람이 아닌, 인간의 마음을 철저히 휘여잡는 사람이 되었다. 길리언은 옷소매로 눈가를 찍으며 무대에서 내려왔다. 무대는 높았다. 고소공포증이 있는 길리언으로서는 조심스럽게 내려와야 했다. 그렇게 내려오던 길리언은 계단 중간에 털썩 주저앉았다. 그의 뒤를 따라오던 사람들은 계단에 앉아버린 길리언의 모습을 황망하게 바라보다 황급히 고개를 돌리고 내려갔다.

체면과 허례허식을 싫어하는 현자의 성품을 알기에 사람들은 그의 곁에 걸터앉거나 오히려 바쁘게 내려갔다.

"거, 조심하시오. 잘못하면 넘어… 응?"

말을 하던 길리언은 돌연 눈을 찌푸렸다. 광장 저 끝에서 무엇인가가 보였다. 길리언이 지닌 정안의 힘은 여전히 살아 있었다. 하지만 노

안으로 인해 시력이 떨어졌기에 멀리 있는 사물은 어렴풋이 보일 뿐이었다.

그가 흐릿하게 본 것은 그가 그토록 존경하고 사랑했던 스승의 뒷모습이었다. 사십오 년이 지나 버린 지금 나타난 것일까? 황급히 그 모습을 확인해 보기 위해 안경을 꺼내 쓴 길리언은 그 자리에 아무것도 없음을 알고 한탄하였다.

"착각이었나?"

어차피 그런 적은 많았다. 지금도 그렇듯 잊혀질 것이다. 길리언은 허리를 쭉 펴 기지개를 켰다. 청명한 하늘과 뜨거운 태양에 눈이 부셨다.

그것은 삶의 축복이자 생명을 일깨우는 따스한 숨결이었다.

'언젠가 뵐 수 있겠지.'

언젠가 뵐 수 있을 것이다, 그토록 존경했던 그의 스승을. 그때까지 길리언은 열심히 수양할 것을 저 태양에 다짐하였다.

大尾

후기

참으로 기나긴 연재였습니다.

2002년 9월, 나우누리 SF&FANTASY란에 처음 연재를 시작하여 2005년 3월 9일부로 연재를 끝냈습니다. 2년 4개월의 오랜 시간이었습니다.

그간 많은 일들이 있었습니다. 20대 초반이었던 저는 중반이 되었고, 이제 어느 정도 머리가 굵어졌습니다. 새로운 세계도 접하게 되었고 몰랐던 것도 많이 알게 되었습니다.

중간에 힘든 일로 인해 상당 기간 연재를 못했습니다. 오랜만에 다시 찾아 왔어도 저를 잊지 않아주신 분들이 너무도 고맙더군요.

기나긴 날 동안 저를 믿어주시고 지켜주신 부모님께 감사합니다. 오랜 시간 동안 읽어주신 독자 분들께도 정말 감사드립니다.

가뜩이나 연재 늦은 글, 일 년 동안 잠수해 버려 애가 탔을 청어람 편집부 여러분께도 감사드립니다.

막상 완결 짓고 나니 할 말이 생각나질 않네요.

그저 저의 곁을 지켜주시고 응원해 주신 모든 분들에게 감사의 마음을 전하고 싶습니다.

그럼 다음 작품을 들고 올 때까지(언제가 될지 알 수 없지만) 잊지 않고 기다려 주셨으면 합니다.

2005년 3월 9일
부산의 어느 작은 섬 안에서
필마린

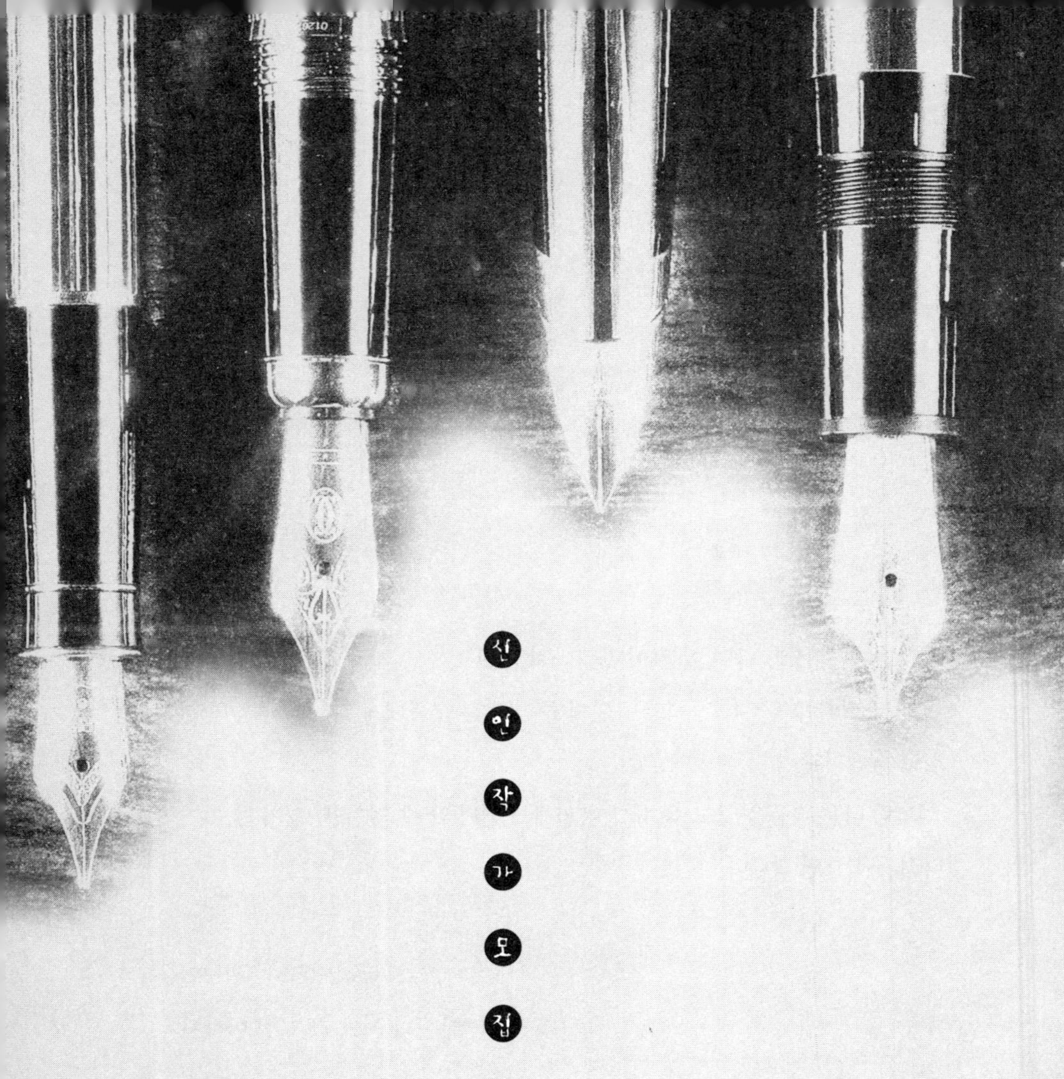